들미골 소나타

금강소나무 숲길을 따라서

포토 에세이 / 손 수 자

돌이소

어성전 산림 교육관 옆으로 난 등산로 계단을 오른 후
잠시 걸음을 멈추고 숨고르기를 한다.
온라온 계단을 뒤돌아보니 오를 때보다 훨씬 더 가파르게 느껴진다.
한 층 한 층 계단만 바라보고 오르느라 60도가 넘을 듯한 경사도를 실감하지 못한 것일까.
내 삶도 그러한 것 같다.

산 정상에 오르니
멀리 보이는 백두대간의 곡선이 부드러운 손놀림으로 그린 그림처럼 유연하다.

나목들이 푸른 하늘에 그려놓은 그림은 참으로 섬세하고 아름답다.
이름난 화가인들 저리 표현할 수 있을까.
소나무가 비껴선 자리에
굴참나무, 서어나무 등 활엽수가 잎을 떨어뜨려 마련한 여백의 미美이다.

어성전 마을도 저만치 발 아래로 내려다보인다.
잎이 무성한 계절에는 볼 수 없는 정경이다.
겨울 산은 이렇게 속속들이 보여주는 솔직함이 있어서 좋다.

여기는 시끌벅적하게 한 판 벌어질 음주 가무의 장소가 아니다.
금강소나무와 벗이 되어 낭랑한 음성으로 시조 한 수 읊을 선비의 자리다.

내려오는 길에 부부 소나무를 만났다.
긴 세월을 살아온 낙락장송이다.
그들은 멋들어진 손을 휘휘 저으며 나를 반긴다.

숲 체험장 야외 교실 의자에 앉아 잠시 이곳 식구가 되어본다.
훤칠한 키와 곧은 몸매, 늠름한 모습을 갖춘 금강소나무들이 모여 있는 곳이다.
반듯한 그들 앞에 서면 나는 언제나 마음을 가다듬게 된다.
가끔 옛날에 그려보았던 내 이상형의 남성을 만난 듯 가슴이 설레기도 한다.

솔방울 한 개를 집어 들여다보니 비늘조각이 모두 벌어져 있다.
솔 씨는 이미 어디론가 날아간 상태다.
우리 집 마당과 돌계단 틈에도
솔 씨가 날아와 싹을 틔워 자라고 있는 아기 소나무의 모습이 얼마나 귀여운지!
여기저기 금강 소나무의 후계목이 자라고 있어 이곳의 미래가 밝다.

- 차례 -

- 차례 -

들미골 소나타

손 수 자 수필집

노 문 사

책을 내면서

첫 수필집을 내놓기까지 많이 주춤거렸습니다. 설익은 글을 드러내기 부끄럽고 습작에 전념하지 못한 게 후회되었습니다. 그러나 묵은 것을 정리해야 새것이 쌓인다는 글 선배님들의 조언에 힘을 얻어 글을 엮으니 가슴이 뿌듯합니다.

글을 엮고 보니 신변잡기에 불과한 글들입니다. 감동이 밴 문학성 있는 수필을 쓰고 싶은데 만만찮았습니다. '수필가와 隨筆文學家 는 구별되어야…'. 한다는 오창익 교수님의 가르침을 충실히 따르지 못하여 죄송합니다. 그러나 수필을 쓰면서 자기 성찰을 할 수 있어 뜻있는 시간이었습니다.

산골짜기에서 글 소재는 주로 자연입니다. 숲속의 속삭임이 끊임없는데 나는 아직 다 듣지 못했습니다. 숲이 전하는 자연의 소리에 더 귀기울이고 그 이야기들을 많은 이에게 전하려고 합니다. 자연은 모두의 스승입니다.

어린이부터 노인에 이르기까지 다양한 계층의 사람이 읽는 수필을 쓰고 싶습니다. 쉽고 아름다운 우리 언어로 독자와 공감하는 수필을 쓰고 수필문학가의 반열에 들도록 노력하렵니다. 나의 수필 쓰기는 이제부터 시작이라는 생각이 듭니다.

수필집을 내기까지 글쓰기에 도움 주신 창작수필의 오창익 교수님과 문학회 선후배님들, 쌓인 글을 엮도록 용기 주시고 조언을 아끼지 않으신 홍성암 교수님께 깊이 감사드립니다. 책 발간을 후원해 주신 강원도 강원문화재단과 응원해 준 가족, 그리고 따끈한 커피 잔을 컴퓨터 책상 위에 슬그머니 놓고 나가던 남편! 고맙습니다.＊

2019년 가을. 들미골 서재에서
들미솔 손수자

현상의 자기화로 인간적인 세계
– 『들미골 소나타에 부쳐』

오 창 익(문학박사, 창작수필 발행인)

들미소 손수자 님의 수필은 '자연관조와 그 의미화로 형상화한 미美와 진眞의 화려한 찬가'다. 주지하다시피 관조란 사물事物을 정관淨觀하는 작자의 인식세계다. 곧 지혜로서 사리[事理]를 비추어보는 '객관적인 시각'이기도 하다.

작가 손수자 님에게 있어 그 '사물'이란 대부분이 자연과 그 자연이 연출하는 현상이다. 그 현상의 자기화로 인간화한, '보다 인간적인 세계'가 곧 그의 수필이다.

그는 지금 강원도 오대산 동쪽 끝자락인 어성전 숲속에 집을 짓고 산다. 10킬로미터 밖에는 짙푸른 하조대 앞바다도 있다. 그림 같은 집에서 그림 같은 글을 쓰며 산다. 그러니까 그에게 있어 산, 나무, 풀꽃, 계곡, 바다는 바로 작품의 체질이요, 성격이다. 아니, 작자 자신이다. 현실이요, 이상이기도 하다. 첫 수필집 상제를 축하드리며 제2집을 기대한다.

1부
금강소나무 숲길에서

금강소나무 숲길에서

달음박질치는 계절의 꼬리를 잡고 숨 가쁘게 따라온 한 해인 것 같다. 서툰 솜씨로 텃밭을 가꾸고 가을걷이를 하기까지 허둥대는 사이에 어느덧 겨울의 문턱을 넘어섰다. 텅 빈 밭이 허전하다. 애지중지 키워온 자식들을 외지로 출가시킨 부모의 마음이 이러하리라.

월동준비를 마치고 금강소나무 숲에 드는 발걸음이 한결 가볍다. 숙제를 다 한 홀가분함이랄까. 어성전 숲 교육관 옆으로 난 등산길 계단을 오른 후 잠시 걸음을 멈추고 숨 고르기를 한다. 돌아서서 올라온 길을 내려다보니 가파르고 아득하다. 오르기 전 올려다보았던 느낌과 사뭇 다르다. 이 계단을 한층 한층 오르면서 경사도를 실감하지 못했나보다. 뒤돌아보니 내가 살아온 길도 힘든 줄 모르고 한 계단씩 올라온 삶인 것을….

발걸음을 옮겨 완만한 산허리를 돌아 걸으니 낙엽 밟는 소리가 오솔길을 따라온다. 이럴 때 그럴싸한 즉흥시 한 수 읊을 수 있으면 좋으련만, 내 부족한 어휘력이 가슴 속에서 일렁이는 감성을 감당치 못해 안타깝다. 바람이 불어올 때마다 헐벗은 나무들의 살 떠는 소리에 마음이 시리다. 하지만, 그들 곁에 서 있는 늠름한 금강소나무가 세찬 바람을 막아 주어서 미덥다.

산 중턱을 지나 조금 더 오르자 새로 지은 아담한 정자가 나타난다. 여기는 시끌벅적하게 한판 벌일 음주 가무의 자리가 아니다. 금강소나무와 벗이 되어 낭랑한 음성으로 시조라도 한 수 읊을 선비의 자리다. 정자에 올라앉았다. 어성전 마을의 집들이 옹기종기 저만치 내려다보인다. 잎이 무성한 계절에는 볼 수 없는 정경이다. 겨울 산은 이렇게 속속들이 보여주는 솔직함이 있어서 좋다.

산 정상에 올랐다. 멀리 보이는 백두대간의 곡선이 부드러운 손놀림으로 그린 그림처럼 유연하다. 마주 보는 능선에 엉성한 깃털을 곧추세운 듯한 헐벗은 나무들은 겨울 산의 또 다른 매력이다. 나목裸木들이 푸른 하늘에 그린 그림은 참으로 섬세하고 아름답다. 소나무가 비켜선 자리에 굴참나무, 서어나무 등 활엽수가 잎을 떨구고 마련한 여백의 미이다.

내려오는 길에 부부 소나무를 만났다. 백 년여의 세월을 살아옴 직한 낙락장송이다. 그들은 멋들어진 손을 휘휘 저으며 나를 반긴다. 이 두 그루의 소나무는 나의 애인과도 같은 존재였다. 힘겹게 산을 오르다 소나무를 감싸 안고 얼굴을 기대면 언제나 편안하게 맞아주었다. 양팔을 벌려 두 소나무를 짚고 깊은숨 토해내면 몸은 날아갈 듯 가벼워졌었다. 우리는 그렇게 정이 들었다. 그런데 지난여름, 우리 집에 온 문우가 두 소나무를 부부의 연을 맺어주었다. 이들은 긴 세월을 홀로 지내다가 짝을 만나니 행복한 모양이다. 어느덧 아기 소나무도 엄마, 아빠 곁에서 건강하게 자라고 있다. 정겨운 소나무 가족이다. 내 입가에 흐뭇한 미소가 절로 흐른다.

등산길을 내려와 숲 체험장 야외 교실 의자에 앉아 잠시 이곳 식구가 되어본다. 훤칠한 몸매, 늠름한 모습을 갖춘 금강소나무가 적당한 간격을 두고 나를 에워싼다. 언제 봐도 멋지다. 그 앞에 서면 마치 옛날에 그려보았던 내 이상형을 만난 듯 가슴이 설렌다. 금강소나무들은 긴 세월 동안 버려야 할 것을 스스로 가지치기하는 아픔을 견디며 살아온 올곧은 삶이다. 그래서 더욱 우러러 보인다.

솔가리 위에 사뿐 올라앉은 솔방울 한 개를 집어 들여다보았다. 비늘 조각이 모두 벌어져 있다. 솔 씨는 이미 어디론가 날아가서 뿌리를 내리고 있을 것이다. 솔 씨가 우리 집 뜰에 날아들어 아기 소나무로 자라는 모습을 보면 얼마나 귀여운지! 여기저기에 금강소나무의 후계목이 자라고 있어 장래가 밝다. 경복궁과 숭례문 복원에 사용된 삼척시 준경묘 부근 소나무처럼 이곳 금강소나무도 나라의 큰일을 맡게 되지 않을는지….

금강소나무 사잇길을 따라 집으로 향한다. 솔향을 머금은 마음이 솔가지에 날아오른다. 머리가 맑고 기분이 상쾌하다. 금강소나무 숲길을 걸으며 사색하는 시간이 나를 풍요롭게 한다.* (2009. 11)

그해의 여름나기

여름이 되면 텐트 생활을 하면서 물소리를 자장가 삼고 매미 소리에 잠 깨던 그해의 여름나기가 소중한 추억으로 되살아난다.

한여름을 아파트에서 더위와 씨름하기보다는 솔바람과 계곡물이 있는 곳, 집터를 닦아 놓은 어성전에서 텐트를 치고 지내기로 했다. 여름 방학이 되자마자 텐트를 비롯한 야영에 필요한 물품을 사고 밑반찬을 마련했다. 아이들이 어릴 때 바닷가에서 야영하느라 장만한 이후 처음이었다. 아들은 야영 장비를 차에 싣고 양양으로 향하려는 우리가 염려되었던지 틈나는 대로 와서 함께 지내며 안전을 확인하겠노라고 했다. 벌써 자식에게 보호받을 나이가 되었다는 사실이 생소했다.

새로운 삶의 터전으로 향하는 유목민들의 마음이 그러했을까? 야영을 위해 떠나는 나는 기대와 희망으로 마음이 부풀었다. 목적지에 도착하여 텐트를 치고 살림 도구를 정리하는 손이 리듬을 탔다. 침구는 텐트 안에, 취사도구는 키 큰 감나무 아래에 놓인 평상에 정리해 놓았다. 마치 소꿉장난하는 기분이었다.

일손을 놓고 텅 빈 땅에 덩그러니 자리 잡은 텐트를 바라보았다. 가슴 설레었던 마음은 다 어디로 갔는지 부푼 마음이 바람 빠진 듯 허전했다. 바닷가에서 텐트 안으로 들락거리며 좋아하던 두 아들의 모습이 눈에 선한데 각각 가정을 이루어 우리 품을 떠나고 지금 이곳에는 없지 않은가. 노년에 이른 부부가 야영하겠다고 텐트를 치고 보니 웬 궁상이냐 싶기도 했다. 하지만, 도리도리 머리를 흔들어 떨쳐버렸다. 나는 지금 내 삶의 여정에 또 하나의 이정표를 세우려는 게 아닌가 싶었다.

숲속의 아침은 매미 소리에 깨어났다. 단잠을 깨우는 매미가 야속할 법도 한데 오히려 청아한 그 소리에 상쾌한 아침을 맞았다. 그런데 매미의 세계에도 위계질서가 있는 모양이었다. "맴 맴 맴~" 어느 매미 한 마리가 낭랑하게 외치면 그 첫 신호에 따라 숲에서 잠자던 수많은 매미가 일제히 화답했다. 고요한 산골에 갑자기 매미들의 합창 소리가 울려 퍼졌다. 매미는 위계질서뿐만 아니라 시간도 잘 지켰다. 첫 신호를 보내는 매미 소리가 거의 같은 시각에 들렸다. 휴대전화 시계로 그 시각을 알아보니 이른 아침 다섯 시 이십 분 경이었던가. 다음 날, 그다음 날에도…. 신기하게도 매일 2~5분가량의 오차만 생길 뿐이었다. 경이로운 매미의 모닝콜에 감탄사가 절로 나왔다.

감나무 그늘에 놓인 평상은 거실 겸 주방 역할을 했다. 손님이 오면 평상에 앉아 차를 나누고 음식을 만들어 식사했다. 식단은 주로 텃밭에서 뜯어온 푸성귀로 짜였다. 풋고추, 호박, 감자, 여러 종류의 쌈 채소. 거기에 왕고들빼기 잎과 돌미나리 등 산야초까지 더해지면 고추장과 된장만 있어도 진수성찬이었다. 신선한 푸성귀의 풋풋한 향은 한여름 식욕을 돋우기에 안성맞춤이었다. 평상에 앉아 독서 삼매경에 빠지기도 했다. 그럴 때 살랑바람이 지나다가 눈꺼풀에 내려앉아 스르르 잠들게 하곤 했다.

집 앞 계곡은 천연 수영장이었다. 작은 물웅덩이에 많은 사람이 와서 물놀이했다. 우리는 채소밭에서 잡초를 뽑다가 땀에 젖은 티셔츠와 반바지 차림 그대로 계곡에 몸을 담갔다. 적당한 유속으로 흐르는 맑은 물이 마사지까지 해주니 월풀(Whirlpool) 욕조가 부럽지 않았다. 물에서 나와 서성거리다 보면 젖은 옷이 저절로 말랐다. 찜통더위를 이기기에 그보다 더 좋은 방법이 있었을까.

산촌 밤하늘의 별은 유난히 크고 반짝거렸다. 우리는 그 별을 바라보고 '주먹 별'이라 부르면서 영롱한 별빛이라는 표현을 실감했다. 좁은 하늘에 웬 별이 그리도 많은지! 북극성과 북두칠성, 카시오페이아가 선명했다. 나는 내 시력이 나빠서 별이 잘 안 보이는 줄 알았는데 그게 아니었다. 또렷하게 보이는 저 별들이 도시의 조명등 불빛에 가려 제대로 빛을 전달하지 못한 것이다. 고향 집 마당의 멍석에 누워 별자리를 찾던 때를 떠올리기도 했다. 은하수가 흐르고 가끔 별똥별도 떨어지던 고향 집 마당이 눈에 삼삼했다. 누구나 가슴속에 하나씩 품고 있을 자기만의 별 하나. 나는 이곳 남쪽 하늘에서 가장 빛나는 별을 새로 점찍었다.

텐트 안에서는 쉽게 잠들지 못할 때가 많았다. 밤늦도록 왁자지껄하던 이웃 펜션이 자정이 넘어서야 조용해진 밤, 잠들려고 하면 두려움 같은 것이 스멀거렸다. 풀잎 흔들리는 소리에 뱀이 기어 오는 것 같고, 부스럭거리는 소리는 산짐승을 떠올리게 했다. 사람의 발걸음 소리에도 긴장되니 쉽게 잠들 수 있겠는가. 남편은 잠 못 이루어 뒤척이는 아내는 아랑곳없이 깊은 잠에 빠지기 일쑤였다. 내가 남편의 불침번을 서게 된 셈이다. 텐트는 남자의 대범함과 여자의 소심함이 드러나는 공간이기도 했다.

야영 생활은 생각보다 어려움이 없었다. 식수와 화장실은 우리 땅과 이웃해 있는 민박집의 배려로 이용할 수 있었고, 미리 와서 심어놓은 채소는 풍성한 찬거리가 되었다. 계곡을 찾아온 사람들이 밤낮으로 북적거려 우리도 그들처럼 피서 온 사람일 따름이었다.

텐트 생활을 하는 동안 전원생활의 터전을 닦아 나갔다. 가끔 이웃들을 초대하여 삼겹살 파티를 열어 친분을 쌓았다. 외지인이 이곳에 먼저 와서 정착한 경험담은 우리에게 많은 도움이 되었다. 아랫마을 원주민들과는 상면할 기회가 적었지만, 만날 때마다 겸손하게 머리 숙였다. 원주민들이 외지에서 이사 온 사람들을 배척할 거라는 친지들의 우려가 기우에 불과할 것이라는 믿음이 생겼다. 낯선 환경에 적응해 가는 것은 그야말로 마음먹기에 달렸음을 알게 되었다. 모든 관계는 내가 먼저 하기 나름이라는 생각이 들었다.

　야영을 끝내는 날, 집짓기에 가장 알맞겠다고 여겨지는 곳에 나무 말뚝을 박고 비닐 끈으로 위치를 잡아 놓았다. 가을에 집이 지어질 자리를 보고 또 보며 집으로 향하는 발길이 꿈에 부풀었다.

　여름철마다 매미의 모닝콜에 잠 깨고 별들과 소곤거리다 물소리에 잠드는 생활! 꿈꾸던 삶이 손에 잡혀 마음은 더할 것 없는 부자인 듯했다. 그렇다고 힘든 일이 없겠는가. 웬만한 어려움은 극복해 나가리라는 마음의 준비가 되어 있으니 자연이 나를 품어 주기만을 기대할 뿐이었다.* (2010. 3)

쓰임 돌

마당에 놓을 징검돌이 모자라서 몇 개를 보충하기 위해 집 앞 계곡으로 내려갔다. 가까이 다가가서 보니 마음에 드는 돌이 많지 않다. 모양이 예뻐서 돌을 들어보면 밑면이 일그러져 있고, 돌 색깔이 좋으면 모양이 마음에 들지 않는다. 물가를 오르내리기를 여러 번, 쓸 만 한 돌 몇 개를 겨우 찾았다.

나에게 선택된 돌은 우리 집 마당으로 옮겨져 디딤돌이 되어 발에 밟히는 희생을 감수해야 한다. 하지만 잔디를 보호하는 임무를 맡게 되니 보람되지 않을까. 선택되지 못한 수많은 돌은 때때로 세찬 물살에 시달리거나 떠밀려 굴러가야 한다. 그러나 모난 곳이 깨어지고, 깎이는 고통을 감내하다 보면 더 좋은 곳에 쓰임 받게 될지도 모를 일이다. 안목 있는 어느 수석 수집가의 눈에 띄어 귀한 자리에 올라앉게 될지 누가 알겠는가.

보폭을 어림하여 징검돌 놓을 자리를 호미로 움푹하게 팠다. 땅을 팔 때마다 크고 작은 돌들이 박혀 있어서 힘이 들었다. 호미로, 곡괭이로 파낸 돌을 한쪽에 버리고 징검돌을 놓은 후 빈틈을 흙으로 메웠다. 그리고 징검돌 사이에도 잔디를 심어 마무리했다.

며칠 후, 비 온 뒤에 그 위를 걸으니 푹 꺼지면서 흙탕물이 튀어 올랐다. 징검돌을 받쳐 주는 힘이 약했던 모양이다. 어쩔 수 없이 징검돌을 들어내고 흙을 긁어낸 후, 한쪽에 버린 돌을 주워 밑에 깔았다. 그 위에 징검돌을 다시 놓고 빈틈을 잔돌로 메우고, 또 생긴 틈은 흙으로 채워 마무리하였더니 비가와도 안전한 디딤돌이 되었다. 무심코 버린 돌이 안전역할을 해 주었으니 고마운 일이다.

돌의 쓰임새는 이루 헤아릴 수 없다. 석기시대부터 사용된 생활 도구로부터 오늘에 이르기까지 다양한 곳에 쓰였다.

맷돌에 콩을 갈아 두부를 만들고, 명절에는 떡가루를 빻느라 디딜방아가 바빴다. 이불잇을 반듯하게 개어 올려놓고 다듬질하던 다듬잇돌, 열무김치에는 붉은 물고추를 절구에 찧어 넣어야 제맛이 난다면서 시어머니가 사 주신 돌절구, 그리고 지인이 양양 장터에서 사다준 작은 맷돌은 볼수록 정겹고 애착이 간다. 돌은 그렇게 끈끈한 정을 이어주는 역할도 한다.

석공의 섬세한 손놀림에 따라 새롭게 태어나는 돌은 보는 이의 가슴 속에 오래도록 감동으로 남는다. 중학교 1학년 때 오대산 월정사에 수학여행 가서 처음 본 '팔각9층석탑과 부도는 참 인상적이었다. 귀고리를 달고 있는 듯한 9층 석탑이 신기하여 고개를 뒤로 젖히고 한참 올려다보았었다. 월정사 입구에 있는 부도에 한쪽 팔을 턱 걸치고 찍은 사진은 볼수록 민망하다. 스님의 사리탑인 줄 모르고 저지른 불경스러운 모습이니 용서하지 않을지….

돌은 건설 현장에 없어서는 안 될 존재이기도 하다. 튼튼한 건축물이 되고, 성을 이루어 큰일을 감당한다. 그러나 터키와 그리스 지역을 성지순례 할 때 보았던 무너진 건축물 앞에서는 비애에 젖었었다. 지진으로 맥없이 무너져 내린 소아시아 교회들과 아크로폴리스의 신전. 보수 중이던 파르테논 신전과 벌판에 허허롭게 서 있는 우람한 돌기둥들이 그러했다. 한때 크게 쓰임 받던 때가 언제였느냐는 듯했지만, 고대 문명의 전성기를 묵묵히 전해 주는 역사의 증인 역할을 하고 있었다. 크게 쓰임 받던 돌은 폐허에서도 자기의 존재가치를 드러내고 있었다.

남편은 돌담을 쌓았다. 산에 철탑을 세우느라 나오는 흙으로 땅을 돋우고 집을 지었더니 호미질만 해도 돌이 나왔다. 마당에 나뒹굴고 있는 돌이 처치 곤란이었다. 쓸모없는 돌을 어찌 처리할지 고심하던 끝에 돌담을 쌓은 것이다. 돌 쌓는 기술이 부족하여 구불구불하고 담에 구멍이 숭숭 났다. 그러나 덕수궁 돌담처럼 정교하고 낭만적이지는 못할지라도 우리 집 돌담은 아늑하고 소박한 정취가 배어있다. 버려질 뻔했던 돌들이 고즈넉한 풍경을 자아내는 쓰임 돌이 된 것이다.

문득 한 아이가 생각난다. 아무 일도 못 할 것 같던 그 아이가 일터에서 열심히 일하고 있는 모습이 대견했다. 우리 반 아이들은 그 아이가 우리 학급에 있는 것을 꺼렸다. 매월 학력평가를 하여 학급 성적을 순위로 매겨 공개하던 시절, 번번이 영점을 받아 학급 평균 점수를 떨어뜨리는가 하면, 주변에 있는 급우들을 괴롭히고, 화가 나면 물불을 못 가릴 만큼 난폭하여 교실을 소란하게 했다. 때때로 3층 교실 창가에 걸터앉아 아찔하게 하기도 했다. 초등학교 4학년이 되도록 제 이름도 못 썼다. 학습지에 이름을 써넣을 때면 가슴에 단 이름표를 왼손으로 받쳐 들고 그리듯이 썼다. 그 아이의 이름은 물구나무로 서 있곤 했다. 그래도 열심히 제 이름을 쓰는 모습이 대견했다. 방과 후에 따로 남게 하여 한글을 깨우쳐 주려고 노력하였지만, 만족할 만한 성과 없이 학년이 바뀌면서 그 아이와 헤어졌다. 나를 참 힘들게 했던 아이인지라, 나중에 사회의 일원이 되어 제 몫을 하며 살아갈지 염려되었다.

　수년이 지난 어느 날, 자동차에 기름을 넣기 위해 주유소에 들어갔다. 한 소년이 부리나케 달려와서 꾸벅 인사를 하고 기름을 넣었다. 기름 값을 치르는데 그 소년이 나를 보더니 "어, 선생님이다!"라고 하며 허리를 굽혀 인사를 하지 않는가. 열한 살짜리 어린아이가 십 대 후반으로 훌쩍 자란 모습을 내가 어찌 알아볼 수 있었을까. 이름을 물었더니 바로 물구나무서던 그 이름이었다. 그제야 그 아이의 옛 모습이 보였다. 4학년 때 한글은 깨우치지 못했어도 담임 선생님 얼굴은 또렷이 기억하고 있었던 모양이다. 참으로 반갑고 고마웠다. 돌아오는 길에 주유소에서 일하고 있는 그 아이의 밝은 표정이 내 마음을 편안하게 했다. 그 일을 바탕으로 더 큰 일도 해낼 수 있을 것이라는 믿음도 생겼다. 그 아이에게 일감을 준 주유소 사장이 고마웠다.

버려졌던 자갈이 징검돌을 받쳐 주고, 쓸모없다고 여겼던 돌이 정취 있는 돌담이 된 우리 집 쓰임 돌이 내게 전한 뜻은 '쓸모없는 것은 없다. 다만 쓸 줄 모르기 때문이다.'라는 것이다. 하물며 만물의 영장인 사람 중에 쓸모없는 사람이 있을까. 비록 지금은 쓰임 받지 못하고 있을지라도 언제 어느 곳에서 필요한 존재가 될 것이다. 자신을 갈고 닦으며 그날을 기다려 볼 일이다.

사용자에게는 일꾼을 알아보는 혜안이 필요하다. 발끝에 차이는 돌이 어느 곳에는 귀히 사용될 쓰임 돌이잖은가.

'당신은 사랑받기 위해 태어난 사람'이라는 노래가 있다. 이 노래를 '당신은 쓰임 받기 위해 태어난 사람'이라고도 불러보면 어떨지.*

(2010. 7)

옹이 그림

우리 집 벽과 천정은 옹이자국 투성이다. 핀란드산 소나무로 지은 통나무집에 웬 옹이가 이리도 많은지 모르겠다. 나는 옹이가 많은 나무는 목재로서의 가치가 떨어진다고 하여 옹이를 못마땅하게 여겼다. 그러나 요즘은 옹이 그림에 푹 빠져있다. 옹이를 감싸고 있는 굵고 가는 선의 향연은 보면 볼수록 묘하고 아름답다. 우리 집이 옹이 그림 전시장이 된 셈이다.

옹이는 나뭇가지의 밑 부분이 나무의 몸에 박혀 생긴 것이라고 한다. 살아있는 가지의 밑 둘레는 나무의 몸에 완벽하게 붙어 있어 제재하여도 옹이가 떨어져 나가지 않는다고 한다. 그러나 죽은 나뭇가지의 밑 부분은 주위 조직과 결합하지 못하고 떨어져 구멍이 나게 된다. 죽은 옹이다. 우리 집 옹이는 대부분 다양한 그림을 그린 살아있는 옹이다. 그 옹이 그림들이 나에게 상상의 세계를 펼쳐준다.

컴퓨터 모니터 뒤에서 나를 뚫어지도록 내려다보는 눈동자가 있다. 마치 소용돌이치는 원의 중심에 있는 태풍의 눈 같다. 세파에 아무리 휘둘려도 결코 혼을 빼앗기지 않으려는 의지가 역력하다. 그래서 내 시선을 사로잡는다.

책꽂이 옆에서 어진 눈망울을 굴리며 나를 응시하는 눈도 있다. 그 눈길이 정겹다. 이십여 년 전에 정선 조양강 주변에서 본 암소의 눈 같다. 키 큰 옥수수로 가려져 너와 지붕만 보이던 어느 시골집을 방문한 적이 있었는데, 외양간에는 미스 정선으로 뽑혔다는 암소 한 마리가 그 징표인 귀고리를 달고 있었다. 그 암소의 어진 눈망울이 우리 집 옹이로 환생한 듯하다.

천장 바로 밑에 있는 저 그림은 또 무엇인가. 일어서서 가까이 들여다보니 감탄사가 절로 나온다. 갈색 꽃술을 중심으로 네 쌍의 겹꽃잎이 활짝 피었다. 꽃잎 두 쌍은 좌우로 너울너울 춤추며 길게 번져나갔다. 환희에 취한듯하다. 우리 고유의 전통 문양을 닮은 옹이 그림이 신비스럽다. 자연의 멋이다.

종이 반쪽 면에 붓으로 잎맥을 그리거나 물감 한 방울 떨어뜨려 반으로 접었다 편 듯한 데칼코마니 기법으로 표현한 것도 있다. 잎맥 모양 같고 부드러운 깃털 같기도 하다.

그런데 저 옹이에는 무슨 일이 있었던가. 가슴속에 맺힌 한이 얼마나 깊었으면 삭이다, 삭이다 못해 저렇게 푹 파여 버렸을까. 아픔을 감내하면서 제 속에 단단히 박혀 있는 옹이를 빼버렸는지도 모를 일이다.

국어사전에는 옹이를 '굳은살'과 가슴에 맺힌 감정 따위를 비유적으로 이르는 말이라고도 적혀 있다. 내가 무심코 내뱉은 말 한마디가 상대의 가슴에 옹이로 남아 있을 수 있겠고, 별일 아닌 것에 스스로 옹이를 만들어 자기 가슴에 품기도 할 것이다. 그것이 소통을 가로막고 삶을 지치게 하는 것 같다. 나는 이웃들의 가슴에 얼마나 많은 옹이를 박아놓았을까. 마음이 움찔해진다.

옹이는 다른 부위보다 많은 피톤치드를 함유하고 있다고 한다. 피톤치드는 식물이 병원균과 해충, 곰팡이에 저항하려고 내뿜는 물질인데 사람에게 매우 유익하다. 결 고운 그림을 그리고 피톤치드를 분비하는 옹이처럼 사람들의 가슴에 옹이 진 것도 그렇게 승화하면 좋겠다.

가끔 내 속에서 울걱거리는 옹이들. 유연한 선으로 아름다운 그림을 그린 우리 집 옹이들처럼 내 마음속 옹이도 멋진 그림으로 거듭나면 좋으련만…. 나의 속 뜰에 자연의 멋이 풍기는 옹이 그림 전시장 한 칸쯤 꾸미고 싶다.* (2011. 9)

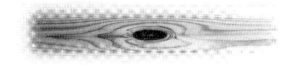

거꾸로 서 있는 나무

집 근처 임도를 걷는다. 뺨을 스치는 초겨울의 싸늘한 공기가 정신을 맑게 한다. 계곡 물소리가 청량감을 더한다. 임도 옆 작은 물웅덩이에 이르니 버들치들의 안부가 궁금하다. 웅덩이를 들여다본다. 물속에 떼 지어 놀던 버들치가 보이지 않고 물구나무로 서 있는 나무들이 나를 반긴다. 거꾸로 서 있어도 힘들지 않은 모양이다. 저들은 내가 거꾸로 서 있다고 하지 않을까.

물속에 비친 내 모습이 궁금하여 허리를 굽혔다. 물속에 잠긴 깊은 하늘로 빨려 들어갈 것만 같다. 현기증이 난다. 물속 내 얼굴을 들여다본다. 눈, 코, 입은 윤곽만 보일 뿐 어둑하다. 내 작은 키가 더 작달막하다. 물웅덩이 저편 물속에 거꾸로 서 있는 나무들은 저리 선명하고 멋지다. 수선화의 전설을 떠올린다. 물에 비친 자신의 아름다운 얼굴에 반하여 물에 뛰어든 나르키소스. 해가 나를 비끼어 다행이다. 물에 비친 우중충한 내 모습에 내가 반할 리 없으니 말이다. 나를 나르키소스에 비유한 표현에 웃음이 난다.

법정 스님의 수상 집 '산중 한담'의 '거꾸로 보기'라는 글이 생각난다. 그는 어린 날 친구들과 놀이를 할 때처럼 가랑이 사이로 산을 내다보았다. 하늘은 호수가 되고, 산은 호수에 잠긴 그림자가 되고…. 그 모습이 하도 아름답고 신기해서 일어서서 바로 보고, 다시 거꾸로 보기를 반복하다가 새로운 사실을 알아낸다. 우리가 인식하고 있는 것은 대부분 고정관념이라는 것이다. 보는 각도를 달리하면 사람이나 사물의 새로운 면이 보인다. 상대를 선입견에서 벗어나 따뜻한 열린 눈으로 바라본다면 시들한 관계도 생기를 얻게 될 것이라고 했다. 나를 반성하면서 읽었던 글이다.

법정 스님처럼 '거꾸로 보기'를 체험할 기회가 있었다. 숲을 사랑하는 사람들의 모임에서 어린이 숲 체험교육프로그램 작성을 위하여 설악산에서 선행 체험을 하게 되었다. 거기에 참여해 달라는 연락을 받았다. 나는 학교 교육과정과의 연계성이 궁금하여 설악산으로 갔다. 그들이 작성한 프로그램을 살펴보고, 좀 더 참신한 내용이 없을까 궁리하다가 법정 스님의 '거꾸로 보기'를 떠올렸다. 어색하고 쑥스럽지만, 내가 시범을 보였다. 권금성을 오르내리는 케이블카, 설악산 봉우리, 옆에 서 있는 나무, 지나가는 사람들…. 시야에 들어오는 풍경들이 정말로 새롭게 보였다. 파란 하늘의 뭉게구름은 참으로 아름다웠다. 그런데 내 가랑이 사이로 본 풍경들은 거꾸로 있지 않았다. 하늘은 호수가 되지 않았고, 산은 호수에 잠긴 그림자가 아니었다. 하늘은 하늘이고 산은 산이었다. 느낌만 새로웠을 뿐이다. 바르게 서 있는 풍경들에 대한 내 고정관념이 거꾸로 보이는 것 그대로 받아들이지 못하는 것이었을까.

나는 내 고정관념으로 인해 여러 사람을 힘들게 하는지도 모른다. 내가 만든 틀에 자신을 비롯하여 너무 많은 사람을 가두곤 한다. 그 틀은 사회 규범에 의한 것이 대부분이고, 나 스스로 만든 규범이다. 전해 오는 관습이기도하다. 그러한 것들로 내 삶의 소신이라는 틀을 만들었다. 내 틀 안에서 숨 막히게 자라온 아들들은 "엄마는 자신에게 관대하고 남에게는 냉철하다."라고 말한다. 나는 그 반대라고 주장하지만, 나를 반대편에서 바라보는 두 아들의 판단이 옳을 수도 있다.

내가 만든 틀이 친구의 마음을 다치게 한 일이 있었다. 지난여름에 서울에 사는 친구들이 양양으로 이사 온 우리 집에 왔다. 우리는 밤이 새도록 정담을 나누었다. 첫사랑 이야기를 풀어놓을 때는 들뜬 소녀의 감성으로 되돌아갔다. 이야기가 무르익어 갈 무렵, 내내 침묵을 지키고 있던 M이 고민을 털어놓았다. 사촌 오빠가 소개해준 분으로부터 청혼을 받은 내용이었다. 우리는 친구에게 축하의 말을 건네면서도 나름대로 진지하게 생각했다. 어느 친구가 그분과 친구처럼 지내면 좋겠다는 말을 했다. M은 떳떳한 관계여야 되지 않겠느냐고 답했다. 친구의 성품을 대변하는 말이었다.

그녀의 재혼 문제에 대하여 의견이 분분했다. 그때, 나는 삼십여 년을 홀로 살아온 맵시, 마음씨 예쁜 친구 J가 생각났다. 그녀는 30대에 남편과 사별한 후, 좋은 혼처를 마다하고 홀로 남매를 잘 성장시켜 가정을 이루게 했다. 지금은 취미생활과 봉사활동을 하며 늘 명랑하다. 설중매를 연상시키는 J의 삶이 내 틀 안에 너무나 반듯하게 서 있었다. 나는 M의 재혼에 반대 의사를 밝혔다. 진정한 사랑에는 희생이 따르기 마련인데, 마음 여린 친구가 정년퇴직 후 새로운 삶을 감당해 낼 수 있을지 염려되었기 때문이다. 나는 여러 경우를 가정법으로 제시하며 신중하게 결정하기를 권했다. 잠자코 우리의 의견을 듣고만 있던 M이 입을 열었다. 나를 보고 서운하다고 했다. 아마 누가 뭐라고 해도 내가 자기 입장을 가장 잘 이해해 줄줄 믿었던 것 같다. M이 "너희들 10여 년 동안 혼자 밥 먹어 봤니?"라고 말했다. 그 말을 듣자 가슴이 먹먹했다. 그러고 보니 M이 남편과 사별한 지 어언 10년이 훌쩍 지나지 않았는가. 방안에는 한동안 침묵이 흘렀다.

물속에 거꾸로 서 있는 나무는 땅 위의 나무가, 땅 위에 서 있는 나무는 물속의 나무가 거꾸로 서 있다고 서로 비난할 일이 아닌 것 같다. 나를 상대방의 처지에 세워보는 아량이 있어야 하지 않을까. 고민을 털어놓았다가 오히려 상처만 입고 간 친구 M에게 미안하다. 친구의 입장을 헤아리지 못한 나를 진정한 친구로 여기고 있을까.

M의 목소리가 듣고 싶다. 그날 이후 소식이 없어 궁금한 터이다. 열아홉 살 교대 입학 때부터 이순을 넘긴 지금까지 끈끈한 우정을 이어온 지기지우知己之友가 아닌가. 안부 전화를 걸어야겠다. 물소리, 새소리도 들려주어야지.

주머니에서 휴대전화를 꺼내 들었다. 거꾸로 서 있는 나무들이 나에게 다가온다. 나도 그들 곁으로 다가갔다.* (2007. 12)

솔방울 골프

지팡이처럼 갖고 다니는 헌 골프채가 산책의 즐거움을 더해 준다. 금강소나무 숲길을 걷다가 눈 위에 사뿐 올라앉은 솔방울을 골프채로 쳐 날리기를 반복하다 보면 몸이 쌀쌀한 날씨에도 이내 훈훈해진다. 걷기와 몸통 운동을 병행하는 산책이니 운동 효과가 크다. 그뿐만인가. 골프채는 숲속에서 일어날 돌발 사태에서 나를 지키는 호신용이기도 하다.

하얀 눈 위에 점점이 흩어져 있는 솔방울을 아이언 골프채로 치면 내 스윙 자세가 바른지 금방 알 수 있다. 스윙 자세가 바르다고 여겨지는데 아이언 자국은 엉뚱한 곳에 나 있고, 솔방울은 내 주변에 떨어져 있기 일쑤다. 골프장에서 내가 공을 잘 치지 못하는 이유를 비로소 알게 된다. 아이언에 맞은 솔방울이 번번이 빗나가서 안타깝지만, 운동 삼아 즐겁게 솔방울 골프를 하다 보면 이마에 송골송골 솟은 땀방울을 솔바람이 닦아줄 때의 그 신선한 느낌을 무엇에 견줄까.

골프는 나처럼 순발력이 뒤지거나 기구 운동에 두려움이 있는 사람에게 알맞은 운동인 것 같다. 숨 가쁘게 뛰거나 달리지 않고, 호흡을 조절하며 자기 능력껏 하는 운동이어서 느긋한 내 성격에 적합하다. 배구공이 나를 향해 날아오면 눈 감아버리고, 피구 공이 날아오면 등부터 돌렸던 내 모습을 생각하니 웃음이 절로 나온다. 하지만 골프공은 안정된 위치에 놓고 내가 쳐서 날리게 되니 두려울 게 없다. 상대에게 폐 끼치지 않고 혼자서 할 수 있는 운동이어서 부담이 적다. 그 실력은 연습량에 비례하여 희망적이다.

골프공은 자신을 다스릴 줄 아는 사람을 좋아한다. 차분하고 겸허한 마음으로 바른 자세를 유지하고, 골프공과 눈 맞춤하다가 정확한 스윙을 해야만 공이 원하는 위치로 날아간다. 공을 치기도 전에 성급하게 머리를 들어 목표 지점을 바라보거나 승부 욕심으로 어깨에 힘이 잔뜩 들어간 사람은 골프공으로부터 외면당한다. 공이 엉뚱한 곳으로 날아가는 서운함을 맛보아야 한다.

솔방울은 골프공보다 더 까다롭다. 신중한 자세로 예의를 갖출 때 솔방울도 화답하며 날아간다. 그렇게 틈틈이 연습한 결과일까. 내가 치는 솔방울이 제법 멀리 날아가는 것을 보면 무디어진 스윙 자세가 바로잡히는 모양이다. 이런 모습을 친구들에게 보여주고 싶다. 그들은 내가 이제 겨우 공을 치게 되었는데 산촌으로 들어가 골프채를 놓으면 그동안의 수고가 헛되게 된다며 안타까워했다.

골프의 유래가 궁금하여 알아보았다. 네덜란드의 어린이들이 실내에서 하던 콜프(Kolf)에서 유래한다는 설과 스코틀랜드 목동들이 나뭇가지로 돌멩이를 날리던 놀이에서 유래한다는 설이 있다. 또 아이스하키와 비슷한 놀이인 네덜란드의 콜벤(Kolven)이 스코틀랜드로 건너가 골프로 발전했다는 설도 있다. 골프의 기원은 깃털로 채운 가죽 볼을 끝이 둥근 자연목으로 쳐서 날려 보내는 로마 시대의 파가니카라는 경기라고도 한다. 골프는 14세기부터 스코틀랜드에 널리 퍼졌는데, 15세기에 들어와서는 너무 유행하여 국왕 제임스 2세가 골프를 금지하기도 하였다. 골프가 국민의 무도와 신앙에 방해를 준다고 여겼기 때문이다. 하지만 골프는 일반인은 물론 귀족과 왕도 즐기는 국민 스포츠로 발전하였으며, 영국으로 전해지며 더욱 성행하였다고 한다.

우리나라에 골프가 소개된 것은 1900년으로 함경남도 원산의 세관에서 일하던 영국인들이 세관 내에 6홀의 골프 코스를 만들어 경기한 것이 최초이다. 이후 1919년 현재의 효창공원 자리에 미국인 댄트(Dant, H.E.)가 9홀의 골프장을 만들었다가 청량리로 옮기며 18홀로 새롭게 개장하였다. 골프 클럽은 1924년 창단된 경성 골프 구락부가 최초이다.

내가 어릴 적에는 마당에 낸 작은 구멍에 유리구슬을 손가락으로 팅겨 넣는 놀이와 한 뼘쯤 되는 둥근 막대기 양 끝을 비스듬히 잘라 땅에 놓고 긴 막대로 쳐서 멀리 날리는 자치기 놀이를 했었다. 주로 사내아이들의 놀이였는데 나는 소꿉놀이보다 그런 놀이를 더 좋아했다. 오늘

날 다른 운동보다 골프에 흥미를 갖게 된 것과 무관하지 않은 것 같다.

골프의 시작은 '에티켓'이라고 한다. 에티켓은 배려다. 골프는 심판원이 없고 스스로 경기 방식과 규칙을 알고 지키며 동반자와 함께 하는 스포츠다. 다른 골퍼에 대한 배려가 주요 덕목이다. 수많은 스포츠 가운데 골프가 고급 스포츠의 하나로 자리 잡은 것은 왕족이나 귀족의 운동이고 값비싼 운동이기 때문이라기보다 골프를 하는 사람이라면 기본적으로 타인을 배려하는 마음이 몸에 완전히 스며 있다고 인정하기 때문이라고 한다. 요즘은 골프가 대중화되어 누구나 즐길 수 있는 운동이 되었다. 그러다 보니 남을 배려하지 않고 아무 데서나 골프채를 휘두르거나 불순한 목적으로 골프를 하다가 곱지 않은 시선을 받게 되는 경우가 종종 있다. 뇌물성 골프 접대가 그 예라고 할 수 있겠다.

작년 한식 무렵이었다. 남편과 함께 친정아버지 산소에 갔을 때 산소와 주변 숲에서 골프공을 스물세 개나 주웠다. 골프공이 공짜로 생기니 웬 횡재냐 싶었는데 그것도 잠시, 어찌 이런 일이 있었는지 의아스러웠다. 근처에 개설한 파 쓰리(Par 3) 골프장에서 날아온 것일까? 추측해 보았지만, 그것은 불가능했다. 파 쓰리 골프장 쪽으로는 소나무 숲이 우거져 있어서 산소 주변에만 공이 떨어질 수 없는 곳이다. 그 공들은 누군가가 맞은편 산등성이 묘지 잔디에서 친 것으로 추측되었다. 비거리飛距離로 보아 구력球歷이 있는 사람이 쳤을 것이다. 아마 어느 골프광이 폭설로 인해 골프장이 유상 하자, 대로변 눈 녹은 양지바른 묘지 잔디에서 골프공을 친 모양이다. 그때 골프공에 얻어맞은 아버지 산소를 생각하면 지금도 마음이 언짢다.

누굴 탓하랴. 나는 개구리에게 몹쓸 짓을 하지 않았는가. 초겨울 어느 날, 임도 옆 도랑에 수북이 쌓인 낙엽 더미에 목표물을 정하고 골프채로 스윙 연습을 하다가 잘 못 된 동작으로 낙엽 더미가 푹 파였다. 그런데 그곳에 제법 큰 갈색 개구리가 꿈틀거리고 있었다. 놀란 가슴을 쓸어내리며 개구리를 살펴보니 다행히 다치지 않아서 마음이 놓였다. 겨울잠을 자던 개구리가 폭군의 기습에 얼마나 놀랐을까. 개구리에게 미안했다.

멧돼지 출현이 두려워 지팡이 겸 호신용으로 골프채를 갖고 다닌다는 나에게 마을 사람이 차라리 우산을 들고 다니란다. 멧돼지는 우산을 펴고 몸을 숨기면 바위인 줄 알고 그냥 지나치지만, 섣불리 골프채를 휘둘렀다가는 공격을 받을 수 있으므로 골프채보다는 우산이 안전하단다. 그러나 막상 그런 실제 상황이 발생되면 나는 골프채도, 우산도 다 버리고 비명을 지르며 도망치지 않을지.

봄이 오면 솔방울 골프를 접는다. 어쩌다 풀 위에 사뿐 올라앉은 솔방울을 보더라도 골프채를 휘두를 수 없다. 풀잎이 골프채에 얻어맞아 뜯기고 찢긴 채 허공에 흩어지며 비명을 지르는 듯하기 때문이다. 솔방울 골프를 할 계절이 다시 올 때까지 등산로를 오르내리면서 체력을 기른다. 그 체력과 내 솔방울 골프 실력이 하나가 되는 날, 골프공의 비거리가 짧아 번번이 연못에 빠뜨리고 벙커에 빠진 공을 쳐올리느라 절절매는 민망함을 덜게 되리라. 어쩌면 여고 시절 친구들과 가지게 되는 다음번 골프모임에서는 항상 내 몫이던 꼴찌 딱지를 떼어버릴 수 있지 않을까. 스윙 자세는 내가 제일 멋지다고 애써 격려해 주던 그녀들 앞에서 '솔방울 골프 만세!'를 부를 그날이 눈앞에 아른거린다.*

(2011. 3)

겨울나기

올겨울은 많은 눈이 내리지 않았다. 작년처럼 허리까지 눈이 쌓여 설국의 여왕이라 뽐내며 눈 경치를 퍼 나르던 그런 겨울이 아니다. 겨우 60cm 쌓인 첫눈이 내린 후 발등이 덥힐까 말까 할 정도의 눈이 몇 차례 내렸을 뿐이다. 산촌은 역시 하얀 겨울이 좋다. 눈 없는 산촌은 솔바람 소리마저 스산하게 들린다.

겨울나기가 지루할 것만 같았다. 겨울이 지루하다며 무료하게 보낼 수는 없지 않은가. 봄이 오기 전에 꼭 해야 할 일을 꼽으며 우선순위를 정했다. 글쓰기와 책 읽기, 건강관리. 그리고 가끔 투정을 부리는 컴퓨터를 돌보는 일이 우선순위다. 중요한 것은 실천이다.

글쓰기는 이 겨울에 해야 할 가장 큰 일감이다. 매번 원고 마감일에 쫓겨 허둥대는 버릇이 있기 때문이다. 글감을 골라 뼈대를 세우고 살을 붙인 후 옷을 입힌다. 겨울이라고 두툼한 옷을 입히니 무겁고 갑갑하다며 벗어 버린다. 날씬한 몸매에는 화려한 무늬의 얇은 천으로 곡선미를 살려 옷을 짓는다. S자 몸매가 드러나고 화사한 모습이 예쁘다. 하지만 너무 요염하다. 눈요기는 될지언정 과장된 몸치장에 지성미가 없고 진실이 왜곡될 수 있다. 지성미를 갖춘 아름다움은 어떤 모습일까. 정장에 흐트러짐이 없는 옷차림을 연출한다. 품위는 있으나 가까이 다가가기가 내키지 않는다. 장신구로 포인트를 주어 분위기를 반전시켜 보지만, 자칫 생뚱맞을 수 있겠다. 차라리 된장 냄새 풀풀 풍기는 아낙의 구수하고 꾸밈없는 차림이 편안하고 친근감이 있겠다.

글을 쓰고 문장을 다듬는 일이 이렇게 힘든 것임을 실감하게 된다. 시인 은사님께 내 등단 소식을 전했을 때, "늦은 나이에 어찌 험난한 길에 들었느냐?"라고 하셨다. 은사님은 시를 쓰면서 잡힐 듯 말 듯 떠다니는 시어들을 붙잡기가 고행과 같은 것이라고 하셨다. 갈수록 글쓰기가 어렵게만 여겨지니 은사님 말씀에 공감이 간다.

글을 쓰다가 가슴이 답답하면 창밖을 내다본다. 마음이 금강소나무 숲을 거닐다가 먼 산등성이에 그리운 얼굴을 떠올린다. 산비탈을 오르내리며 그리움을 떨치다가 이내 휴대전화를 집어 들고 문자를 띄운다.

"여기 언제 올래?"

"너무 멀어서…"

"마음이 먼 게지."

토라진 듯한 내 메시지가 마음에 걸렸는지 이내 전화벨이 울린다. 수다스러운 여인들의 목소리가 오대산 자락을 넘나든다. 한겨울 산골짜기에 정겨운 이야기가 스며들었다가 운무 되어 너울거린다.

독서는 글쓰기의 양식이다. 비축된 영양분 없이 어찌 좋은 열매를 맺을 수 있을까. 채 읽지 못한 책들을 차근차근 읽는다. 문우들이 보내 준 수필집을 바쁘다는 핑계로 대략 읽어 넘긴 것도 있었다. 그들에게 미안하기 짝이 없다. 그 글들을 다시 읽노라면 새로운 감동으로 다가오기도 한다. 담담하게 지나쳤던 내용이 즐거운 웃음을 주는가 하면 울리기도 한다. 내 허물을 깨닫게도 한다. 역경 속에서 아름다운 삶의 꽃을 피워 맺은 열매 앞에서는 숙연해진다. 때로는 작가와 함께 여행하면서 다양한 풍물을 체험한다. 간접 체험일지라도 생생하게 와 닿을 때가 많다.

겨울철 건강관리는 한 해의 밑거름이 아닐까. 춥다고 움츠러들거나 영양 관리를 잘못하면 생동감 넘치는 봄을 감당하기 힘들게다. 춘곤증에 걸려 양지쪽 병아리처럼 졸게 될지도 모를 일, 몸과 마음에 활력을 길러야 한다. 숲속을 걸을 때는 남편의 낡은 골프채 하나를 뽑아 든다. 골프에 관심이 없는 남편에게 그의 친구가 사용하던 것을 동기유발용으로 주었는데 먼지만 뒤집어쓰고 있다. 덕분에 아이언은 내 지팡이 노릇을 하는가 하면 호신용이기도 하다. 걷다가 솔가리나 눈 위에 사뿐 올라앉은 솔방울을 쳐서 날리면 제 본연의 임무인 골프채가 된다. 나만이 즐기는 솔방울 골프다. 걷기와 몸통 운동까지 하게 되니 운동량이 만만찮다. 그러던 어느 날 친구에게서 전화가 왔다. 요즘 어떻게 지내느냐고. 지금 골프장에 와 있다고 했더니 반신반의하며 좋겠단다.

친구에게 능청을 떨던 일이 생각나서 웃음이 난다.

컴퓨터에 저장된 사진을 편집하는 일이 즐겁다. 마음에 드는 사진을 골라 좋은 글과 음악을 넣는다. 그런데 컴퓨터가 소화불량에 걸렸나 보다. 느리고 받아들일 공간이 얼마 안 남았다는 쪽지가 간간이 뜬다. 각종 자료로 채워진 곳에 사진까지 마구 밀어 넣으니 탈이라도 날까 염려된다. 휴지통을 비워주고 더러는 블로그에 옮겨 공간을 확보했다. C 드라이브에 편중된 것을 영역별로 분류하여 D 드라이브와 E 드라이브로 분산시켰다. 디스크 조각 모음까지 하니 봄맞이 대청소라도 한 기분이다.

어느새 생강나무가 노란 꽃등을 달아 산골짜기를 밝힌다. 진달래가 눈부신 듯 실눈을 뜨고 진분홍 웃음을 보낸다. 투명 찻잔에 생강나무 꽃 몇 송이를 띄우니 물에 동동 떠다니며 연노랑 물빛을 흘린다. 모락모락 피어오르는 꽃차 향기로 새봄을 맞는다. 새봄에 할 일들이 순서대로 늘어선다. 새 힘과 희망이 꿈틀댄다. 그러고 보니 긴 겨울은 언제 꼬리를 감추었는가.* (2009. 3)

마음의 눈

올여름도 숲과 계곡을 찾아오는 사람들로 북적거린다. 조용하던 우리 집도 예외가 아니다. 친지들을 맞이하고 보내느라 여념이 없다. 넉넉하지 않은 공간에서 복닥거리노라면 불편함이 있지만, 모처럼 만난 지인들과 함께하는 시간은 즐겁기만 하다. 때로는 친지를 따라온 낯선 손님을 맞이하기도 한다. 낯선 사람도 숲속을 함께 거닐고 이야기를 나누다 보면 오랜 지기처럼 스스럼없는 관계가 된다. 그 부부가 그러했다. 자연이 맺어주는 인간관계는 순수하기 때문이리라.

더위가 한풀 꺾인 여름.

60대 중반쯤 된 듯한 낯선 부부가 남편의 친구 부부를 따라 우리 집에 왔다. 차에서 내린 부부는 서로 손을 다정하게 잡고 우리에게 인사를 한다. 남자는 선글라스를 낀 듬직한 체격이고 그의 아내는 상냥했다. 우리 부부도 손님을 반갑게 맞아 뜰 안으로 안내했다. 그들은 집안으로 들기 전에 집 주위부터 둘러보았다. 우리 집에 처음 오는 사람은 누구나 거치는 과정이다. 아직도 돌멩이가 나뒹굴고 잡초가 어수선한 뜰이 부끄러운데 손님들은 흙냄새를 맡을 수 있는 마당이 있어 좋기만 하단다.

뜰을 구경한 일행이 마당 가에 서서 계곡을 내려다보더니 물가로 내려갔다. 선글라스를 낀 낯선 남자는 베란다에 서서 일행의 뒷모습을 바라보고만 있다. 돌계단을 내려가기 불편한 몸인가 싶었다. 내가 그에게 다가가서 계곡으로 천천히 내려갈 것을 권하자 빙그레 웃으며 그냥 서 있는 게 좋다며 사양한다. 그때까지만 해도 나는 그가 시각장애인인 것을 눈치채지 못했다.

계곡에서 올라온 손님을 집안으로 안내하고 차를 대접하면서 비로소 그가 시각장애인이라는 사실을 알게 되었다. 그는 자기가 시력을 잃게 되었음을 스스로 밝히고 신경을 쓰게 해서 미안하다고 했다. 그는 대기업의 중역으로 있다가 작은 기업체를 운영하였다고 한다. IMF가 그분이라고 비껴가지 않았다. 회사가 부도를 맞고, 빚에 쪼들리면서 건강도 나빠졌다. 갑자기 앞이 잘 안 보여 안과를 찾았을 때는 급성 녹내장으로 시력을 잃게 될 것이라고 했다. 이미 치료 시기를 놓쳤다고 했단다. 그런 사실을 모르고 계곡이 좋다고 자랑삼아 말했던 내가 오히려 미안하고 부끄러웠다.

차를 마신 후 모두 숲으로 들어갔다. 지팡이 대신 아내의 손을 잡고 숲속 길을 걷는 그를 시각장애인이라고 여길 사람은 없을 듯했다. 다정한 부부일 뿐이다. 아름드리 소나무 숲에 이르자 그가 아내와 함께 소나무를 안아보고 숲 체험장 평상에 앉아 얼굴을 하늘로 향하기도 했다. 주변 풍경에 대해 소곤소곤 설명해 주는 아내의 말에 귀 기울이며 이야기를 주고받았다. 그는 귀담아들은 풍경을 마음속에 스케치하고 물감을 입히면서 풍경화를 완성하는 듯 가끔 고개를 끄덕이며 만족한 표정을 지었다. 그 부부의 모습을 바라보는 내 시선이 따뜻해졌다.

임도를 걸어 들미골 쉼소에 이르렀다. 작은 폭포가 있는 풍경이 정겨운 곳이다. 나는 우리 집에 오는 손님을 이곳까지 안내하며 자랑하곤 한다. 숲과 어우러진 폭포가 시원스러운 물소리로 일행을 맞이했다. 바위에서 미끄러져 내리는 흰 물줄기와 아담한 물웅덩이, 그리고 금강소나무가 어울린 아름다운 경치가 탄성을 자아냈다. 선글라스를 낀 남자는 폭포 물소리를 들으며 가슴 속이 후련하다고 했다. 그는 한동안 서서 명상에 잠기는 듯했다. 어쩌면 가슴속 한을 이곳에 모두 토해버리고 있는 게 아닐까. 그의 뒷모습이 내게 무겁게 다가오면서 연민을 자아냈다.

폭포를 뒤로하고 낯선 부부와 나란히 걸으며 이야기를 나누었다. 그는 아내의 손을 꼭 잡고 행복한 표정을 지었다. 조잘거리는 물소리에 감동하고 간간이 지저귀는 새소리에 즐거워했다. 솔바람이 실어다 주는 숲의 향기에 취한다고 했다. 상기된 표정으로 자기가 그린 마음속 풍경을 말하기도 했다. 물소리로 계곡의 깊이와 물의 양을 가늠하고,

코에 스치는 향기로 나무와 풀꽃을 이야기했다. 볼 수 없는 눈으로 환히 보는 듯 주변 환경을 말하는 그의 묘사력이 놀라웠다. 그는 마음의 눈으로 생생하게 보며 느끼고 있었다.

감나무 밑에 모깃불을 피우고 모두 둘러앉았다. 바비큐 그릴에 고기를 구우며 밤이 깊도록 살아온 이야기를 하며 서로 공감했다. 예기치 않게 닥친 절망스러운 삶을 희망적인 삶으로 전환한 부부의 노력은 진한 감동을 안겨 주었다. 무엇보다도 시각장애 남편과 의기소침한 자녀들을 다독거리며 살림을 꾸려온 그의 아내가 존경스러웠다. 일거수일투족 남편의 눈이 되고 손발이 되어 온 부인은 오로지 남편이 건강하기만을 바랐다. 앞을 못 보면서도 아내를 지긋이 챙기는 노신사! 노부부의 곱고 깊은 사랑이 부럽기도 했다.

다음날, 그들이 차창을 열고 손을 흔들면서 떠났다. 그 모습이 나무에 가려 보이지 않을 때까지 우리 부부도 손 흔들어 배웅했다. 그들이 남기고 가는 감동의 여운이 길게 꼬리를 물었다.

낯설었던 노부부가 마음의 눈으로 무엇이든 볼 수 있음을 알게 했다. 볼 수 있는 눈으로도 못 보고 깨닫지 못하는 게 얼마나 많은지도 일러주었다. 비로소 맑은 영혼을 지닌 마음의 눈이 더 소중한 눈임을 깨달았다. 나는 무엇을 더 잘 보려고 안경을 꼈는가.* (2009. 9)

다시 그리고 싶은 풍경화

돌담이 둘러쳐진 옛날 집 흙마루에 등받이가 있는 낡은 의자 두 개가 나란히 놓여 있었다. 의자 두 개는 남쪽 하늘 밑 멀리 오대산 자락을 바라보며 틈틈이 빈자리를 내어주었다. 지나가는 사람이든 새들이든 바람이든 누구든지 와 앉아 쉬어가라고 했다. 그 집 앞을 지나던 내 시선이 그 의자에 머물곤 했다.

햇볕 따사로운 이른 봄날에 노부부가 조는 듯 꿈꾸는 듯 앉아 있었다. 그 정경이 잔설이 남아 있는 산촌에 온기를 불러왔다. 먼 곳을 하염없이 바라보며 온갖 풍상을 겪고 살아온 지난날의 회한을 풀어내는 것일까, 볕 바라기가 유일한 낙이었을까. 무언의 대화를 나누며 덤덤하게 서로의 곁을 지키며 앉아 있는 노부부가 정겨워 보였다. 산촌의 평화로운 풍경화 한 점처럼 보였다.

두 분 사이에는 의자 하나를 더 놓을 만한 공간을 남겨 두었다. 부부라도 일정한 간격을 두고 바라보아야 상대를 바로 볼 수 있다고 일러주는 듯했다. 고즈넉한 풍경 속에 나란히 앉아 있는 노부부 모습이 여운으로 남는 장면이었다. 빈 의자 두 개만 놓여 있는 날이 더 많았지만, 그 전경도 정겨웠다. 나는 그 풍경들을 사진으로 남기겠다고 생각하면서도 차를 타고 그냥 지나치곤 했다.

어느 날부터 그 집 흙마루에 낡은 의자 하나만 동그마니 놓여 있었다. 그 의자에 가끔 할머니가 멍하니 앉아 있었다. 흙마루에 외로움이 감돌았다. 할아버지가 앉았던 의자가 눈에 선하고 그 빈자리가 그리도 허전했다. 굽은 허리, 마른 체격의 할아버지 모습이 눈앞에 어른거렸다. 할아버지가 앉으셨던 의자를 굳이 치워버려야 했던 할머니의 심경이 어떠했을까? 할머니 댁 텃밭에는 고추가 빨갛게 익어 가는데 할머니의 마음 밭에는 무서리가 내렸으리라.

할머니가 이 집에서 혼자 살 것인지, 자녀들이 모셔 가는지 궁금했다. 홀로 살아갈 할머니의 여생이 염려되는 것이다. 이웃에 큰 따님이 살고 있어 할머니를 돌봐드리겠지만, 평생 고락을 함께했던 남편의 빈자리를 누가 대신할 수 있을까. 내가 허리를 다쳐 병원에 입원하여 꼼짝 못 하고 있을 때 가장 편하게 몸을 맡길 수 있는 사람이 남편이 아니었던가. 아무리 효성이 지극한 자식이라도 부모 병시중하는 데에는 한계가 있는 것이다.

마을 길을 저속으로 운전하다가 습관처럼 돌담 집 흙마루에 시선이 갔다. 그런데 다시 의자 두 개가 나란히 놓여 있지 않은가. 할아버지를 뵌 듯 반가웠다. 할아버지 생전에 두 분의 모습을 찍어드리지 못하여 아쉬웠는데 의자 두 개가 놓여 있는 풍경을 놓칠 수 없었다. 차를 세우고 마당으로 들어가 인기척을 냈으나 반응이 없었다. 스마트폰 카메라로 나란히 놓여 있는 의자 두 개를 찍었다. 몇 발짝 뒤로 물러서서 의자 두 개가 놓인 집 전체 모습도 담았다. 그때 "누군데 남의 집을 함부로 찍는 거요?"라는 나무라는 소리와 함께 할머니가 뒤꼍에서 나오셨다. 나는 당황하고 미안해하면서 "죄송합니다. 아무도 안 계신 줄 알았어요."라며 공손히 인사를 드렸다. 그러고는 의자 두 개가 다시 나란히 놓여 있는 것을 보고 반가워서 사진을 찍었노라고 말씀드렸다. 얼마 전에 들미골로 이사 왔는데 아직 인사드리지 못했다며 나를 소개하자 반기며 의자에 앉으라고 권하셨다. 할머니는 한숨을 내 쉬며 한을 토해 내셨다. 할아버지가 돌아가신 후 의자를 볼 때마다 자꾸 그이 생각이 나서 할아버지 의자를 치웠는데 그 의자가 없으니 더 그리워서 다시 갖다 놓으셨단다. 내가 두 분이 의자에 나란히 앉아 계신 모습이 보기에 참 좋더라고 했더니, 할아버지 혼자 의자에 앉아 있게 하면 마당으로 굴러 떨어질까 봐 곁에 지켜 앉아 있었노라고 말했다. 나는 할아버지가 앉으셨던 의자에 앉아 할머니가 들려주시는 이야기를 귀담아들었다.

할아버지는 향년 80세의 생을 마감하셨다고 한다. 59세부터 알츠하

이머를 앓으셨으니까 21년간 힘겨운 삶을 사셨다. 수전증이 심해 할아버지 혼자서는 수저를 들 수 없어 할머니가 음식을 입에 넣어 드려야 했다. 어느 날은 할머니가 밭에서 일하고 집에 돌아와 보니 할아버지 턱밑 옷이 흠뻑 젖어 있더란다. 새로 이사 온 이웃 사람이 음료수병을 따서 할아버지께 드리고 갔는데 음료수병을 입에 대고 마시려고 하였으나 손이 떨려 애만 쓰시고 입가로 흘리기만 했다. 할머니는 "에이고, 불쌍해라!"라는 말을 연발하며, "3년만 더 살다 가면 얼마나 좋았겠냐."고 아쉬워했다. 할아버지를 요양원에 보내자는 자녀들의 말을 한사코 거절하고 할머니가 끝까지 모신 게 여한이 없다고 하셨다.

그날은 할아버지가 보신탕 한 그릇 먹으면 병이 다 나아서 벌떡 일어날 것 같다고 하셨단다. 할머니는 보신탕 재료를 사다가 뒤꼍 화덕에 솥을 걸고 끓였다. 그것을 보기 위하여 할아버지가 있는 힘을 다해 마당으로 기어 나와 엎드려 계시더란다. 할머니는 할아버지를 방으로 모시고 정성껏 끓인 보신탕을 입에 넣어드렸다. 할아버지가 몇 순갈 맛있게 드시더니 그만 먹겠다며 할머니 무릎을 베고 누우셨다. 할머니는 할아버지가 한 술이라도 더 드셔야 기운을 차린다며 잠에 빠져들려고 하는 영감님을 흔들어 깨워 더 드시도록 애썼다. 그러나 할아버지는 할머니 무릎을 베신 채 평안한 얼굴로 영원히 잠드셨다고 했다.

돌담이 둘러쳐진 옛날 집에 정적만 감돌았다. 할아버지가 돌아가신 후 시름시름 앓으시던 할머니를 아들이 모시어서 갔고, 노부부가 살던

집은 다른 사람에게 팔렸다. 그 집의 새 주인은 이사 오기 전에 집수리를 대대적으로 했다. 의자 두 개가 놓였던 흙마루에 나무 마루가 놓이고 커다란 유리문이 둘러쳐졌다. 그 집뿐인가. 산촌의 옛날 집이 개조되거나 현대식 전원주택이 속속 들어선다. 누구네 어르신을 요양원에 모셨다는 소식도 간간이 들린다. 요즘 그 할아버지처럼 가족의 품에서 세상을 하직하는 어르신이 얼마나 될까. 병이 좀 깊으면 노인 요양 입소자격기준에 의하여 요양원에 들어가거나 재가 서비스를 받게 된다. 할아버지를 지극정성 간호하셨던 할머니도 요양원에 들어가셨다는 소식이 들린다. 인간미 넘치던 예스러운 산촌 풍경이 무채색으로 덧칠해지는 느낌이다.

이제는 옛날 집 흙마루에 의자 두 개가 놓여 있던 풍경을 볼 수 없다. 그 의자에 노부부가 나란히 앉아 있던 정겨운 모습, 그 고즈넉한 산촌의 정취는 사라졌다. 사라진 풍경은 내 기억 속에서나 되살아날 뿐이다. 그것은 미래에 내가 다시 그리고 싶은 풍경화 한 점이다.*

(2017. 6)

2부
물소리 마음소리

물소리 마음소리

물소리가 요란하다. 폭설에 짓눌려 숨소리조차 내지 못하던 계곡물이다. 서울에서 나흘 동안 머문 사이에 무릎까지 쌓였던 눈은 자취를 감추고 대신 물소리를 보내 주었다. 그 배려가 고맙지만, 쪽지라도 남기고 가야 할 게 아닌가. 서운하다. 2월의 끝자락에 기습한 초여름 같은 기상이변이 설국을 한순간에 앗아간 것이다. 수돗가 층층나무 가지에 앉은 박새 두 마리도 갑자기 사라진 눈이 믿기지 않는지 고개를 살래살래 흔들다가 날아간다.

2층 베란다에 나가 계곡을 내려다본다. 오랜만에 듣는 물소리가 멀리서 찾아온 친구처럼 반갑다. 흘러온 물이 물웅덩이[沼]에서 한바탕 소용돌이치고는 하얀 거품을 토하며 금강소나무 숲을 휘돌아 사라진다. 소나무 숲이 상큼한 솔향을 건네며 아침 인사를 한다. 솔향을 마시고 물소리, 새소리와 벗하며 사는 현실이 꿈인가 싶다. 전원생활을 꿈꾸며 곳곳을 찾아다녔던 일이 파노라마로 흐른다.

　남편의 직장 은퇴를 앞두고 막연하게 전원주택지를 둘러보았다. 그러다가 머릿속에 밑그림을 빽빽하게 그리고는 같은 그림을 찾아다니기 시작했다. '집 앞에는 맑은 물이 졸졸거리고, 뒷산에는 고향 집처럼 금강소나무가 둘러쳐 있어야 한다. 멀지 않은 곳에 바다가 있으면 얼마나 좋으랴. 답답한 가슴을 수평선까지 펼치면 가슴에는 푸른 물결이 넘실대겠지. 작은 포구에는 생선들이 펄떡거리고, 의료·문화시설까지 쉬이 이용할 수 있는 곳이면 금상첨화일 테지.' 무슨 바람이 그리도 많았는지….

　마음에 드는 곳을 차지하기 위해서는 다리품을 팔아야 한다고 했다. 우리는 주말마다 여러 곳을 누볐다. 풍광이 아름다운 단양, 영월 주천강 주변, 내린천을 끼고 있는 인제, 지인의 소개로 경북 봉화까지 다녀왔다. 그러나 밑그림을 닮은 곳을 찾기란 쉽지 않았다. 부득이 밑그림 일부를 지워야 한다면 맑은 물가만은 지울 수 없었다. 계곡물을 좋아하는 사람이 어찌 나쁠까. 모태의 양수에 떠서 생명체가 자랐으니 물을 그리워하고 그 곁에 안주하고 싶은 마음은 귀소 본능이 아닐까.

　나는 물 부자로 살고 싶었다. 어린 시절에 물 가난에 허덕였기 때문이다. 우리 집에 우물이 없어 생활용수는 이웃 큰댁 마당 가에 있는 깊은 우물에서 두레박으로 퍼 올렸다. 어머니는 머리에 물동이를 이고, 아버지는 물지게로 물을 길어 부엌에 있는 물두멍*을 채웠다. 나는 물

---

* 물을 길어 붓고 쓰는 큰 가마나 독.

동이를 머리에 이고 잘 걸었는데 물지게는 균형을 못 잡아 뒤뚱거렸다. 그 핑계로 물 긷는 일에 꾀를 부렸다. 내가 집을 떠난 후 세 살 터울 여동생은 물지게를 잘 졌다고 한다. 가족을 위한 헌신이 고마웠다. 뜰 안에 펌프식 수도를 설치할 수 있었다면 얼마나 좋았으랴.

빨래는 논 가 우물에서 바가지로 물을 퍼서 했다. 추운 날에도 그렇게 했다. 큰 빨래는 커다란 대야에 담아 머리에 이고 먼 곳까지 걸어가서 도랑물에 빨래했다. 그곳에 가면 넓적한 돌 위에 빨랫감을 올려놓고 빨랫방망이로 텅텅 두들겨 빨래할 수 있었다. 빨랫방망이 소리에 가슴이 후련했다. 그때 도랑물 가까이 사는 사람들이 얼마나 부럽던지…. 도랑물 위를 곡예하듯 날아다니는 검은물잠자리도 부럽고 참 인상적이었다.

꿈은 이루어진다고 했던가. 나는 물 부자가 되었다. 꿈꾸던 전원생활의 밑그림과 많이 닮은 곳에 오게 되었다. 수도꼭지만 틀면 지하수 물이 콸콸 쏟아진다. 집에서 13km쯤 거리에 하조대와 푸른 바다가 있고, 그 근처에는 작은 포구 기사문 항구도 있다. 그리고 우리 집 앞에는 계곡물이 흐른다. 샘물이 모여 흐르는 양양 남대천 상류 산골짜기 1급수에 버들치, 산천어 등이 노닌다. 계곡은 아무리 가물어도 물이 마르지 않는다. 쉬지 않고 조잘거린다. 그 소리가 정겹다. 물 부자가 됨에 감사하지 않을 수 없다. 옛날을 상기하며 물을 아껴야 할 것이다.

때때로 집 앞 계곡물이 빨래하러 오라고 유혹을 한다. 넓적한 돌 위에 빨랫감을 올려놓고 방망이로 펑펑 두들기고 싶은 마음 간절하다.

그러나 아니 될 일이다. 물이 하도 맑아서 발 담그기도 민망한데 빨래를 하다니…. 청정계곡을 지켜주어야 할 의무감이 양심을 바로 세운다.

물소리에 귀가 열리고 마음이 열린다. 계곡 물소리는 나의 친구가 되었다. 한결같이 기분을 맞추어 준다. 내 마음이 밝으면 물소리가 명랑하고, 우울할 땐 낮은 소리로 다독인다. 내 콧노래가 나오면 졸졸 함께 부른다.

나도 물소리에 응답한다. 물, 자기가 소중하냐면 엄지를 세워주고 물 흐르듯이 살라고 하면 고개를 끄덕인다. 상선약수上善若水*의 의미를 아느냐고 물으면 배워서 따르겠노라 한다.

우리 집 입구에 그 증표를 세웠다. 커다란 돌에 새겨진 '물소리 마음소리'! 물소리에 마음 씻고 귀 기울여 보려는 것이다. 마음의 소리, 청정한 그 소리가 들릴 때까지….* (2008. 3)

---

* 지극히 착한 것은 마치 물과 같다는 뜻으로, 노자 사상에서 물은 만물을 이롭게
하면서도 다투지 아니하는 이 세상世上에서 으뜸가는 선의 표본으로 여기어 이르
던 말이다. (참고: 사전)

터 닦기

내 블로그의 사진 방에 '제2의 삶'이라는 카테고리(범주)가 있다. 그 안에는 땅을 마련하고 터 닦기로부터 집짓기 과정과 텃밭을 가꾸는 장면들이 들어있다. 나는 가끔 그 사진을 들여다보면서 그때 감당했던 일들을 떠올리고 감회에 젖는다. 그중에서도 터 닦는 장면은 언제 보아도 가슴을 벅차오르게 한다.

눈 녹은 묵정밭에 덤프트럭이 흙을 쏟아붓고 불도저(Bulldozer)가 흙을 펴고 있다. 그 장면을 배경으로 내가 무에 그리 좋은지 활짝 웃고 서 있다. 봄볕에 얼굴이 그을릴세라 검은 캡을 깊게 눌러쓰고 어깨에는 숄을 둘렀다. 아마 소소리바람이 만만찮았던 모양이다. 어깨를 감싼 숄 속으로 푸른 어깨띠도 보인다. 손목 골절상을 입어 깁스한 왼팔을 걸고 있는 띠다. 나는 그런 상태에서 오른손으로만 운전대를 잡고 용인 죽전에서 양양까지 영동고속도로를 오가며 공사 진척을 점검했다. 운전대는 장롱 면허만 있는 남편에게 맡길 수 없었음이다. 돌이켜 보면 그런 용기와 열정이 어디서 온 것이었는지 알다가도 모를 일이다. 집터를 닦는 일에 그렇게 신이 났던 모양이다.

길보다 1미터가량 낮은 땅을 길과 같은 높이로 돋우기 위해 삼백 트럭분의 흙을 쏟아부었다. 마을 사람들의 말대로 우리가 운이 좋았던지 터 닦는 일이 순조롭게 진행되었다. 바로 이웃 동네 산에서 송전탑을 세우느라 많은 흙이 나온 것이다. 흙은 무료이고 덤프트럭 운반비만 내면 된다고 했다. 운반비는 트럭 하루 사용료가 한 대에 3만 원이었다. 우리에겐 무리한 비용이었지만 수월하게 구한 흙 덕분에 밭을 길과 같은 높이로 돋울 수 있었다. 비로소 평평한 터로 변한 모습을 보고 마음 뿌듯했다. 2006년 3월의 사진 장면이다.

터 다지기는 수월했다. 불도저(Bulldozer)가 펴 놓은 흙 위로 육중한 롤러가 몇 번 굴러다니더니 어수선한 지면이 매끄럽게 정리되었다. 옛날 터 다지기에 비하면 얼마나 쉽고 빠르던지.

내가 어렸을 때 일자형이던 우리 집을 기역자집으로 늘렸다. 부엌에 이어 방 두 칸을 직각으로 더 붙였다. 일꾼들이 땅을 고르기 위해 약간 비탈진 곳에 바수가리*로 흙을 져 나르고 동네 장정들이 달구질하면서 빙빙 돌았다. 어머니는 막걸리와 안주를 마련하셨다. 막걸리에 흥이 오른 달구질 꾼들은 선소리꾼의 소리를 받으며 덩실덩실 춤을 추기도 했다. "아들 낳고 딸 낳고??, 어~헤 달~구."라고 했던가.

---

* '발채'의 강릉 방언. 짐을 싣기 위하여 지게에 얹는 소쿠리 모양의 물건.

집터는 산을 깎아 만드는 것보다 흙을 메워 조성하는 것이 낫다고 한다. 산을 깎아 집을 지으면 비 온 뒤 산에 스며든 물이 집안으로 새어 나올 염려가 있다고 한다.

마음에 드는 터를 잡기 위해서는 발품을 팔아야 한다는 말이 있다. 우리는 이곳을 찾기까지 수많은 곳을 답사했다. 지인이나 부동산 중개인의 추천을 받기도 하고 인터넷 검색으로 정보를 수집하기도 했다. 어느 곳이 선정되면 주말여행 삼아 답사에 나섰다. 3년여 동안 틈나는 대로 발품을 판 대가일까. 우연한 기회에 이 땅을 마련하게 되었다. 우리가 터 닦는 모습을 본 동네 사람들은 "땅과 여자는 임자가 따로 있다더니….'라며 이웃 사람이 이곳을 매입하려 했다는 말을 들려주었다. 그야말로 임자가 따로 있었던 모양이다. 이곳과 좋은 인연이라면 여러 해를 헤맸던 지난 수고가 헛되지 않으리라.

'택리지'에는 집터를 잡는 네 가지 조건을 들고 있다. 지리地理*가 좋아야 하고, 생리生利**가 좋아야 하며, 인심이 좋고, 아름다운 산과 물이 있어야 한다고 했다. 이 네 가지에서 하나라도 모자라면 살기 좋은 땅이 아니라고 한다. 그 조건에 합당한 땅을 찾으려면 풍수지리에 관한 지식을 갖고 있어야 하는데, 우리는 '배산임수'라는 말뜻만 이해하고 있을 뿐이었다. 인터넷 검색으로 '풍수지리와 건축'이라는 내용을 알아보았지만, 이해하기 어려워 깊이 공부하는 것을 포기했다. 느낌이

---

* 땅, 산, 강, 바다 등에 대한 형이상학적인 이치.
** 그 땅에서 생산되는 이익.

좋은 곳이면 좋은 땅이 아니랴 싶었다. 우리가 선택한 마을 어성전魚城田은 '물이 깊어 고기가 많고 주위의 산은 성과 같으며, 밭이 기름져 가히 부모를 모시고 처자와 함께 살기에 적합한 곳이다.'라고 하여 그 이름을 지었다고 한다. 마당을 나서면 바로 숲속에 들 수 있고 물소리, 새소리 따라 자연을 노래하며 살 수 있는 곳이니 좋은 터가 아닐까.

2006년 5월 25일에 찍은 사진은 그날 일을 생생하게 떠올린다. 양양지역에 폭우가 쏟아진다는 일기예보가 있었다. 계곡 쪽에 축대를 쌓지 않은 것이 마음에 걸렸다. 계곡이 깊어 물이 터까지 넘칠 염려는 없으나, 태풍 루사 때 움푹 파인 계곡 쪽 비탈면에 메운 흙이 아직은 덜 다져져서 빗물에 쓸려 내릴 것만 같았다. 터 닦기 공사를 맡았던 사람에게 서둘러 축대 쌓을 것을 부탁했다. 이틀이면 돌 쌓기 작업을 마친다더니 여러 가지 이유로 이틀이나 더 걸렸다. 당연히 비용이 추가되었다. 공사가 거의 마무리될 무렵인 주말에 가보았더니 비로소 안정된 터의 모습이 되고 있었다. 추가 비용은 들었지만 흐뭇했다. 그 후 내 머릿속에서는 하루에도 몇 채씩 다양한 집을 짓고 허물었다.

그로부터 오늘까지 나는 또 다른 터를 닦는다. 낯선 여기서도 이런저런 모임에 나가면서 인간 터를 닦는 것이다. 그뿐만인가. 인터넷 온라인상에서도 터를 넓힌다. 터를 넓히면 정성 들여 옥토로 만들어야 하는데 나는 자신이 서 있는 자리조차 제대로 가꾸지 못한다. 지경을 넓혀가며 터를 잘 닦는 이들을 보면 우러러 보인다. 그러나 덩굴손을 가진 식물처럼 막무가내인 경우는 곱지 않다. 그런 일은 바라보기만 해도 나에게는 버겁다. 흙냄새, 풀냄새 맡으며 숨은 듯 피어난 풀꽃의 친구가 되는 게 더 즐거운 일임을 어쩌랴.

노년에 이르러 물소리 산소리에 귀 기울이며 잡초가 우거지고 울퉁불퉁한 내 안의 터를 닦는 것, 그것이 내가 그리던 '제2의 삶'이 아니던가. 나는 어쩔 수 없이 부대끼며 지냈던 무수한 사람과 도시의 고층빌딩 숲을 벗어났을 뿐, 여전히 도시의 삶 그대로이다. 그리고 보니 정작 터 닦기는 마음 밭에서부터 시작해야 하는 것을⋯.* (2009. 12)

〈터 닦기〉

집짓기

가스레인지 환기통에서 바스락거리는 소리가 들린다. 딱새가 또 둥지를 틀 모양이다. 3년 동안 딱새의 무허가 건축을 묵인해 주었는데 올해는 철거해야겠다고 벼르고 있다. 환기통을 톡톡 건드려보았다. 기척이 없다. 딱새가 나간 모양이다. 딱새가 아직 알을 낳지는 않았을 터, 가스레인지 환기통을 본체에서 분리했다.

환기통 안을 들여다보던 내 눈이 휘둥그레졌다. 그 속에는 이끼로 꽉 메워져 있었기 때문이다. 원통 속에 차곡차곡 쌓여 있는 이끼의 높이가 한 뼘 가량 될 듯싶다. 그 많은 이끼를 뜯어 온 딱새의 수고가 얼마나 컸을지 짐작이 간다. 숲에서 이끼를 찾아 이리저리 날아다녔을 것이고, 이끼를 작은 부리로 뜯어서 입에 물고 우리 집 환기구까지 날아다니기를 수십 번, 아니 수백 번이었을지도 모른다. 많은 이끼가 쌓여 있는 것으로 보아 딱새는 지난해에 지은 둥지 위에 매년 새로운 집을 짓고 알을 낳은 것 같다. 일회용 장갑을 끼고 환기통의 이끼를 꺼내는데 문득 강제 철거당하는 용산 철거민들의 애통한 얼굴이 떠올라 마음이 아리다. 딱새가 하필 우리 집 환기통에 집을 지었을까. 환기통이 막혀 조리할 때 발생하는 냄새와 미세 물질이 빠져나가지 못하기에 나도 어쩔 수 없지 않은가.

딱새가 넓은 공간을 마다하고 가스레인지 환기구에 집을 짓는 것처럼 동물의 집은 참 다양하고 신기하다. 직박구리와 말벌이 우리 집 우편함 속에서 불편한 동거를 하고 있다. 언제나 열려있는 우편함을 새 집으로 착각한 모양이다. 상생인지 상극인지 알 수 없으나 서로 들락거린다.

곤충의 집은 더욱 특이하다. 나무 열매처럼 나뭇가지에 대롱대롱 매달려 있는가 하면, 나뭇잎을 도르르 말아 그 안에서 안식하고 있는 것, 겨울 나뭇가지에 붙어 있는 럭비공 모양의 작고 귀여운 것. 컨테이너에 보관한 내 유화용 캔버스 틀 모서리 안쪽에 흙을 타원형으로 말아 일정하게 붙여 놓은 벌레집 등이다. 뿐만 인가. 며칠 전에 본 느티나무 잎에는 검은 열매 같은 섯이 거뭇거뭇 달려 있었다. 그것이 열매가 아니라 진딧물의 집이라는 이야기를 듣고 곤충들의 지혜에 또 한 번 감탄했다. 떡갈나무 잎에 빨간 열매처럼 붙어 있는 벌레집은 주변의 녹색 숲과 조화를 이루어 예쁘다. 혐오스럽지 않고 자연 친화적인 집을 짓는 곤충들의 지혜를 사람이 배워야 할 것 같다.

우리도 주변 환경과 어울리는 집을 짓기 위해 노력했다. 금강소나무 숲으로 둘러싸인 우리 땅에는 흙집이나 목조주택, 또는 통나무집이 가장 어울릴 것 같았다.

남편은 흙집에 더 많은 비중을 두었다. 건축에 관한 아무런 정보 수집도 없이 땅을 매입한 후, 동네 어느 목수의 말에 솔깃해 있었다. 그 목수로부터 '스트로 베일(Straw Bale) 건축'이라는 동호회를 알게 되었다. 그 모임에 가입하여 원주에서 합숙하면서 흙집 짓기에 관한 지식을 얻고 집짓기 체험을 했다. 스트로 베일 건축은 압축된 짚단으로 벽을 쌓고 그 틈새에 황토흙을 채워 넣는 방법인데, 볏짚은 우리나라에서 쉽게 구할 수 있는 흔한 재료이고 친환경적이라는 것이다. 동호인이 품앗이하듯 함께 집을 지어 경제적이라고 했다. 남편은 우리가 살 집을 동호인들과 더불어 직접 짓고 싶어 했다.

나는 통나무 주택을 원했다. 전원생활을 꿈꾸면서 서울에서 열리는 건축박람회를 여러 번 관람하며 건축에 관한 정보를 수집해 놓은 터였다. 내가 짓고 싶은 통나무집은 통나무를 사각으로 켜서 요철로 된 홈에 끼어 맞추는 방식인데 벽체에 못을 박을 필요가 없고 단열도 잘 된다고 했다. 합판 사이에 단열재를 넣는 목조주택과는 다르다. 다만 핀란드나 캐나다에서 수입한 소나무 목재라는 게 마음에 걸렸다. 외화 낭비일 것이라는….

우리는 흙집과 통나무집의 단점을 서로 들추며 자기가 원하는 집짓기를 주장하다가 통나무집을 택하게 되었다. 흙집과 통나무집의 장단점을 꼼꼼히 따져보니 통나무집의 장점이 더 많았다. 흙집은 건조과정에서 틈이 생겨 수시로 흙을 덧발라야 하고 빗물이 흙벽에 스며들어 장마철에 습기가 찰 염려가 있다. 통나무집은 화재에 취약하고 나무색이 변할 수 있어서 관리를 잘해야 하는 번거로움이 있다. 그러나 통나무집은 습도 조절이 잘 되어 언제나 쾌적한 실내공기를 유지하고 은은한 솔향을 내뿜어서 기분을 상쾌하게 한다. 흙집의 좋은 점도 많았으나 남편이 양보해 주어서 고마웠다.

집을 짓는 일이 생각보다 쉽지 않았다. 작은 집일지라도 집짓기 절차는 큰 집짓기와 다를 바 없다. 토목·건축법과 1가구 2주택에 대한 과세문제, 그에 따른 건축 면적과 집의 형태 등 허가와 각종 규제에 관한 법을 알아두었다. 물론 시공업자가 다 알아서 할 일이지만, 건축주가 알면 더 유익하지 않겠는가. 땅을 사서 무작정 집을 지었다가는 우리 집에서 철거당한 딱새의 처지가 될 수 있으니 말이다.

한 사람에게 적합한 집 공간은 약 20제곱미터(6평)라고 한다. 우리가 지은 집은 35제곱미터, 약 11평짜리 통나무집이다. 2층에 다락방으로 사용할 공간을 마련하여 서재로 꾸미니 그럴싸하다. 적은 비용으로도 전원생활을 할 수 있고, 통나무집은 건축폐기물이 발생하지 않아 친환경적이다.

당시 건축법에는 40제곱미터 미만의 주말주택은 1가구 2주택 과세 대상에서 제외되고, 기준시가 6억 이상의 주택에 대한 양도세 부담을 갖지 않아도 되는 이점이 있었다. 이래저래 작은 집은 부담이 없다. 좁은 내부공간을 만회하기 위해 베란다를 넓게 만들고, 밭 가에 컨테이

너를 놓아 허접스러운 물건들을 넣으니 그런대로 살만하다. 전원생활에서는 주로 바깥 생활을 하기에 비바람을 막아주고 밤이슬을 피할 수 있는 집이면 만족하기로 했다. 이웃 펜션에 온 아이들이 우리 집 앞을 지나가다가 우리 집을 보고 동화책에 나오는 집 같다고 한다.

가스레인지 환기구를 청소하고 배출구 벽에 난 구멍을 촘촘한 철망으로 막았다. 딱새가 입에 무언가를 물고 베란다 난간에서 잰걸음 치다가 단풍나무 가지로 옮겨 앉는다. 또 다른 한 마리는 별채 지붕에 올라앉아 무어라고 조잘댄다. 딱새가 입에 문 것이 집을 짓기 위한 이끼일까, 새끼에게 줄 먹이일까. 딱새 둥지를 철거했으니 어디엔가 새집을 지을 모양이다. 그러고 보니 나는 왜 딱새 집을 철거만 하고 새집을 지어줄 생각을 진즉 하지 못하였을까. 딱새 집을 예쁘게 만들어 환기구 밑에 달아주어야 하겠다. 그리하면 딱새는 영구주택을 갖게 되지 않겠는가. 그래, 딱새 집 짓기다.* (2010. 5)

감자를 캐며

오늘은 감자 캐는 날.

몸뻬를 입고 장화를 신은 차림에 모자를 쓰고 차도르까지 덮으니 작업 준비 완료다. 누가 보아도 도시에서 살다가 온 새내기 농사꾼이라고 여기지 않을 것 같다. 흙 속에서 영근 감자와 상면할 기대로 텃밭으로 나가는 발걸음이 가볍다. 손에 쥔 호미도 춤추며 즐겁단다.

호미로 조심스레 땅을 헤집었다. 호미질할 때마다 흙 속에서 동글동글한 감자가 흰 얼굴을 드러낸다. 감자에 묻은 흙을 면장갑 낀 손으로 떨어내니 감자의 뽀얀 살갗이 풋풋하다. 탯줄에 매달려 있는 아기 감자가 앙증스럽고 귀엽다. 늦둥이 감자를 캘까 말까 망설이다가 흙을 이불 삼아 덮어 주고 토닥거린다.

감자를 캐는데 종종 호미에 찍힌 감자가 나온다. 예전에 그 많은 우리 집 감자를 캤던 감자바우 실력이 세월에 묻혀버린 것인가. 호미에 찍힌 감자는 상처가 난 부위에 흙이 묻어 가치가 떨어지니 대열에서 추방당한다. 순전히 내 잘못인데 감자로서는 억울하지 않을 수 없을 것이다. 호미질이 능숙한 사람은 흙 속 감자에 호미 끝이 닿는 것을 감각적으로 느껴 힘을 가하지 않는다. 나도 곧 그 요령을 익히게 되지 않을까.

호미에 찍히는 것이 감자뿐이면 다행이련만, 가끔 지렁이도 희생된다. 지지리도 운이 나쁜 녀석은 내 호미로 인해 몸이 두 동강이 난 채 괴로워한다. 그 괴로움이 어디 저뿐만인가. 진저리를 치며 얼른 흙을 덮어 주는 내 괴로움도 저만 못지않은데…. 그래도 지금은 지렁이에게 꽤 익숙해진 편이다. 작년 이맘때만 해도 땅을 파다가 지렁이가 나오면 소스라쳐 호미를 내던지곤 했으니 말이다. 농약을 사용하지 않아 지렁이들의 천국인 우리 밭, 밭농사에 한몫 거들었을 지렁이에게 언제쯤 익숙해지려나.

감자를 캐서 감자전을 부쳐 먹을 생각하니 지레 군침이 돈다. 감자를 강판에 갈아 베 보자기기로 물기를 짜내어 따로 담아 놓으면 하얀 녹말이 가라앉는다. 물을 따라버리고 그 녹말을 감자 간 것과 섞어 풋고추와 애호박을 채 썰어 넣고 기름에 지져내면 쫀득쫀득하고 고소한 고향의 맛, 감재적이다. 그 맛이 일품이 아닌가.

옛적 감재적을 부지는 날은 온 식구가 멍석에 둘러앉았다. 식구기 많아 감재적을 젓가락으로 한두 점 떼어먹으면 바로 빈 접시였으니 감질났다. 어머니의 손놀림이 바빴지만, 감재적을 담은 접시는 이내 비었다. 그래도 노르스름하게 익어가는 감재적을 지켜보며 군침을 흘리던 그때가 그립다. 지금 내가 넉넉하게 부치는 감재적은 그때 그 맛이 아니기에….

어느 분이 감자전과 감재적을 구분해 놓은 글을 읽고 고개를 끄덕인 적이 있다. 감자를 믹서기로 갈아 프라이팬으로 부친 것은 감자전이고 강판에 갈아 솥뚜껑에 지져낸 것이 강원도의 맛 감재적이라 했다. 나는 순수한 고향의 맛 감재적을 부쳐 먹는다. 가스레인지나 인덕션에 솥뚜껑을 올려놓을 수 없으니 두툼한 프라이팬을 사용하는 게 흠이랄까. 강판은 옛날식 강판을 사용한다. 읍내에서 산 강판은 깡통 대신 스테인리스 판에 구멍을 송송 낸 점이 다를 뿐이다.

어린 시절 춘궁기에는 감자를 주식으로 먹다시피 했다. 보리쌀로만 지은 밥은 입안에서 겉돌아 먹기 싫었지만, 무쇠솥에 감자와 보리쌀을 넣어 지은 감자 보리밥은 좋아했다. 무쇠솥 안의 감자를 큼직한 나무 주걱으로 툭툭 치면 뽀얀 감자 살이 거친 보리밥과 어우러져 식감이 부드러워졌다. 구수하고 감칠맛 나던 그 맛! 힘겹게 지내던 춘궁기에 질리지 않던 감자밥이다. 요즘은 그 감자밥이 영양식으로 인정되어 전문점으로 개업한 곳이 있고 보면 내가 건강하게 지내는 것이 고향 감재밥의 저력이 아닐까.

감자는 각종 비타민을 비롯한 영양소가 많아 땅속의 사과, 땅속의 영양덩어리라고 한다. 칼륨 등 식이섬유가 많은 감자는 장수식품일 뿐만 아니라 알칼리성 다이어트 식품으로 적격이라고 한다. 세계에서 네 번째로 많이 생산되는 작물 감자의 원산지는 남미의 페루와 볼리비아 라고 하는데, 한반도에는 1824년경에 만주 간도 지방에서 도입된 것으로 알려져 있다. 나라마다 감자를 먹는 방법이 어떨지 궁금하다. 우리의 감자 요리 방법을 생각나는 대로 꼽아보니 많기도 하다. 감자 부침개, 감자떡, 감자 옹심, 볶음, 조림, 튀김, 찌개와 샐러드 등등이다.

감자를 다 캘 무렵, 두런두런 사나이들의 말소리가 들리더니 "야~, 감자 봐라."라는 감탄사를 발한다. 그 말소리에 내 호미질이 신명이 난 듯 춤을 춘다. 그런데 곧이어 들리는 다른 사람의 목소리. "감자 한 상자를 만 원 주고 사면 실컷 먹는데 뭘…."라고 말을 받는다. 힐끗 쳐다보니 중년쯤 되는 남자 셋이 지나간다. 이웃 펜션에 놀러 온 사람들인가 보다. 신명 났던 호미질이 힘 빠졌다. 만원의 가치밖에 되지 않는 감자 한 상자를 하찮게 여기는 것인지, 아니면 땡볕에서 애쓰는 산골 여인이 안쓰러워서 내뱉은 말인지 알 수 없으나 내가 농사지어 결실을 캐는 감자는 감히 금액에 견줄 바 아니다.

내가 캐는 감자에는 아버지가 흘리시던 땀과 사랑이 있고, 어머니의 정성이 밴 손맛도 있다. 줄줄이 달린 감자 알알이는 일곱 동생의 해맑은 얼굴을 떠올리게 한다. 그뿐 만인가. 감자 한 바가지와 꽁치, 오징어 몇 마리를 맞바꾸던 어촌의 아주머니 모습도 담겨 있고, 알록달록 줄무늬 내복값 대신 감자를 받아가던 방물장수 아주머니의 등 굽은 모습도 있다. 감자와 함께 갖가지 추억을 캐고 있는 나를 저들이 어찌 알 수 있을까.

다 캔 감자를 바람이 잘 통하는 그늘에 펴 놓는다. 감자의 젖은 몸이 마르면 상자에 담아 정 깊은 이들에게 보내주어야지. 감자를 캐며 내 사유의 뜰을 거닐던 추억의 순간들도 함께 담아 보내리라.* (2011. 9)

숲에 있기 때문인가

오늘은 나 혼자 숲으로 향했다. 건강을 위해 의무감에서 걷는 운동이 아니라 그냥 타박타박 걸었다. 아침부터 남편과 티격태격하고 나온 산책길이다. 숲으로 들어가려면 마음부터 열라고 했던가.

계곡을 따라 이어지는 길 양쪽에 쭉쭉 뻗은 금강소나무들이 나를 위해 도열한 듯 서 있다. 그 멋진 모습은 연병장의 사관생도들을 연상케 한다. 가슴을 활짝 열어 그들을 맞는다. 솔향기가 가슴 깊이 스민다. 그 상큼한 향기에 울적한 기분이 가벼워진다.

숲 체험장에 들어섰다. 넓은 공간에 늠름한 모습으로 서 있는 아름드리 소나무들은 언제 보아도 미덥다. 양팔을 벌려 소나무를 감싸 안았다. 양팔의 손끝이 닿을락 말락 한다. 꺼칠꺼칠하고 딱딱한 감촉이지만, 소나무는 언제나 나를 편안하게 한다. 내가 기대고 있을 때까지 묵묵히 받아준다. 요즘은 누구에겐가 자꾸 기대고 싶다. 나이 들어가면 마음까지 연약해지는 걸까.

그동안 맞벌이 부부로 1인 몇 역을 하면서 억척스럽게 살아왔다. 남편에게 기대고 응석 부릴 겨를이 어디 있었던가. 웬만한 일은 스스로 판단하고 처리하지 않으면 수많은 일거리가 미해결 상태로 누적되어 갔을 뿐이었다. 시간이 여유로운 지금, 나도 남편에게 남자의 보호 본능을 자극하려 하지만, 주름살이 깊게 팬 그의 얼굴과 정년퇴직 후 처진 듯한 어깨를 바라보노라면 기대고 싶은 마음보다는 모성본능이 더 강하게 이는 걸 어쩌랴.

야영장의 낡은 평상에 엉덩이를 살짝 걸치고 앉았다. 남편과 함께 올 때는 운동 삼아 걷는 빠른 걸음 때문에 그냥 스쳐 지나가서 누리지 못한 여유다. 어느 틈에 개미 한 마리가 내 손 등을 기어오른다. 개미와 베짱이 이야기가 생각난다. 개미는 부지런함의 대명사로 불리지만, 남에게 유익을 주는 것이 별로 없다. 그러기에 요즘은 벌처럼 살아야 한다고 했던가. 벌은 이 꽃 저 꽃을 부지런히 옮겨 다니며 자기의 유익을 구하면서 꽃이 열매를 맺도록 도와주기도 한다. 벌은 받은 만큼 돌려줄 줄 안다고나 할까. 지난 세월을 뒤돌아본다. 내 삶이 남에게 얼마나 유익했을까. 개미처럼 살지는 않았는지….

계곡에 걸쳐 있는 빨간 철제 구름다리 위에 섰다. 이 산촌에서 내가 제일 좋아하는 곳이다. 햇빛이 계곡 깊은 곳까지 내려와 물속을 환히 밝힌다. 산천어인가. 두어 마리가 쫓고 쫓기며 분주하다. 행태로 보아서 지금이 저 녀석들의 산란기인가 보다. 그 모습이 사랑스럽다. 남편은 우리 집에서 이 다리까지 약 오십여 미터 구간은 자기의 양어장이라고 한다. 버들치 한 마리에도 눈빛이 달라지는 그, 잡기보다 기르는 양어장 주인이기를 주문해 본다.

다리를 건너 임도를 걸었다. 임도는 산불 예방 등 삼림을 보살피러 다니기 위해 만든 자동차 길이다. 나에게는 고마운 산책길이기도 하다. 나뭇잎 사이를 비집고 들어온 햇살에 눈부시다. 발걸음을 옮길수록 향긋한 숲 냄새가 짙어진다. 맑은 공기와 청량한 물소리가 내 혼탁한 마음을 씻어주는 듯싶다. 나무가 대사과정에서 방출하는 테르펜이라는 물질, 그중에서 피톤치드라는 성분은 살균작용을 한다고 하지 않던가. 식물이 적의 침입에서 자기 몸을 방어하기 위해 내뿜는 살균 물질이 내 마음 안에서도 작용하는 걸까. 노여움이 누그러진다.

인적 없는 임도를 혼자 걷자니 멧돼지라도 나타날까 긴장이 된다. '그래, 오늘은 폭포까지만 걷자.' 들미골 폭포로 가는 길 곳곳에서 산딸기가 나를 유혹한다. 비 온 뒤 알알이 물기를 머금고 있는 산딸기가 만지기만 해도 톡 터질 것만 같다. 새콤달콤한 맛! 입안에는 지레 침이 고인다. 조심스레 풀숲을 헤치고 산딸기를 하나씩 입에 따 넣었다. 풀숲 깊이 한 발 더 옮겨 산딸기 덩굴 가까이 가려다가 멈칫한다. '산딸기 있는 곳에 뱀이 있다고, 오빠는 말하지만…'라는 동요 가사가 떠올랐기 때문이다. 내가 치던 풍금 소리에 맞추어 제비처럼 입을 벌리며 노래하던 어린 제자들의 모습이 아른거린다. 지금은 모두 어디서 무슨 일을 하며 지내는지….

칡소가 내려다보이는 넓적한 바위에 앉았다. 편안하다. 5미터쯤 되는 높이에서 쏟아지는 물줄기가 시원스럽고 숲과 어울려 아름답다. 칡소*는 수심이 깊기 때문인지 물 폭탄을 맞음에도 크게 요동치지 않는다. 물을 가두어 놓지 않고 한편으로 계속 흘려보낸다. 오늘의 나도 저래야 하지 않을까. 비운만큼 새것을 채울 수 있다고 하지 않는가. 나는 아침에 남편과 있었던 언짢은 감정을 아직도 내 마음 안에 그대로 가두고 있다.

남편이 목조주택을 짓고 버려진 널빤지 조각 더미를 이웃 사람에게 땔감으로 몽땅 준 것에 내가 화를 낼 일이었는지…. 내가 외출한 사이에 꽃밭 테두리를 하려고 애써 골라 놓은 것까지 주어버린 나뭇조각이 그리도 소중했는지…. 그게 아니었다. 내가 투덜거리자 그까짓 나뭇조각에 왜 그리 집착하느냐며 눈을 크게 뜨고 핀잔하는 그 표정이 그리도 섭섭했다. 전 같으면 침묵으로 응수하던 남편이 아니던가. 그렇다. 널빤지 조각이 뭐 그리 대수이랴. 그의 새로운 모습에 황당하여 내심 움찔하면서도 나도 질세라 언성을 높인 것이다. 남편의 눈초리만 올라가도 눈물이 핑 돌아 할 말을 입안 가득 머금고만 있던 나, 나 또한 변하지 않았는가. 영감 앞에서 두 눈 부릅뜨고 제법 큰소리를 치는 걸 보면….

힘차게 쏟아지는 폭포수를 바라보며 우렁찬 물소리를 듣노라니 체증이 내려간 듯 가슴속이 시원하다. 내 마음의 물꼬가 이제야 트이나 보다.

되돌아오는 발걸음이 가볍다. 산새 소리, 계곡의 물소리가 정겹다. 숲이 전보다도 훨씬 가까이 다가온다. 소나무, 굴참나무, 서어나무, 층층나무 등 키 큰 나무들은 다른 종種과 이웃하고 있으면서도 나뭇가지가 서로 기대거나 얹혀 있는 것이 거의 없다. 서로서로 배려하며 비어 있는 공간으로 가지를 뻗어가고 있다. 이 길을 자주 걸으면서도 그런 사실을 깨닫지 못했다. 숲만 보고 나무는 자세히 살피지 못했다. 누군가가 '숲은 인간을 인간이 되게 만드는 텅 빈 관계의 그물로 충만해 있다'라고 한 말이 생각난다. 숲에 살면서 텅 빈 관계의 그물 한 코가 되고 싶은 나, 숲에서 배우고 숲처럼 살아야 하리라.

웬 오토바이 소리가 들리더니 부녀회장이 스쿠터를 타고 산모롱이를 돌아 나타났다. 외딴집 정 선생 댁에 가는 길이란다. 그녀는 "오늘은 왜 따로따로 운동 나왔어요? 선생님은 저 아래에서 올라오시던데."라고 전해 주고는 사라진다. 혼자 숲에 간 아내가 염려되었을 남편의 마음이 읽어진다. 괜히 마음이 찡해온다. 내가 숲에 있기 때문인가.*

(2007. 6)

---

* 칡소: 강원도 양양 어성전 계곡에 있는 소(땅바닥이 둘러빠지고 물이 깊게 된 곳).

콩 딸기

텃밭 가에 빨갛게 익은 딸기를 발견하고 발걸음을 멈췄다. 예기치
않은 만남이다. 초록 잎사귀 밑에 수줍은 듯 올망졸망 달린 딸기를 들
여다보니 콩알만 한 것이 앙증스럽고 당차게 생겼다. 딸기 하나를 따
서 입에 넣고 맛을 보다가 뱉고 만다. 달콤한 맛이라고는 없고 시큼 털
털하다. 하지만, 이 산골에서 만난 얼마나 반가운 모습인가. 밑거름 없
이 스스로 자라서 열매까지 달고 있는 모습이 대견하다.

딸기를 한 알 두 알 따다 보니 이내 한 줌이 된다. 울퉁불퉁하게 생
긴 기형 딸기도 많다. 딸기가 척박한 땅에서 이렇게 자라준 것만도 고
마운데 새콤달콤한 맛을 기대하다니…. 손안에 소복하게 담겨 있는 딸
기를 들여다보자니 미안한 마음이 든다. 비료는 화학성이어서 안 되고,
쇠똥 거름은 혐오스러워서 안 되고…. 마치 자식을 유별나게 키우는
부모처럼 과잉보호했다. 딸기밭에는 쇠똥 거름이 얼씬 못하게 하여 튼

실한 열매를 맺지 못하고 콩 딸기가 된 게 아닌가. 그래도 딸기 모종은 온몸의 진액을 짜서 결실을 보았다.

지난해 봄, 이웃 은지네 집에서 원두막을 짓느라 캐내는 딸기 모종을 한 대야 분 얻어 와서 텃밭 가장자리에 임시로 심었다. 밭에는 이미 감자, 토마토, 가지, 오이 등 다른 채소들이 자리를 잡고 있었기 때문이다. 올해에는 밭에 농협에서 사 온 거름으로 밑거름 하고 제대로 옮겨 심으려고 계획했는데, 느닷없이 온 밭에 쇠똥이 뒤덮었다. 감자를 심을 무렵인 4월 초, 1톤 트럭 두 대가 와서 텃밭에 시커먼 거름을 쏟아붓더니 장정 두 사람이 골고루 편다. '웬 거름?' 하며 밖에 나가 보니 쇠똥 거름이었다. 의아했다. 남편에게 어쩐 일이냐고 묻자 흐뭇한 표정으로 말했다. 쇠똥에 톱밥을 섞어 발효시킨 것이라서 좋은 거름이고, 여기서는 구하기가 쉽지 않다고 했다. 그 귀한 것을 공짜로 얻었느냐는 질문에 쇠똥 값으로 십만 원을 주었단다. 농협에서 배부한 거름 50 포대를 사놓고도 또 쇠똥 거름을 사들인 그 거름 욕심에 어이가 없었다.

아무리 좋은 것이라도 지나치면 독이 된다는 말이 있다. 손바닥만 한 텃밭에 두꺼운 쇠똥 층. 두엄더미에서 그냥 퍼 온 쇠똥 거름은 우선 시각적으로 혐오감을 준다. 저 덩어리들을 어떻게 흙과 골고루 섞을 것인지…. 농기계도 없이 일일이 괭이와 쇠스랑으로 땅을 파 엎을 생각을 하니 기가 막혔다.

남편이 날마다 쇠스랑으로 흙을 뒤집다가 일손을 놓았다. 평생 호미도 제대로 안 잡아 본 손인데 쇠스랑이 호락호락하겠는가. 쇠똥이 두 껍게 덮은 밭을 며칠 동안 고심하듯 바라만 보더니 적당한 양만 남기고 밭 한쪽 구석에 수북하게 쌓았다. 그 일 또한 만만찮았는지 새벽같이 일어나던 사람이 끙끙거리며 늦잠 잤다. 농사짓는 일이 어디 의욕만으로 할 수 있는 것인가.

쇠똥 거름 한 밭에 토마토, 고추, 가지를 심었다. 토마토는 벌써 열매를 맺었고 가지도 보라색 꽃을 달았다. 고추도 하얀 꽃이 피기 시작했다. 뽑아 먹지 않은 열무는 쑥쑥 자라 장다리꽃이 피었다. 그 화사함에 도취한 흰나비, 호랑나비들의 춤사위가 볼만하다. 대조적으로 거름을 받지 못한 딸기는 허약하고 모습이 초라하여 안쓰럽다. 유익한 자연물인 쇠똥 거름조차 밀어내다 보니 내가 얻은 것은 콩 딸기뿐이다. 순전히 내 탓이다.

산촌에 살면서 자연에 적응하려면 생태계의 순환 관계를 이해하고 자연의 섭리를 그대로 받아들이는 마음과 자세가 필요하다. 숲에서는 나무가 스스로 잎과 열매를 떨어뜨려 썩게 하여 거름으로 삼고, 풀들도 시들어 미생물에 분해된다. 그것을 밑거름으로 하여 새싹이 자란다. 썩는 것은 새로운 생명의 탄생을 위한 준비가 아니겠는가. 눈이 녹자 썩은 낙엽을 헤치고 올라와 노란 꽃을 피웠던 노랑제비꽃의 귀여운 모습이 눈앞에 삼삼하다. 쇠똥 거름도 자연의 소산물이 아닌가.

맑은 공기를 마시고 물소리, 새소리들의 지저귐을 들으면서 유유자적한다고 자연인이 되는 것이 아니다. 쇠똥 거름을 혐오스러워하고 해를 끼치지 않는 곤충에게도 살충제를 뿌려대는 나를 자연인이라고 할 수 있을까. 자연을 사랑하기보다는 누리려고만 하는 나를 느끼게 된다. 쇠똥 거름을 밀어낸 내 마음 안에도 콩 딸기가 주렁주렁 달리게 될지 모를 일이다.

내년에는 딸기밭에 쇠똥 거름을 알맞게 주어 향기 품은 탐스러운 딸기가 달리게 할 것이다. 내가 쇠똥을 받아들이는 것은 비로소 자연인이 되는 것이다.* (2008. 6)

여름이 주고 간 선물

여름이 주고 간 선물을 가슴으로 받는다.

살랑거리는 바람에 몸을 흔들다가 풀숲에 '툭' 하고 떨어지는 알밤 소리는 가을의 정취를 한층 돋아준다. 밤나무를 쳐다보니 밤송이마다 알밤들이 바깥세상을 엿보고 있다. 더러는 금방이라도 뛰어내릴 태세다. 밤송이는 온몸을 가시로 무장하고 태양의 뜨거운 사랑을 물리치는 듯싶더니 저렇게 알밤을 품고 있는 것을 보면 속내는 그게 아니었나보다. 내숭쟁이다.

집 앞 논에서 고개 숙이고 있는 벼 이삭을 보며 겸손을 배운다. 겸손하고자 마음을 가다듬어 낮아지려고 해도 불끈불끈 솟아오르는 교만은 어쩌지 못할 때가 얼마나 많은가. 여름내 꼿꼿하게 머리를 쳐들고 오만하게 서 있는 쭉정이를 따가운 볕으로 담금질하고, 목말라 할 때는 단비를 내려주어 알곡 되게 한 것은 여름이 아니던가. 벼 이삭이 알알이 영글어 스스로 고개 숙일 줄 알게 되었으니 한여름의 수고가 헛된 것 같지 않다. 때때로 드러나는 내 교만도 쭉정이에서 비롯된 것이니 나도 담금질당해야 알곡이 되려나.

여름이 주고 간 선물 중에서 으뜸이 되는 것은 고추 수확이다.

올해 고추 농사가 대풍이다. 빨갛게 익은 고추가 다닥다닥 달렸다. 빨간 고추를 따서 바구니에 가득 담으니 수확의 기쁨이 넘친다. 메뚜기도 즐거운지 후드득 튀어 오른다.

마당에 널어놓은 고추가 요즘은 제법 바스락거리며 가벼운 몸짓을 한다. 시행착오를 겪은 후에야 얻은 결과물이다. 사각사각 씨앗 뒹구는 소리가 명랑하다. 손등이 햇볕에 검게 그을도록 고추와 함께한 수고를 잊는다. 마음 뿌듯하다. 그동안 농사를 지으시는 맏동서가 보내준 고춧가루를 수고비 몇 푼으로 때워 온 내가 부끄럽게 느껴진다. 고추는 가꾸며 키우는 것보다 말리는 과정이 더 어렵다는 것을 고추 말리기 체험을 통해서야 알게 되었다. 고추를 말리는 요령을 뒤늦게야 터득했다.

고추를 말릴 때는 우선 햇볕에 적응할 기회를 주어야 한다. 고추를 밭에서 따면 그늘에서 말리거나 얇은 무명천으로 덮어서 직사광선을 피하게 한다. 이삼일 정도 지난 후에 본격적으로 볕에 말린다. 나는 그 방법을 몰라서 처음에 딴 고추는 말리기에 실패했다. 비가 오면 방바닥을 달구어 고추를 널어야 한다는 주위들은 상식이 생각나서 그렇게 하기도 했다. 비가 그칠 것을 기다리기를 여러 날. 해가 나자 마당에 다시 고추를 널었다. 그런데 고추가 말랑거리고 색깔은 주홍색에서 주황색으로 퇴색하고 있는 게 아닌가. 손톱으로 고추를 쪼개보았더니 속에는 하얀 곰팡이가 껴있었다. 그렇구나. 어미의 탯줄에서 갓 떨어진 몸을 따가운 볕에 내몰았으니 얼마나 놀라고 괴로웠을까. 뜨겁고, 숨막히고…. 새로운 세계에 적응할 틈도 주지 않은 내 무지로 인해 고추는 몸부림치다 곯고 하얗게 속병이 든 것이리라.

바싹 마른 태양초를 깨끗한 행주로 닦아 커다란 비닐봉지에 담았다. 너무나 소중해서 만지고 또 만져보며 그 봉지에서 시선을 얼른 떼지 못한다. 고추를 뒤적거려 잘생긴 녀석들을 골라 놓으니 품평회에 내다 놓아도 손색이 없을 것 같다. 어릴 적에 어머니도 통고추를 남겨 놓던 일이 생각난다. 고추를 선별해 내고 나머지는 양념으로 쓸 것과 고추장 담글 것으로 구분해 놓았다.

어머니는 잘생긴 고추를 골라서 항아리에 소중하게 보관하셨다. 어머니의 소망은 우리 집 대문에도 고추가 달린 금줄*을 다는 것이었다. 그러나 그것은 번번이 비껴갔다. 첫째인 나를 낳으시고 둘째로 아들, 그 후로 우리 집 대문에는 아버지가 외로 꼰 새끼줄에 솔가지와 숯덩이만 달린 금줄이 내리 여섯 번이나 걸렸다. 어머니는 "어이구, 저런! 영월 댁이 또 딸을 낳았네. 쯧쯧…."라는 동네 사람들의 동정 어린 소리를 들으셨다. 그러나 아버지는 서운한 감을 전혀 내색하지 않으시고

---

* 금줄: 부정한 사람이 함부로 드나들지 못하도록 문이나 길 어귀에 건너질러 매는 줄

고추가 달리지 않은 금줄을 묵묵히 걸어 놓으셨다. 속내는 어떠하셨을지 모르지만, 아버지는 딸 일곱을 외동아들과 차별하지 않고 키우셨다.

내가 골라 놓은 고추는 내년쯤엔 우리 아들네 집 현관에 걸리게 되지 않을는지…. 요즘에는 금줄이 무엇인지도 모르는 젊은이들이지만, 그냥 손주의 상징으로 삼고 할미가 될 날을 바라본다.

가을을 맞으면서 뒤돌아본 여름. 오는 것만 반기고 떠나는 것에 소홀할 수 있는 감정을 일깨워 주었다. 특히 고추를 말리면서 사색했던 순간들은 소중한 선물이다. 눈에 보이는 결실에 대한 찬양에만 급급한 나머지 그 결실을 위해 묵묵히 헌신했던 것들에 대한 감사함을 잊고 살아온 때가 얼마인가. 하늘, 땅, 태양, 어김없이 찾아오고 가는 아름다운 사계절과 정겨운 이웃들에 대한 감사, 내 신앙 안에서 범사에 감사함을 깨닫게 되는 지금은 여름이 내게 준 가장 값진 선물이다.*

(2008. 9)

폭설에 갇힌 날

기상관측 100년 만에 내린 강설량이 영동지방에 쌓였다고 합니다. 하룻밤 사이에 이렇게 많은 눈이 쌓일 줄은 몰랐습니다.

아침에 일어나 커튼을 여니 발코니에 쌓인 눈이 창 너머로 집안을 들여다봅니다. 어처구니없다고 할까요. TV를 켜니 폭설로 입은 피해 사례가 화면을 채우고 있습니다. 비닐하우스가 폭삭 내려앉고, 공장 지붕이 무너지고, 정박 중이던 어선까지도 눈의 무게를 감당하지 못해 침몰했다는 뉴스입니다. 안타까운 사연들이 마음을 아프게 합니다.

하지만, 창밖의 눈은 나를 설국으로 안내해 줍니다. 참 아름다운 세상입니다. 티 없는 세상입니다. 이런 설경을 언제 보았나 싶습니다. 이 감동을 무엇으로 표현해야 할까요. 나는 마당에서 하얀 도화지에 찍힌 점 하나가 되어 환상적인 세상을 두리번거리고 있습니다.

올겨울, 첫눈이 살짝 내린 이후 겨우내 눈 없는 삭막한 산촌이었습니다. 찬바람이 불 때마다 낙엽 뒹구는 소리가 스산하여 어깨를 더욱 움츠리게 했지요. 40여 일간 눈송이 하나 내리지 않은 가뭄으로 인해 양양지역에서 큰 산불이 났습니다. 불과 얼마 전에 일어난 산불입니다. 우리 집이 있는 들미골과 가까운 현남면 상월천리라는 곳에서 발생한 산불이 강풍을 타고 산등성이를 튀어 넘어올까 봐 얼마나 가슴 졸였던 지 잠을 설쳤습니다. 다행히 강풍이 우리 동네 반대쪽으로 불어 마음을 놓았지만, 그 대신 다른 마을이 피해를 보았겠지요. 폭설일망정 조금만 일찍 내렸더라면 그런 피해는 없었을 것입니다.

어젯밤에 느닷없이 내린 폭설로 어성전의 들미골은 완전히 고립되었습니다. 작년에도 많은 눈이 내렸지만, 닷새 동안 서서히 내렸기에 제설차가 날마다 와서 길을 내주었습니다. 그러나 이번에는 하룻밤 사이에 1미터가량 폭설이 내리니 제설차도 속수무책인가 봅니다. 눈에 고립된 지 이틀이 지나고 있지만, 아직 길을 뚫어 준다는 소식이 없습니다. 그러기도 하겠지요. 몇 가구 안 되는 들미골보다 더 급한 곳이 국도와 지방도일 테니 이 산간 지역까지 차례가 쉬이 오겠습니까. 마음 느긋이 기다릴 수밖에요.

형제들은 물론, 40년 지기 친구에게서 안부 전화가 왔습니다. 텔레비전으로 뉴스를 보다가 걱정이 되어서 전화했노라고…. "쌀은 충분하냐? 식수와 난방유는? 김칫독에서 김치는 미리 꺼내 놓았느냐?"라는 등 염려가 이만저만이 아닙니다. 그러면서 남편에게 상냥하게 대하며 심심치 않게, 사이좋게 지내라더군요. 친구에게 염려 말라고 했습니다.

월동 준비는 완벽하고 남편에겐 TV, 나에겐 컴퓨터가 있으니 심심할 일은 전혀 없다고 했습니다. 그랬더니 그 친구가 하는 말, "얘, 산골에서 무슨 TV이고 컴퓨터냐. 둘이 오순도순 얘기하며 지내야지!"라고 하더군요. 말이 적은 내가 눈에 갇힌 남편을 갑갑하게 할 것 같은가 봅니다. 부부가 40여 년간 함께 살아오는 동안 내가 너 같고, 네가 나처럼 되었는데 새삼 상냥하게 아양이라도 떨면 남편이 의아하게 여길지도 모를 일입니다. 이런 산골에서는 부부가 함께 있는 것만으로도 서로에게 든든한 울타리가 되어 주지 않을까요.

아침 식사 후, 두꺼운 눈 이불을 뒤집어쓰고 깊은 잠에 빠져 있는 무쏘 엉덩이를 눈삽으로 툭툭 쳤습니다. 무쏘는 겨우 꽁무니만 내보이며 힘들게 깨우지 말고 한잠 푹 자게 그냥 내버려 두라는 듯하네요. 내 이마에 송골송골 솟아난 땀방울을 본 무쏘가 오히려 내가 안쓰러운가 봅니다. 자동차를 덮고 있는 눈을 치우기가 너무 버거워 무쏘의 마음을 읽은 척, 하던 일을 멈추었습니다.

그나저나 우리 호피가 걱정입니다. 호피 집은 감나무 옆에 있는데 그곳까지 눈을 치우고 길을 낼 일이 아득하기 때문이지요. 사냥개 호피와 함께 있던 발발이 황돌이는 대문 가까이 옮겼기에 아침밥을 주었는데, 호피는 굶어 있는 상태입니다. 내가 길을 삼 분의 일쯤 냈으니까 나머지는 남편이 눈을 치우고 호피에게 늦은 아침밥을 줄 것입니다.

지난 이른 봄, 계곡물이 넘쳐흐르는 임도에 눈 속에서 몸을 반쯤 드러낸 채 숨겨 있는 고라니를 발견하고 마음 아팠던 일이 생각납니다.

아마 산에 눈이 쌓이자 먹이를 구하러 마을 쪽으로 내려오다가 기진맥진하여 쓰러진 그 위에 폭설이 내렸나 봅니다. 이번 눈 폭탄으로 인해 또 그러한 일이 발생 될까 걱정스럽습니다. 우리 호피는 늦은 아침밥이라도 먹을 수 있으니 행복한 줄 알아야 하겠지요.

오늘 밤부터 내일까지 영동지방에 50cm가량의 눈이 더 내린다고 합니다. 쌓인 눈 위에 50cm가량 눈이 더 쌓인다면⋯. 어휴~, 생각만 해도 막막합니다. 그러나 작년에는 폭설을 피해 이틀 밤을 양양 읍내와 강릉에서 지내다 왔는데, 이젠 눈길이 열려도 읍내로 도망가지 않겠습니다. 눈에 갇혔다는 절망스러운 말을 할 것이 아니라, 하얀 세상 속에서 때가 낀 마음을 하얗게 빨래라도 할까 봅니다. 비누로 지지 않던 때가 눈에 비벼 빨면 깨끗하게 될지는 두고 볼 일이고요. 이렇게 이곳 환경에 조금씩 순응하며 살다 보면 우리도 자연인이라 불리지 않을까요?

폭설이 해롭지만은 않은 것 같습니다. 가냘픈 숨을 몰아쉬던 계곡물이 활기찬 소리로 봄을 불러들일 것이고, 산불 지킴이님들의 수고도 덜게 되었습니다. 그뿐만인가요. 산은 많은 생명수를 품게 되었으니 잉태하고 있는 갖가지 생명체를 건강하게 탄생시킬 것입니다. 이렇게 긍정의 눈으로 허리춤까지 쌓인 눈을 바라보니 폭설에 갇혀 있어도 희망의 봄이 성큼 다가온 듯합니다. 그 봄이 있기에 폭설에 고립되어도 두렵지 않습니다.

문학 카페 '해바라기 마을'에 폭설 소식을 올렸더니 문우님들의 염려가 이만저만이 아닙니다. 헬기 타고 구조하러 온다고도 하네요. 조종

사 출신이 두 분이나 계시니 얼마나 미더운지 모른답니다. 그렇듯 나를 아끼는 여러분들이 있기에 외롭지도 않습니다. 모든 게 감사할 따름입니다.

폭설이 내린 날, 2011년 2월 13일은 내 일기장에 갖가지 눈 이야기를 폭설 만큼 쌓아 둡니다. * (2011. 2)

여백

빈 벽면을 바라보면서 흐뭇한 미소를 흘린다. 벽에 편히 기대어 앉을 수 있고, 작은 매트리스에 누워 벽면에 상상화를 마음껏 그릴 수 있는 여백이 생겼으니 얼마나 좋은가. 작은 방에 책장과 책상, 서랍장과 소품 정리함에 옷걸이까지 배치하여 벽면을 꽉 채우고는 흡족했던 날과 대조적이다.

서재는 아담하고 아늑한 공간이 책을 읽거나 글쓰기 좋을 것이라 여겨 거실 옆 작은 방을 서재로 꾸몄다. 책꽂이의 책들이 한눈에 들어오니 필요한 책을 금방 찾을 수 있어 좋았다. 그런데 컴퓨터 앞에 오래 앉아 있다가 눈이 피로해 지면 시선이 머물러 쉴 곳이 없었다. 시선이 닿는 곳에 온통 사물들로 채워져 답답했다. 의자에서 일어나 가벼운 맨손체조를 하려고 해도 자유롭지 못했다. 좁은 공간에서는 회전의자도 훼방꾼이었다. 공간 확보를 위해 가구를 이리저리 옮기기를 여러 번, 얼마 못 가서 제자리로 돌아오기 일쑤였다. 컴퓨터가 처음 자리 잡았던 다락방 넓은 공간으로 서재를 옮기려다가 계단 오르내리기 번거로워 그만두었다.

궁리 끝에 과감하게 가구 정리를 했다. 서재의 벽면 하나를 차지하고 있던 책장 두 개 중에서 하나를 거실로 내몰고, 또 하나는 맞은편 책꽂이를 서랍장 위에 2단으로 올려놓아 마련한 자리에 놓았다. 세면장 공간을 커튼으로 나누어 옷 방으로 만들고 옷걸이를 옮기니 벽면이 시원스럽게 드러났다. 빈 벽면에서 해방감을 맛보며 즐거워하는 내 모습이라니…. 용기에 무엇을 담으면 꼴깍 채우고, 그림을 그려도 여백을 꼼꼼하게 메워야 직성이 풀리던 내가 오히려 빈 곳을 바라보면서 평안을 얻고 있다.

커다란 그림 액자가 걸린 아파트의 벽면을 바라보면서도 벽면의 여백이 넓은 줄 몰랐다. 액자 속의 그림이 그 여백을 흡수하지 않았나 싶다. 내가 지금 그런 아파트 벽면의 몇 분의 일에 해당하는 작은 통나무집 벽면을 바라보면서 아파트에서 깃지 못했던 마음의 여유를 누리게 됨은 소중한 경험이다. 여백은 넓은 공간에만 있는 것이 아니라는 것이 새삼스럽다.

젊은 날 어느 동료 남교사가 나에게 매력 없는 여자라고 말한 적이 있다. '누 아이의 임나가 된 내기 남의 남자에게 매력 없다는 말을 들었다고 무슨 상관이랴.' 싶었지만 한편으로는 기분이 언짢았다. 그 말의 이유인즉, 나에게는 비집고 들어갈 틈이 없다는 것이다. 그 후 많은 세월이 흘러간 요즘에도 쉽게 다가설 수 없는 사람이라고 느꼈다는 말을 가끔 듣는다. 그런 말을 들을 때마다 의아하지 않을 수 없다. 내가 생각하는 나는 빈 곳이 너무 많기 때문이다. 아마, 그 빈 곳을 완벽으로 위장하고 살아온 게 아닐까.

가끔 나이 듦에 대하여 생각한다. 나이 듦은 여백을 만들어 가는 과정이라고. 여백은 포용력이 아닐지…. 나이 들 때마다 불필요한 것을 찾아 하나씩 버린다면 오히려 풍요로운 삶이 되지 않을까 싶다.

이제 자신을 졸라매었던 끈을 풀고 털털하게, 느슨하게 살고 싶다. 긴 세월을 학교라는 제도권 안에서 다람쥐 쳇바퀴 돌 듯 살아오지 않았는가. 허점을 진솔하게 드러내는 사람, 때로는 흔들리는 마음을 가누지 못해 비틀거리는 사람, 가슴속의 응어리를 엉엉 울며 토해내는 사람, 목젖이 드러나도록 박장대소하는 사람 등, 자기감정을 진솔하게 표현하는 사람이 좋다. 그런이야말로 맑은 가슴으로 모두를 감싸 안을 것 같다.

내 속에 숭숭 뚫린 곳을 감추기만 할 일이 아닌 것 같다. 내 서재의 여백처럼 누군가가 나에게 기대어 편히 쉬고 싶은 곳을 마련하고 싶다. 때로는 개구쟁이가 와서 크레파스로 맘껏 낙서하더라도 허허 웃어넘길 수 있는 여백이면 더욱 좋겠다.* (2012. 9)

애기앉은부채꽃

　쪼그리고 앉아 애기앉은부채꽃을 들여다본다. 가부좌를 한 부처의 모습이 신비롭다. 자기 내면의 세계를 관조하는 듯한 조용하고 차분한 모습이 보는 이로 하여금 마음을 숙연하게 한다. 그런 모습을 나는 좋아한다.

　나는 여러 사람 앞에 나서기를 주저하는 편이다. 숫기를 많이 타는 편이라서 학창 시절에도 있는 듯 없는 듯한 아이였다. 어쩌다 여러 사람 앞에 나갈 일이 생기면 혼자서 심호흡을 하며 마음을 다잡곤 한다. 그런 나를 눈치 채지 못한 사람들은 나를 퍽 적극적인 사람으로 여긴다. 나는 혼자 있으면서 사색하기를 즐긴다. 상상의 나래를 펼치고 미지의 세계를 마음대로 날아다니는 일이 얼마나 신나는 일인가. 직장 생활을 하면서 나는 적극적이고 말도 제법 많이 하는 사람으로 변했다. 그런데 직장을 벗어나니 내 본성이 되살아난다. 예전처럼 잊히지 않을 만큼만 조용히 살고 싶은 것이다.

어성전 숲에는 내 성격과 비슷한 식물이 있다. 잎이 무성하게 자란 후에도 화려하게 꽃을 피워 자신을 드러내지 못한다. 잎이 지면 그제 야 조심스레 땅을 뚫고 피어나는 꽃. 꽃 색깔이 검은 자주색인 데다가 작아서 눈에 쉽게 띄지 않아 발에 밟히기 쉬운 꽃이다. 그 꽃에서 동지 애를 느낀 것일까. 작지만 홀로 사색에 잠겨있는 듯한 애기앉은부채꽃 을 좋아하게 되었다.

애기앉은부채는 이른 봄 어성전 숲에 제일 먼저 모습을 드러낸다. 연둣빛 잎을 도르르 말아 힘차게 땅을 헤집고 올라온다. 잔설이 있어 도 아랑곳없다. 숲속의 용사 같다. 따뜻한 봄볕이 그리운 으스스한 숲 에서 그 모습을 보노라면 움츠러졌던 어깨가 절로 펴진다. 애기앉은부 채는 나뭇가지 틈새를 비집고 들어온 햇빛을 받아 열심히 광합성 작용 을 하여 양분을 비축한다. 나뭇잎이 우거져 빛을 받아들일 수 없게 되 면 양분을 만들 수 없음을 알고 스스로 물러난다. 그 후에 비축한 영양 분으로 꽃을 피우고 열매를 맺는다.

내가 애기앉은부채꽃을 처음 본 것은 작년 여름이 끝나갈 무렵이었 다. 숲 체험장으로 난 길을 따라 걷다가 야외 교실 쪽으로 발길을 돌렸 다. 풀숲을 걷고 있는데 부근에서 일하던 산림교육관을 관리하는 숲 해설가가 내 발걸음을 멈추게 했다. 애기앉은부채꽃이 피어 있으니 밟 지 않도록 조심하라는 것이다. 발밑을 내려다보았지만, 꽃이 보이지 않았다. 조심스레 발을 옮기며 두리번거리는 내 모습이 답답했던지 그분이 가까이 와서 애기앉은부채꽃을 찾아 주었다. '세상에 이런 꽃도 있었던가?' 꽃 모양이 신기했다. 겉모양은 갈색 같고 보라색 같기도 했다. 앉아서 꽃을 들여다보니 꽃잎(불염포) 안쪽은 자주색이 고급스러웠다. 그 안에는 노르스름한 꽃(육수꽃차례는 1cm의 타원형)이 다닥다닥 붙어 있었다. 이를 본 사람들은 동화책의 도깨비방망이 같다고 하고, 수류탄 같다고도 했단다. 나도 그렇게 느낄 뿐 다른 표현이 떠오르지 않았다. 애기앉은부채는 잎이 무성하게 자라서 사라진 후 뒤늦게 꽃을 피운다. 잎과 꽃이 만날 수 없으니 '이룰 수 없는 사랑'이라는 꽃말을 가진 상사화와 동병상련일 것 같다.

애기앉은부채는 몸에 독성을 지녀 자신을 지키는 방편으로 삼는다. 애기앉은부채의 잎 모양이 취나물과 비슷하여 사람이 잘 못 알고 먹을 수 있다. 그리되면 심한 구토와 설사로 병원 신세를 지게 되니 잘 모르는 식물은 함부로 먹어서는 안 된다. 동물들도 이 식물을 먹지 않는다고 한다. 다만, 겨울잠에서 깨어난 곰이나 멧돼지가 애기앉은부채 잎을 뜯어 먹고 겨울 동안 몸속에 쌓인 노폐물을 배설해 낸다고 한다. 애기앉은부채가 독성을 가지고 있는 것은 자신을 지키며 살아가려는 본능일 것이다.

애기앉은부채라는 이름은 그와 비슷한 앉은부채에서 비롯된다고 한다. '앉은부채'는 주로 남부지방에 서식하는데 불연포 안에 있는 꽃차례가 가부좌를 틀고 있는 부처를 닮았다 하여 '앉은 부처'라고 했다가 '앉은부채'로 불렸고, 잎이 부채처럼 넓어서 앉은 부채라고도 한단다. 애기앉은부채는 앉은부채보다 잎이 좁고 작아서 그 이름 앞에 '애기'를 붙였는데 강원도 북부지방에 서식하는 희귀종이라고 한다.

애기앉은부채꽃! 엄지손가락만 한 작은 꽃이지만, 초라하지 않다. 의기소침한 듯하나 오히려 고고한 자태다. 침침한 숲에서 있는 듯 없는 듯 꽃을 피우지만, 사람들이 자기와 눈높이를 맞추어야 제 모습을 자세히 보여준다. 가부좌한 모습으로 삶을 관조하는 애기앉은부채꽃이다.* (2009. 8)

3부
꽃비 내리는 날

꽃비 내리는 날

화창한 봄날, 강릉에서 양양으로 가는 길에 연분홍 벚나무 꽃길의 유혹에 이끌렸다. 7번 국도 오죽헌 부근에서 경포 호수 쪽으로 핸들을 돌렸다.

벚꽃 터널을 이룬 가로수 사이를 천천히 달리며 무수한 꽃잎이 흩날리는 황홀한 전경에 빨려 든다. 춤추며 날아드는 꽃잎 따라 내 마음도 춤춘다. 이 얼마 만에 누리는 낭만인가. 여고 시절 분홍빛 가슴으로 경포 벚꽃 구경 나섰던 때가 아득하다. 그때 우리처럼 창창하던 벚나무도 어느덧 노년이 되었다. 그러나 질곡의 삶을 활짝 피워 꽃비를 뿌린다. 그 중후한 멋과 화사한 꽃의 조화가 나를 사로잡는다.

꽃비 내리는 터널을 지나 경포대 부근 홍장암 앞에 차를 세웠다. 그곳에는 나들이 나온 사람들로 북적인다. 홍장암 곁에 있는 수령 30~40년 된 벚나무에도 꽃이 만발하다. 호수와 홍장암과 벚꽃, 그리고 호수 건너편 해송이 어울려 빚은 풍경이 참 아름답다. 여러 사람이 그 풍경을 배경으로 사진 찍는다. 나도 렌즈에 포착되는 풍경을 카메라에 담았다. 홍장암은 경포팔경 가운데 하나인 '홍장야우紅粧夜雨*'가 전해지는 바위다. 호수에 날리는 꽃잎이 바위에서 몸을 던지는 홍장의 꽃다운 자태를 연상케 한다.

경포호수를 반 바퀴 돌아 호수광장 주차장에 차를 세우고 경호교를 건너 수변 데크 길로 들어섰다. 경포천 생태습지원은 벚꽃과 봄의 향연을 벌인다. 그 화려한 풍경이 나를 무아지경에 빠뜨린다. 이젤을 세워놓고 캔버스에 담고 싶은 충동이 든다.

나를 반기는 해맑은 미소들. 벚꽃 가지를 끌어당겨 눈 맞춤한다. 그런데 나보다 먼저 꽃을 탐한 녀석이 눈에 띈다. 직박구리인가? 높은 가지에서 꽃술을 뜯어 먹는다. 무법자의 침범이다. 속수무책인 벚꽃이 안타깝다.

발걸음을 옮기니 두 아주머니가 수십 년, 아니 백 년은 더 살아옴 직

---

* 홍장은 조선 초기에 석간 조운흘 부사가 강릉에 있을 즈음 부예기로 있었던 여인 이었다. 어느 날 모 감찰사가 강릉을 순방했을 때, 부사는 호수에다 배를 띄워놓고 부예기 홍장을 불러놓고 가야금을 켜며 감찰사를 극진히 대접했는데 미모가 뛰어났던 홍장은 그날 밤 감찰사의 사랑을 흠뻑 받았다. 그 감찰사는 뒷날 홍장과 석별하면서 몇 개월 후에 다시 오겠다고 언약을 남기고 떠나간다. 그러나 한 번 가신 님은 소식이 없다. 그리움에 사무친 홍장은 감찰사와 뱃놀이 하며 즐겁게 놀던 호수에 나가 넋을 잃고 앉아서 탄식하고 있는데, 이때 자욱한 안개 사이로 감찰사의 환상이 나타나 홍장을 부른다. 홍장은 깜짝 놀라면서 너무 반가워 그쪽으로 달려가다 그만 호수에 빠져 죽는다. 이때부터 이 바위를 홍장암이라 부르게 되었으며, 안개 낀 비 오는 날 밤이면 여인의 구슬픈 울음소리가 들려온다고 전한다. 꽃 배에 임을 싣고 가야금에 흥을 돋우며 술 한잔 기울이던 옛 선조들의 풍류 정신을 회상하기 위한 기념으로서의 일경이다.

한 버드나무 아래에서 씀바귀를 캔다. 짧은 치마를 입은 모양새가 불편하게 보인다. 벚꽃보다 씀바귀의 유혹이 더 강했던가? 씀바귀로 건강 식탁을 차리려는 가족 사랑 마음이 더 컸으리라. 대한민국 아주머니는 억척이다. 하긴 그 억척이 우리나라의 힘이 아닌가.

"까르르~."

간드러진 웃음소리가 등 뒤에서 들린다. 뒤돌아보니 머리에 꽃을 꽂은 아가씨들이 벚꽃 흐드러진 습지원풍경을 스마트폰에 담는다. 서로 사진을 찍어 주며 깔깔대는 모습들이 신선하다. 나는 귓가에 벚꽃을 꽂은 아가씨의 옆모습을 카메라로 훔쳤다. 꽃처녀다. 내 카메라에 담긴 꽃처녀의 모습이 귀엽고 예쁘다. 그녀에게 다가가서 훔친 모습을 보여주었다. 자기 모습에 감탄하며 좋아한다. 그녀로부터 사진을 공개해도 좋다는 허락을 받았다. 훔친 꽃처녀가 내 카메라 피사체의 모델인 된 셈이다.

생태습지원 꽃길에서 여성미를, 반대편 울창한 소나무 숲길에서는 남성미를 느끼며 천천히 걷는다. 살랑바람이 뿌려주는 꽃비를 맞으며 수변 데크 길을 걷노라니 어느덧 내 마음도 꽃처녀! 흘러간 세월의 영상이 되살아난다. 아쉬움인가. 이 순간 누리고 있는 행복감인가. 뜬금없이 눈시울이 뜨겁다.

습지원을 빠져나오니 눈앞에 아름다운 경포호수가 다시 펼쳐진다. 호수 건너 소나무가 우거진 곳에 경포대가 아련하다. 호수 둘레 길에는 가족끼리, 연인끼리 함께 페달을 밟으며 자전거를 탄다. 즐거워하는 그들의 표정이 벚꽃만큼 화사하다. 멀리 대관령 백두대간이 이 모두를 포근하게 감싸고 있다.

호수에 떠다니는 물새들이 평화롭다. 그들을 아랑곳없이 작은 바위에 무심한 듯 서 있는 백로 한 마리, 독야청청한 자태가 도도하기까지 하다. 호수 가장자리에서는 원앙 한 쌍이 갈대 사이를 오가며 자맥질한다. 다정한 모습을 보노라니 '먹잇감을 못 찾아도 무슨 상관이랴' 싶다.

더 머물고, 더 취하고 싶은 마음을 달래고 경포호수를 떠났다. 해변 도로를 따라 어성전 집으로 향하는 내 가슴에는 여전히 꽃비가 내리고, 꽃비 맞은 마음은 파도와 어울려 너울너울 춤춘다. 하얀 웃음이 푸른 바다에 꽃비처럼 흩날린다.* (2012. 4)

〈꽃비 내리는 날〉

들미소

손 수 자

어성천 상류에서 좁은 계곡을 흘러와 커다란 바위 사이에서 뛰어내리는 물, 그곳에 깊고 맑은 아담한 소沼가 생겼다. 그 이름은 들미소. 들미소를 감싸고 있는 바위와 금강소나무, 계절 따라 피고 지는 진달래와 생강나무 꽃 그리고 울긋불긋 물든 나뭇잎이 한데 어우러져 아름답다. 때때로 진달래 꽃잎, 단풍잎 동동 태워 뱅그르르 맴돌며 장난도 친다.

들미소는 하늘, 나무, 바람 담은 투명한 눈망울을 닮았다. 애지중지 품은 산 메기, 산천어의 요람이다. 밤에는 별을 품어 곤히 잠재운다. 때때로 찾아오는 사람들의 마음에 평안을 안겨 준다.

들미소를 찾아온 시인들이 들미소와 사랑에 빠졌다. 그들이 주고받은 밀어들이 詩가 되었다.

김내식 시인은 시 '어성전 들미소'에서

하늘의 별과 달과 사람이 다 같이 존중받는/ 하나의 생명체로/
자유와 평화가 더불어 살아/ 숨 쉬는 그곳/
이라고 표현했다. 자연을 사랑하는 마음을 일깨운다. 마음이 평온해
진다.

김청광 시인은 시 '들미소'에서

천국으로 들어가려는 자/ 이곳에서 손을 씻으라/
그 옛날 사랑하는 이에게서/ 이 같은 맑음을 보려 하였나니/
라고 읊었다. 맑은 영혼을 떠올리게 한다. 자신의 내면을 들여다보
는 계기를 마련한다.

이인평 시인도 들미소에 다녀간 후 시를 남겼다.

들미골에 다녀와서

들미골을 가기 위해선
겸재나 운보의 산수 경 안으로 들어가야 했다
팔월 맑은 날 어성전리는
산마을 집들조차 들꽃처럼 피어 있어
사람의 말소리도 꽃향기처럼 고요히 스며들었다

자칫 천혜의 풍광에 눈길이 사로잡혀
길을 잃을 수도 있는 까닭이야
오랜 비밀 같은 들미소沼의 진경을 보는 순간
오히려 기쁨에서 빠져나올 길이 없었다

은밀한 들미소는 자상한 미덕을 지닌
여인의 마음을 닮아
그 온정에 내내 머물고 싶은 유정인 데다
울창한 송림을 지나 들미골 칡소沼까지 보고 나니
발길 떨어지지 않는 그리움이
더는 갈 곳을 잃고 비경의 정감에 휩싸였다

태고의 선경이 아니고야
어찌 이토록 고이 간직한 정취를 품을 수 있으랴
불과 반 시간이면 백두대간 등을 씻는
하조대 해변의 파도를 만났어도
그것이 들미소가 안겨준 그리움인 줄을
전혀 예상힐 수 없었던 내 마음을 이리 적으니
그날의 추억이 꿈속같이 어려온다

들미소는 내 별명이기도하다. 별명의 의미는 '들꽃의 미소'. 나는 잘
꾸며진 정원의 꽃보다 들에 핀 꽃들을 좋아한다. 들꽃에는 스스럼없이
눈 맞추고 마음을 나누고 싶은 정감이 있다. 까탈스럽지 않다. 다가가

면 언제나 미소로 맞는다. 그 미소를 닮고 싶었다.

물웅덩이 들미소는 원래 이름이 없었다. 이곳 산골짜기 옛 이름이 들미골. 들미골에 있는 소沼. 들미소沼! 무릎을 딱 치고 내 별명과 같은 이름으로 지어주었다.

그러니까 들미소는 둘인 듯 하나이고, 하나인 듯하나 둘이다. 들微笑와 들미沼….* (2019. 6)

〈들미소〉

세 잎 클로버의 행복

언제 자리 잡았는지 토끼풀이 잔디 마당 가에 소복하게 나 있다. 손으로 뽑으면 서너 움큼 정도인데 뽑아버리려다 쪼그리고 앉아 네 잎 클로버를 찾는다. 행운을 놓칠세라 클로버 잎을 조심조심 헤치는 눈빛이 간절하다. 이 좁은 영역 안에서 네 잎 클로버를 찾는다면 그야말로 행운이 아닌가.

친구들과 토끼풀밭에서 네 잎 클로버를 누가 먼저 찾나 시합을 벌일 때가 많았다. 그때마다 내가 이긴 적이 없다. 친구의 책갈피에 다림질한 듯한 정결한 네 잎 클로버를 끼어 놓은 것을 보면 그리도 부러웠다. 행운이 그 아이에게 금방이라도 찾아올 것만 같았다. 학창시절의 행운이란 시험 잘 보아 높은 점수 받는 것. 나도 그 행운을 잡기 위해 은근히 네 잎 클로버를 찾고 또 찾았다. 그러나 번번이 허사였다. 오늘도 그렇다.

박완서 님의 글 「일상의 기적」에서 '세 잎 클로버는 행복, 네 잎 클로버는 행운, 행복하면 되지 행운까지 바란다면 그 또한 욕심이겠지요'라고 했다. 검소하고 소소한 행복을 누리는 삶을 일깨워 주는 내용이었다. 그런데 나는 네 잎 클로버에 대한 미련을 아직도 버리지 못하고 있다.

하얀 클로버 꽃이 군데군데 무리 지어 피었다. 그 꽃을 바라보며 예쁜 추억을 떠올린다. 가느다란 줄기를 서로 꿰어 꽃반지와 목걸이를 만들고, 꽃줄기를 엮어서 만든 화관을 서로 씌워주었던 어린 날의 일들을 몽글몽글 피워 올리며 행복한 미소를 짓는다.

꽃반지만 끼워주어도 행복할 것 같은 사랑을 만나고 싶던 때가 있었다. 영원히 변치 않을 진실한 사랑이라면 풀꽃 반지인들 무슨 대수이랴 싶었다. 돌이켜보면 얼마나 순수한 때였던가. 1960~70년대, 그 시절엔 나뿐만 아니라 대부분 젊은이가 그러했다. 가수 은희가 부르던 '꽃반지 끼고'가 인기를 끌게 된 이유가 아니었을까. '생각난다 그 오솔길 그대가 만들어준 꽃반지 끼고 다정히 손잡고 거닐던 오솔길이 이제는 가버린 아름다운 추억'이라는 노랫말이 가슴에 와 닿았었다.

가끔 자신에게 던지는 질문이 있다. 나는 행복하였나. 행운은 있었던가. 지금의 행복지수는…. 어느 모임에 참석했다든지 친구를 만나고 온 날은 그런 질문이 더 날카로웠다. 나보다 아주 풍요로운 여가를 즐기는 친구를 만나거나 젊은 나이에 성공 가도를 달리는 자녀를 둔 이웃을 보면 행복감이 움츠러들었다. 사회적 지위나 경제력, 거기에 멋진 모습과 훌륭한 인품까지 겸비한 남편을 둔 친구를 만나고 온 날은 내 삶에 불만이라는 단어가 슬그머니 머리를 들기도 했다. 돌이켜 생각하면 남의 행복이 나의 불행이고 다른 사람의 불행에서 나의 행복을 발견하는 못된 심사心뿐가 아니었나 싶다.

정형외과에 세 여인이 입원했다. 다리 골절, 무릎 관절 수술, 디스크 수술 환자였다. 2주간 함께 숙식하다 보니 세세한 가정사까지 알게 되었다. 디스크 환자는 생계를 유지하기 위해 여자의 몸으로 커다란 물탱크에 달린 수직 사다리를 타고 오르내리면서 방수작업을 하였지만, 힘든 줄 몰랐다고 했다. 그녀의 낙천적 성격과 긍정적 사고가 병실에 활력을 불어넣었다. 무릎 수술 환자는 어머니의 심한 꾸중을 받은 일로 시골집에서 가출하여 서울 친구 집에서 지내다가 현재의 남편과 결혼하였는데, 남편뿐만 아니라 두 아들까지 못마땅하게 여기는 불평 불만으로 가득 찬 여인이었다. 두 여인은 이야기를 나누다 사소한 간섭으로 언성을 높이기도 했다. 긍정과 부정의 대립이었다. 나는 중립의 입장에 섰다. 그때 세 잎 클로버의 꽃말을 진작 알았더라면 그녀들에게 그럴싸한 말로 언쟁을 말렸을 것을…. 한 여인은 세 잎 클로버의 철학을 이미 터득하였고, 또 한 여인은 네 잎 클로버만 쫓느라 세 잎 클로버를 짓밟고 있는 셈이었다. 나는 그사이를 오락가락하는 삶이었던 것 같다.

행운의 상징인 네 잎 클로버는 보편적인 흰 꽃 클로버의 종 안에서 발견되는 유전적 변종으로 일만 분의 일(1/10,000)의 확률로 나타난다고 한다. 그러니 나폴레옹도 네 잎 클로버를 발견하고 허리를 굽혔을 것이다. 그 순간 총알이 비껴 가서 화를 면했다고 하여 네 잎 클로버는 당당히 행운의 대열에 서게 되었다.

이제 행운의 상징인 네 잎 클로버를 자주 만날 수 있을 것 같다. 식물학자들에 의해 네 잎 클로버 씨앗이 발견된 1950년대부터는 네 잎 클로버를 인공적으로 재배할 수 있게 되었다고 한다. 행복과 행운도 자기 안에서 스스로 재배할 수 있으면 좋으련만….

이제까지 지내온 날들에 감사하지 않을 수 없다. 감사는 곧 행복감에 이른다. 내 주변을 둘러보니 행복의 조건이 즐비하다. 행운의 상징 네 잎 클로버는 찾지 못할지라도 강한 생명력으로 번지는 흔하디 흔한 세 잎 클로버의 줄기는 얼마든지 잡을 수 있지 않은가. 행복의 그 줄기를….* (2015. 6)

꽃띠 장화

　우리 집 현관에는 언제나 고무장화 두 켤레가 놓여 있다. 남색의 민무늬 장화와 흰 꽃과 분홍 꽃무늬가 어우러진 새색시 같은 장화다. 남색 장화는 늠름하고 꽃무늬 장화는 화사하다. 꽃무늬 장화가 젊은 여인처럼 싱그러워 꽃띠 장화라고 불러준다. 이들은 언제라도 주인을 모시고 일터로 나갈 채비를 갖추어 나란히 서 있다.

　꽃띠 장화는 나에게 충성을 다한다. 흙과 오물이 주인의 발에 묻지 않도록 제 몸으로 믹는다. 개미가 기어 올라오면 곧 미끄러져 떨어지게 한다. 지렁이를 보고 놀란 발을 감싸며 다독거린다. 잡초가 우거진 풀밭에서는 혹시라도 출현할 뱀이 있을까 긴장하며 미리 살핀다. 궂은 일 다 하면서도 불평이나 지친 기색 없이 늘 명랑하다. 모습은 아리따운 여인 같으나 제 역할은 사내대장부 못지않다. 어느 사이에 나의 분신과 같은 존재가 된 꽃띠 장화! 텃밭에서 일할 때뿐만 아니라 수돗가에서 채소를 씻을 때, 이불 빨래를 할 때도 의례 동행한다. 숲속에서도 등산화보다 꽃띠 장화와 함께 거니는 것이 편하고 미덥다.

내가 장화를 처음 신어 본 것은 초등학교 3학년 때였다. 아버지가 검정 고무장화를 사주셨다. 그 장화를 방안에서 신었다 벗었다 하며 무척이나 기뻐했다. 어서 눈이 오기를 기다렸다. 초등학교 2학년까지는 집 근처의 분교에 다니다가 3학년이 되면서 4km쯤 떨어진 본교로 등하교하게 되었다. 비가 오면 질퍽거리고 눈이 오면 양말이 젖어 꽁꽁 언 발로 걸어서 학교에 다녔다. 그런데 아버지가 사주신 장화 덕분에 내 발이 호강했다. 아이들이 장화를 신은 나를 부러워하기도 했다. 불현듯, 무뚝뚝하나 속정 깊으셨던 아버지 모습이 희미하게 떠올라 가슴 뭉클하다.

신혼 시절에 남편이 사준 흰색 고무장화는 사랑의 척도였다. 새로 부임한 수원 변두리 학교 진입로와 운동장이 비만 오면 진흙탕이 되었다. 흙이 얼마나 차진지 구두에 덕지덕지 달라붙어 떨어지지 않았다. 그 순간은 '장화를 꼭 사야지.'라고 했다가 맑은 날이 되면 곧 잊어버렸다. 어느 날, 밤새 갑자기 내린 비로 출근길이 막막했다. 아침 식사 준비를 하면서 남편에게 장화를 사달라고 부탁했는데 "이 시각에 신발가게 문을 열기나 했나?"라며 시큰둥했다. 헌화가*를 불러대듯 하던 남

----

* 신라 성덕왕聖德王 때, 소를 몰고 지나가던 노인이 부른 사구체 향가四句體鄕歌. 순

자, 결혼한 지 몇 달이나 되었다고 태도가 달라지다니…. 서운함에 눈물이 핑 돌았다. 그런 내 얼굴을 본 남편이 슬그머니 자리를 피했다. 얼마 후, 그의 손에 들린 흰색 고무장화 한 켤레가 덩실덩실 춤추며 들어왔다. 문을 채 열지 않은 신발가게 문을 두드려 사 왔다고 했다.

그 후 한동안은 장화를 신은 기억이 없다. 웬만한 길은 포장되었고 교통편도 좋아졌다. 그리고 자가용 시대가 열렸다. 고무장화는 농어촌이나 공사장에서 궂은일을 하는 사람들이나 사용하는 물건이고 나와는 상관없을 줄 알았다.

전원생활을 하면서 장화가 필수품이 되었다. 10년 전, 양양 재래시장에서 튼튼하고 더러움을 덜 타는 남색 장화를 샀다. 남편 장화와 크기가 다를 뿐 같은 색깔, 같은 모양이었다. 그 장화와 7년을 함께 지냈는데 왼쪽 뒤꿈치에 병이 나고 말았다. 발에 꼭 맞는 장화를 샀더니 신고 벗는 과정에서 시달리다가 견디지 못하고 접착 부분이 터진 것이다. 옛 시절 아버지처럼 실로 꿰매어 신으려다가 꽃띠 장화를 새 식구로 맞이했다.

꽃띠 장화에 발을 디밀면 기분이 좋다. 발걸음이 가볍고 호미질하는 손이 즐겁다. 곱고 청순한 꽃띠 장화가 흙투성이가 될세라 진 곳 마른 곳 가려 다닌다. 먼저 신었던 남색 장화는 장소를 가리지 않고 궂은일

정공의 아내인 수로 부인이 벼랑 위에 핀 철쭉꽃을 탐내자, 소를 몰고 가던 어떤 노인이 그 꽃을 꺾어 바치며 불렀다 하며 『삼국유사』에 실려 전한다. (어학사전)

다 시켰던 일과 대조적이다. 무엇이든 예쁘고 볼 일인가.

그러함에도 꽃띠 장화는 꽃다운 자태가 점점 퇴색되어 간다. 우리 집에 처음 왔을 때의 해맑은 꽃띠 모습이 아니다. 맨몸을 땡볕에 드러낸 채 철철이 일 한 기간이 어언 3년, 연약한 몸이 어찌 견뎌낼 수 있었을까. 나 역시 꽃띠 장화처럼 낡아지고 있음은 거스를 수 없는 순리이리라. 고구마가 주렁주렁 달린 줄기를 양손에 치켜들고 활짝 웃으며 사진 찍은 10년 전 내 모습만 보아도 꽃띠 같은데….

꽃띠 장화를 깨끗이 닦아 남편 장화 옆에 나란히 놓는다. 꽃띠 모습이 낡아도 보기 좋다. 오히려 정감이 깊다. 무뚝뚝하나 은근한 정이 깊어 아내를 너른 가슴으로 감싸주는 남자, 남편의 처진 어깨를 다독거리며 행복한 분위기를 연출하는 지혜로운 아내, 그런 부부 같다. 내가 부러워하는 부부의 모습이다.* (2016. 9)

부부 시인과 도토리묵

5월의 마지막 날 어스름 녘, 강릉 송정해변 쉼터에 문학인 십여 명이 모였다. 발간된 문학지 출판기념회를 마친 회원들이다. 누가 이곳에 오자고 제안했는지 기발한 발상이다. 여기는 동해안의 명소 경포, 강문, 송정, 안목해변으로 이어진 강릉 해파랑길, 또 오고 싶고 걷고 싶어지는 곳이다. 곰솔 밭 오솔길과 푸른 바다, 수평선과 맞닿은 드넓은 하늘. 그리고 바다 냄새와 솔향을 실은 상큼한 바람을 맞으면 뉘라도 실내 커피숍으로 들고 싶겠는가. 모두 쉼터에 마련된 일체형 나무 탁자에 둘러앉으며 낭만적인 분위기라고 기분을 띄운다. 각자의 손에 해파랑 가게에서 뽑아 온 커피와 취향대로 따른 음료수 컵을 들고 건배를 외친다.

삼삼오오 이마를 맞대고 이야기를 나누는 동안 김 시인이 도토리묵을 썰어 접시에 담고 양념간장을 얹는다. 커피를 홀짝이던 내 눈이 번쩍 뜨이고 입안에 군침이 돈다. 도토리묵을 본 남성들이 그냥 있을 리 없다. 가게로 달려가 막걸리를 사 온다. 막걸리와 도토리묵은 찰떡궁합이 아닌가. 어둠이 내리는 바닷가, 막걸리와 도토리묵, 그리고 느닷없이 이방인 같은 존재가 된 커피지만, 낭만 분위기를 돋운다. 덩달아 다양한 장르의 문인들 입담이 풍성하다. 화기애애한 이야기가 오가더니 글쓰기 작법에까지 이른다.

어느 회원이 현대 문학작품 경향에 대하여 열변을 토한다. 그는 작가의 대열에 들지 않았지만, 작가 못지않은 글재주가 있다. 소설 같은 산문을 쓰면서 자기 내면의 바닥까지 드러내지 못해 아프다고 한다. 언젠가는 자신을 산산조각 분해하는 글을 쓰고 싶은데 그때가 언제일지 모르겠다며 양념에 잘 버무려진 도토리묵을 입에 넣는다. 그렇다면 나는 어떤 글을 쓰는가. 드러내기 부끄러운 수필 몇 편을 떠올리며 나도 도토리묵을 입에 넣는다. 목구멍으로 넘어가는 그 부드러운 감촉에 날 서려던 감성이 흐물거린다.

시인의 도토리묵은 쫀득하고 맛이 일품이다. 양념과 어우러져도 쌉싸름하고 떨떠름한 제 고유의 맛을 잃지 않는다. 거기에 더한 감칠맛은 부부 시인*의 합작품이기 때문일까. 부부 시인은 가을이 오면 도토리를 줍곤 한다. 부부 시인은 이미 다람쥐의 겨울 양식을 축내지 않기로 다람쥐와 약속했다. 필요한 만큼만 가져온다. 그것을 주울 때마다 묵을 맛있게 먹던 사람들의 모습을 떠올리며 손놀림을 재촉한다.

---

* 김내식(허돌) 시인과 김귀녀(비비추) 시인.

그 도토리로 가루를 만들어 묵을 쑤고 양념하여 이웃에게 아낌없이 나눈다. 자연의 혜택에 감사함도 전한다.

그들은 앙증스러운 도토리 안에도 우주가 있다고 여긴다. 도토리는 땅 위에 굳건히 서 있는 참나무에 달려서 하늘과 해와 바람, 밤하늘의 달과 별까지도 품어 영글지 않았는가. 거위벌레의 공격을 용케도 이겨 냈다. 그래서 소중하다.

부부 시인이 도토리가루를 만드는 과정은 고되다. 주워 온 도토리를 물에 담그고 방앗간에 가서 갈아 온다. 여기까지는 그래도 할만한데, 갈아 온 것을 자루에 넣어 치대고 또 치대어 도토리 녹말을 짜내고 찌꺼기를 버리는 일이 버겁다. 이 일을 수없이 반복하다 보면 몸이 지치는데 마음은 뿌듯하다. 도토리묵을 맛있게 먹으며 즐거워하는 지인들의 얼굴을 떠올리면 새 힘이 솟는다. 큰 그릇에서 며칠 동안 우려낸 도토리가루를 말리는 과정도 만만찮지만, 뽀얗게 드러나는 가루를 저장하면서 느끼는 충만감이 남다르기에 행복하다.

일 년에 두 번씩 몇 해째인가. 『강릉 가는 길』 출판기념회 때마다 가져오는 부부 시인의 도토리묵에 내가 감동하는 것은 나는 그런 작업을 번번이 실패했다. 어성전 임도를 걷다가 길가에 널려있는 도토리를 한 줌씩 주워 모으면 우리 식구라도 먹을 만큼의 도토리가루를 만들 수 있으련만, 그 과정을 따르지 못한다. 도토리를 주워 와서 이런 저런 핑계로 게으름을 피우다 보면 도토리에서 통통한 하얀 벌레가 기어 나온다. 그것을 방지하기 위하여 물에 담가야 한다는 말을 따르다가 썩히기 일쑤다. 자연의 순수한 맛을 지키려면 남다른 노력과 정성과 사랑을 담아야 하는 것을 귀촌한 지 여러 해가 되어서야 깨달았다.

부부 시인은 이미 자연인으로 사는 삶을 터득한 듯하다. 자연에서 취하되 욕심부리지 않고 자연의 식구와 나누며 산다. 안성의 농촌 아담한 마을에 살면서 소소한 일상을 시로 표현한다. 도토리묵도 보글보글 끓이고 오래 뜸 들여 시를 짓듯 쑤었을 것이다. 그들의 시는 담백하다. 진실한 삶이 곧 작품으로 승화한다. 지금 여기 바닷가 탁자 위에 놓인 도토리묵도 부부 시인 여정의 산물인 시詩라고 여겨진다.

어느덧 어둠이 깔린 강릉 앞바다. 한기를 느끼는 바닷바람이 오히려 상쾌하다. 계절의 여왕 5월이 작별 인사를 고하려고 서성거린다. 5월이 가고 뜨거운 여름이 지나면 잘 영근 도토리를 또 만나게 될 것이다. 나는 임도에 떨어진 도토리 한 알 한 알 소중하게 여기며 주울 것이다. 자동차 바퀴에 치이어 허연 맨살을 드러낸 것까지도….

오늘 새벽 2시에 일어나 도토리묵을 쑤었다는 부부 시인. 도토리묵을 다 쑤니 날이 밝더란다. 그 말랑말랑한 묵이 굳을세라 서둘러 챙겨 안성에서 강릉으로 내달렸다. 그러고 보니 유난히 감칠맛 도는 도토리묵 맛은 부부 시인의 정성과 부지런함과 아름다운 사랑이 양념으로 들어갔음이다. 그런 맛을 내가 감히 낼 수 있을까. 언감생심이다. 올가을엔 나도 도토리묵을 상에 올려보련다. 도토리묵을 쑤듯 좋은 글 한 편도 올리면 좋으련만…. * (2019. 6)

춤돌이 백일에

'오늘이 춤돌이가 태어난 지 백일! 축하해 주세요.'

신원하 교장 선생님의 문자 메시지를 보는 순간 눈물이 핑 돌았다. 춤돌이의 행방이 묘연해서 며칠째 애타게 찾으며 돌아오기를 기다리고 있는 터였다. 춤돌이 소식을 그대로 전해야 하나 말아야 하나 망설이다가 사실을 말씀드리기로 했다. 춤돌이가 어디론가 사라졌다는 말을 전하면서 목이 메어 울먹거렸다. 신 교장 선생님이 당황한 음성으로 웬일이냐고 다급하게 물으셨다. 나는 춤돌이가 어디론가 사라졌다고 다시 전하며 얼른 전화를 끊었다. 춤돌이 백일을 챙기시는 신 교장선생님의 따뜻한 마음에 얼음을 끼얹는 격이어서 대화를 이어갈 수 없었다. 춤돌이는 강아지가 춤을 잘 춘다고 어린 손녀 지현이가 지어준 이름이다.

일주일 전에 있었던 일이다. 그 날 따라 맑은 하늘과 아침 공기가 더욱 향긋하여 춤돌이를 데리고 산책하였다. 아마 오전 6시경인가 보다. 춤돌이와 장난치며 '숲속의 집'까지 갔는데 녀석이 손님이 타고 온 승용차에서 냄새를 맡으며 맴돌고 노느라 따라오지 않았다. 나는 그냥 천천히 걸었다. 가다가 뒤돌아보면 녀석이 자동차 앞에서 계속 장난을 치면서 내가 있나 없나를 확인하고 또 장난치곤 했다.

나도 장난치고 싶었다. 소나무 뒤에 내 몸을 숨기며 둘이 까꿍 놀음을 하였다. 고 녀석은 내 모습이 보이면 따라올 생각을 안 하고 그대로였다. 내가 몸을 완전히 감추고 춤돌이가 어떤 행동을 하나 엿보았다. 녀석이 내가 있는 쪽을 향해 두리번거리다가 내 모습이 보이지 않자 갑자기 몸을 돌려 집을 향해 내닫는 게 아닌가. 춤돌이의 예기치 못한 행동에 당황하여 그 뒤를 따라서 빠른 걸음으로 집에 왔다. 그런데 춤돌이가 보이지 않았다.

춤돌이 이름을 부르며 집 주위는 물론 고추밭, 비닐하우스, 이웃집까지 가서 찾았으나 헛수고였다. 컨테이너 밑을 들여다보며 춤돌이를 불러도 나오지 않았다. 지난번에는 지나가는 자동차 소리에 놀라 컨테이너 밑에 들어가 숨어 있다가 내 목소리를 듣고 달려 나왔었다. '그런 겁쟁이가 도대체 어디에 꼭꼭 숨었을까? 이번에도 내 목소리를 듣고 반갑게 달려 나오겠지.'라며 기다린 게 벌써 일주일이 지났다. 집으로부터 100m 정도의 거리에서 일어난 사고인 데다 불과 몇 분 사이에 소리 없이 사라진 것은 그야말로 귀신이 곡할 노릇 아닌가. 너무 어려서 끈을 매지 않은 게 화근이었다.

마을 이장님께 부탁드려서 아랫마을에서 강아지가 발견되면 즉시 연락 달라고 부탁했다. 이웃 사람들은 "누가 데려가지 않고서는 이런 일이 있을 수 없다."라고 했다.

두 분께 뵐 면목이 없었다. 춤돌이를 어떻게 키우셨던가. 춤돌이가 태어난 지 불과 며칠 후, 어미를 교통사고로 잃은 가엾은 강아지들을 품에 안아 우유를 먹이며 지극 정성과 사랑으로 키우셨다고 했다. 두 분께서 나보다 더 슬퍼하실 것 같아 차마 말씀드릴 수 없었는데 춤돌이 백일 축하 메시지를 받고서야 고백했다.

두 분은 우리에게 강아지를 주시면서 내년 5월에 어성전에서 춤돌이 4남매 돌잔치를 하자고 하셨다. 교장 선생님 댁에 있는 두 마리와 어느 여류 화가에게 주신 강아지. 그리고 우리 춤돌이 돌잔치가 예정되었다. 그런데 예정된 그 아름다운 행사가 나 때문에 물거품이 되고 말았다.

"그리움의 느낌은 축복이다."라는 문자 메시지를 받았다. 박완서 님의 소설 『친절한 복희 씨』에 나오는 말로 위로해 주시는 신 교장님의 메시지였다. 그 소설책을 나에게 소개하여 읽었기에 공감하고 공유했던 내용이었다. 거기에 덧붙여 "작가에게 주는 하나의 사건일 뿐입니다. 춤돌이를 통해 좋은 글 쓰시라는 뜻일 겁니다."라고 격려하면서 내 맘이 상하는 것을 더 걱정하셨다.

짤막하게 답장을 드렸다. "다음에 3세가 태어나면 또 주세요."라고. 그러나 아직도 춤돌이를 포기할 수 없어 자꾸 뜰에서 서성거린다. *

(2008. 8)

내 나이가 어때서

커다란 스피커에서 흘러나온 경쾌한 음악이 실내에 울려 퍼진다. 째즈, 차차차 가락이 흥겹다. 어르신들이 익숙한 동작으로 리듬을 탄다. 움직임이 날렵하지 않으나 기분은 날아갈 듯한 표정이다.

라인댄스 지도 강사가 "오늘은 새로운 댄스를 공부합니다. 'Cajun Thang(케이준 생)', 스텝은 맘보입니다."라고 말하자 흥겹던 실내에 찬물을 끼얹은 듯 착 가라앉은 분위기로 바뀐다. 곡 제목을 어르신들이 알아듣지 못하는 영어로 말하니 의기소침이다. 음악은 신나는데 지도 강사를 따르는 발동작이 무겁기만 하다. 그러나 배우는 열기는 후끈하다. 좀 틀리면 어떠하랴. 어깨가 절로 들썩이는데…. 하나, 둘, 셋, 넷 구령에 맞추어 한 동작씩 따라 하는 모습이 진지하다.

라인댄스는 많은 무희가 한 줄로 늘어서서 추는 희극적인 춤이다. 누구나 쉽게 따라 할 수 있어서 남녀노소가 함께 어울려 즐길 수 있다.

사교댄스처럼 서로 몸을 접촉하지 않아도 되고, 신사 숙녀의 도를 강조하지 않아 자유롭다. 우리 교회에서 운영하는 장수대학 프로그램에 라인댄스 시간이 할애되어 모두 즐겁게 참여한다. 매주 목요일마다 라인댄스를 배우는 시간이 기다려진다고 한다. 나도 어르신들을 보살피는 교사 역할을 하면서 그분들과 여러 가지 체험을 하는 일이 즐겁고 보람 있다.

나란히 줄을 서서 라인댄스를 하는 40여 명 중에 눈길을 끄는 두 분이 있다. 한 분은 뚱뚱한 몸에 박자를 놓쳐 좌충우돌하면서도 열심히 따라 하는 79세의 여자 어르신이고, 또 한 분은 호리호리한 몸매에 검은 테 안경을 쓴 81세의 남자 어르신이다.

79세 여자 어르신은 어린 나이에 양양 산골로 시집와서 오늘날까지 아들 셋을 키우며 일밖에 모르고 살았다고 한다. 그녀는 완고한 남편 때문에 큰 소리 한 번 치지 못했을 뿐만 아니라 나들이도 함부로 할 수 없었다. 그러던 올봄, 읍내에 사는 조카로부터 교회에서 운영하는 장수대학에 등록할 것을 권유받았고, 용기를 내어 입학하게 되었다. 장수대학 프로그램에 참여하여 활동하면서 새로운 삶을 사는 기쁨을 누린단다. 할아버지에게 장수대학에 가는 것을 허락해 달라고 하면 안 된다고 할 게 뻔한 일이라 아예 선포하셨단다. "나 장수대학에 못 나가게 해도 소용없소."라고.

81세 남자 어르신은 장수대학에서 최고령이다. 대부분 여자 어르신이고 남자는 고작 서너 분인데 그중의 한 분이다. 그분은 다른 남자 어르신들이 여성들 틈에 끼어 라인댄스를 즐기는 모습과 대조적이다. 쑥스러움 때문인지, 자신감이 없어서인지 의자에 앉아 구경만 할 때가 많다. 하지만, 어쩌다가 맨 뒤에 서서 따라 할 때는 열심히 하신다. 남들이 오른쪽으로 갈 때 왼쪽으로 가고, 뒤로 돌아설 때 그대로 있으니 여러 사람과 얼굴을 마주친다. 그럴 때마다 멋쩍게 웃으며 민망함을 덜어낸다. 동작을 도와드리고 잘 따라 할 때 칭찬해드리면 홍조가 얼굴 가득 번진다. 마음은 소년인 듯싶다.

현재 우리나라의 65세 이상 노인 인구는 전체의 13.1%라고 하며 고령사회에 접어들었단다. 주변을 둘러보면 고령사회임을 실감하게 된다. 농산촌에서 60대는 청춘이다. 우리 동네 노인회의 평균 연령이 70세가 넘는 것을 보면 막연하게만 여겨지는 100세 시대가 현실이 될 날도 머지않은 것 같다. 노인들 스스로 자기 몸을 돌보고 지역사회의 장수 프로그램에 열정적으로 참여한다. 그들은 '구구 팔팔 이삼 사'라고 외친다. 99세까지 팔팔하게 살다가 이삼일 동안 앓고 이승을 떠나자는 바람이요, 회식 자리의 구호이다. 그런데 요즘은 구구 팔팔 이삼 일, 즉 99세가 되도록 팔팔하게 살다가 이삼일 앓고 벌떡 일어나자는 뜻이란다.

음악이 바뀐다. '내 나이가 어때서'라는 대중가요다. 어르신들의 눈과 귀가 활짝 열린다. 움직임이 발바닥에 스프링을 단 듯 탄력 있다. 모두의 애창곡에 이미 배워 익숙한 라인댄스라서 흥겹고 신난다. 세상만사 근심 걱정 다 제쳐 놓은 즐거운 표정들이다. "야~ 야~ 야~ 내 나이가 어때서…" 목청 높여 노래하며 춤추는 어르신들의 열기는 틀림없는 이팔청춘이다. 그들과 함께 춤추는 나도 나이를 잊는다. 더 건강하고 똑똑해진 만 60~75세 사이의 사람들을 노년이라 아니하고 신중년이라 하지 않은가.

그래, 나는 신중년이다. 나이를 의식하며 뒷걸음질하고 겉늙어 가는 내 마음에 청춘이 들어선다. '그렇지. 내 나이가 어때서…' * (2015. 9)

새우 자리 버덩*의 낯선 풍경

누구나 가슴속에 잊히지 않는 풍경화 몇 점은 간직하고 있을 것이다. 그것이 아름다운 자연경관일 수 있고 추억이 담긴 어느 곳일 수도 있다. 이러한 풍경이 지친 삶의 쉼터가 되고 아련한 그리움으로 떠올라 시들어가는 감성을 자극하기도 한다. 팍팍한 삶의 현장에서 어딘가에 안주하고 싶을 때 기꺼이 자리를 내어주는 곳이 있는 사람은 행복하다.

나에게는 새우 자리 버덩이 있었다. 그곳은 강릉시를 벗어나 얼마쯤 걸으면 섬석교에서 운산동으로 이어지는 7번 국도와 철도가 있던 곳이다. 옛날에 새우가 많이 잡히던 곳이라 하여 새우 자리 이름이 붙여졌고, 경포 호수의 서너 배쯤 되는 월호月湖라는 거대한 호수가 있었을 것으로 추정하는 글을 읽은 적이 있다. 오랜 세월이 흐르면서 지형이

* 높고 평평하며 나무는 없이 풀만 우거진 거친 들.

변화되어 넓은 버덩이 되었을 것이다. 그곳을 가로지른 1km쯤 되는 신작로에 내 소녀 시절의 추억이 깃들어 있다.

새우 자리 버덩 등하굣길을 무거운 책가방을 들고 6년 동안 걸으며 꿈을 가꾸었다. 탁 트인 버덩 멀리 대관령을 바라보며 그 너머 세상이 궁금했고 가보고 싶었다. 너른 들판에 황금물결이 넘실대기라도 하면 노래를 흥얼거렸다. 혼자 걸으며 영어단어장을 꺼내어 단어를 외우기도 했다. 어쩌다 신작로 가까이 나란히 난 철길에 기차가 지나가면 손을 흔들어 전송했다. 그럴 때면 차창 밖으로 손을 흔들어 답례하는 사람도 있었다. 그 기차 꼬리를 잡고 따라가고 싶기도 했다. 넓은 세상이 그리웠다.

하굣길은 혼자 걸을 때가 많았다. 다른 아이들과 학교가 다르거나 그 시절 농촌에는 여학생이 많지 않았기 때문이다. 혼자 걷는 길이 그리도 지루했다. 그때마다 활짝 웃으며 말을 걸어오던 들꽃들, 특히 코스모스를 잊을 수 없다. 코스모스는 나뿐만 아니라 어린 나이에 일찌 감치 생활전선에 뛰어든 친구에게도 귀엣말로 무엇이라 속삭였을 것이다. 교복을 입은 학생을 부러워하며 한때 좌절하던 친구는 기술을 익히더니 검정고시를 통하여 고졸 학력을 취득했다. 코스모스처럼 생글 거리던 그녀가 대견하고 자랑스러웠다.

버덩 길 등하굣길에는 난감한 일도 있었다. 집 한 채 없는 새우자리 허허벌판에서 갑자기 소나기를 만나 교복이 흠뻑 젖은 일도 여러 번 있었다. 교복에서 물이 줄줄 흘러도 책가방만은 가슴에 품어 보호했다.

추운 겨울날에 허허벌판을 걸어가노라면 귀가 떨어져 나갈 것처럼 얼얼하고 입이 얼어붙는 듯했다. 한겨울 대관령에서 내달은 칼바람이 그토록 매서웠다. 눈보라 치는 벌판을 혼자 걸을 때는 어느 영화의 주인공을 자처하며 낭만적인 분위기에 도취하거나 처절한 감정에 빠지기도 했다. 그러한 것들로 세상 풍파를 헤쳐나갈 힘이 길러졌고 인내의 단맛을 알게 되었는지도 모를 일이다.

그 새우 자리 버덩을 KTX기차가 가로질러 달린다.

2017년 12월 21일, 강릉역에서는 이낙연 국무총리가 참석한 가운데 경강선 KTX 개통식이 열렸다. 다음날 22일부터는 일반 승객을 태운 서울↔강릉 KTX가 운행되었다. 강릉역을 출발한 고속열차는 꼬리를 물고 태백준령 긴 터널을 뚫고 더 넓은 곳으로 내달아 사통팔달 소통할 수 있게 되었다. 서울을 1시간 40분대로 오갈 수 있으니 꿈같은 일이다. 예전에는 기차를 타고 서울에서 강릉으로 오려면 11시간 30분, 최근까지는 중앙선과 태백선을 이용하여 여섯 시간가량 걸렸으니 격세지감이 아닐 수 없다. 2018 평창 동계올림픽의 혜택을 톡톡히 누리는 것이다.

KTX가 개통된 지 나흘째 되던 날, 서울로 가는 KTX를 탔다. 강릉역에서 출발한 고속열차가 시내 지하 구간을 빠져나오자 이내 새우 자리 버덩의 교각 위 선로를 달렸다. 내 유년의 추억이 깃든 곳을 완만한 곡선을 그으며 지나갔다. 내가 자란 운산 마을이 왼쪽 차창 밖으로 사라졌다. 벌판에 늘어선 교각들을 바라보니 낯설었다. 그 낯선 풍경이 가슴에 휑한 바람을 일으켰다.

그 바람이 아기자기 낮은 산으로 이루어진 고향 마을까지 불어닥쳤다. 새우 자리 버덩에서 고향 집 바로 옆 동네를 가로질러 놓인 괴물 같은 교각, 동해시로 연결된다는 철로, 부모님 산소에 가는 길에 그 교각을 보고는 아연실색했다. 아늑한 어머니 품속에 말뚝을 꽂은 느낌이었다. 기존에 놓였던 철로를 마다하고 굳이 평화롭던 마을에 높은 교각이라니! 그 위를 기차가 달리게 되고…. 기찻길 옆 논둑에 옹기종기 모여 서서 기차를 타고 오는 나를 향해 손 흔들어 마중하던 동생들의 모습만은 허공에 띄울 수 없지 않은가.

자연환경은 변하기 마련이다. 생명체는 변하는 환경에 적응할 수밖에 없다. 지금 내가 아파하는 낯선 풍경도 시간이 흐르면 어쩔 수 없이 익숙해질 테지만, 허전하다. 하물며 고향을 완전히 잃은 수몰 지구 사람들의 마음이 어떠하랴. 나만 유난스럽게 느끼는 민감한 정서일까.

소녀 시절의 꿈과 애환이 오롯이 스며있는 곳. 마음이 허허로울 때 고향을 떠올리며 미소 짓던 곳. 옛 새우 자리 버덩은 소녀시절 예쁜 추어의 산실이있다. 그곳은 내 기억 속에 오래 머물러 있으면서 내가 찾아가면 잠시 쉬다 가라 할 것이다. 기차가 가로지르는 새우자리 버덩의 낯선 풍경이 아름다운 나의 옛 추억까지 가로지를 수는 없지 않은가.* (2018. 1)

구룡령 옛길

옛길은 그 어감만으로도 정겹다. 선인들의 삶의 여정이 배어있는 옛길을 걷는 것은 의미 있는 일이다. 구룡령 옛길을 걸어보겠다고 봄부터 벼르던 산행을 단풍철도 지난 오늘에서야 실행하게 되었다. 기대감으로 마음이 설렌다. 구룡령은 해발 1,050m로 아홉 마리 용이 고개를 넘어가다 지쳐 인근 갈천리 마을 약수터에서 목을 축였다 해서 붙은 이름이다.

옛길을 함께 걷기로 한 일행들과 56번 국도 구룡령을 굽이굽이 돌아 올라가 정상에 차를 세웠다. 샛길로 들어서니 생태 터널 옆으로 나무 계단이 놓여 있다. 나무계단을 오른 후 다시 산비탈을 오르기 시작했다. 보기보다 가파른 길이었다. 능선을 향해 오를수록 숨이 턱에 닿았다. 산비탈을 20여 분쯤 올랐을까. 지리산에서 하루도 쉬지 않고 백두대간을 따라 걸으면 22일 걸려서 22구간이라고 한다는 지점에 다다랐다. 백두대간의 등뼈에 서 있는 셈이란다. 동·서쪽에서 산기슭을 타고 올라온 11월 초순의 산바람이 옷깃을 여미게 했다. 콧등에 송골송골 솟아난 땀방울이 이내 식었다. 발아래 내려다보이는 크고 작은 산등성이는 마치 공룡들이 서로 몸을 기대고 꿈틀거리는 듯했다.

옛길 정상에는 열십자로 난 고갯길이 있었다. 동쪽으로 내려가면 양양 갈천리가 나오고, 서쪽으로 내려가면 홍천군 명개리다. 북쪽으로 직진하면 갈전곡봉에 오르게 된다. 잠시 이곳에 마련된 긴 나무 의자에 앉아서 휴식을 취했다. 나의 초, 중학교 동창이자 구룡령 휴게소를 운영하며 옛길 복원을 위해 힘쓴 정선지 씨가 옛길 해설을 해주었다.

동서로 내려다보이는 가파른 길이 까마득하게 흘러내린다. 이 길을 넘나들던 옛사람들의 하룻길이 얼마나 되었을까. 맨손으로 오르내려도 힘들었을 길을 물물교환을 위해 무거운 짐을 머리에 이고, 어깨가 무너지도록 등짐을 졌을 것이다. 홍천 지방의 서쪽 산사람들은 주로 피나무 등 나무껍질을 가져오고 동쪽 바닷사람들은 그물에 맬 밧줄로 사용하는 나무껍질을 구하려고, 생선과 미역 등을 가져왔다고 한다. 그래도 유일한 교통수단이 있었는데 노새와 가마였단다. 머리에 떡 함지박을 이고 구불구불 옛길을 내려오는 '해와 달' 동화 속의 엄마 모습이 되살아났다.

옛길 정상은 청운의 꿈을 품은 영동지방의 선비들이 넘던 과거 길이기도 했단다. 여기에 산신당도 있었는데 말을 타고 과거를 보러 가다가 말에서 내려 산신당에 예를 표하지 않으면 반드시 낙방했다는 이야

기가 전해졌다. 산신당에 엎디어 과거급제를 기원하는 선비들의 마음
이 얼마나 절절했을까.

동쪽으로 난 양양 갈천리 방향의 옛길로 접어들었다. 한 줄 서기로
내려가야 하는 좁은 외길이다. 가파른 내리막길인가 하면 이내 휘돌아
경사가 완만해졌다. 앞서가던 사람이 불현듯 내 발아래에 있는가 하면,
조금 떨어져 뒤따라 오는 사람은 내 머리 위에서 걸어 내려왔다. 구불
구불 이리 휘고 저리 휘어진 옛길은 길의 경사도를 최소한 줄여서 선
인들이 만든 지혜의 길이었다. 이 길로 물건을 싫은 조랑말이 다녔고,
가마 타고 시집도 왔단다. 시집오면 혼자서는 넘기 힘든 길이었으니
친정엔들 자주 갈 수 있었을까. 홍천 내면에서 갈천리로 시집왔다는
새색시가 아직도 갈천리 마을에 살고 있다고 한다. 옛길의 살아있는
증인이다.

옛길 부근에는 신갈나무, 다릅나무, 자작나무, 빼어난 근육질이 돋
보여서 여성들이 좋아한다는 서어나무 등 활엽수가 주종을 이루고 있
다. 그래서인지 골이 진 옛길에는 낙엽이 수북이 쌓여 있다. 앞서가는
사람들은 발을 질질 끌어 숫제 낙엽에 발을 묻으며 걸었다. 사각사각
낙엽 밟는 소리가 늦가을의 정취를 더해 주었다. 나는 어쩌다 낙엽 밑
에 숨어 있는 돌멩이와 둥근 나뭇가지에 미끄러져 두 번이나 엉덩방아
를 찧었다. 푹신한 낙엽 방석에 주저앉는 기분이 그리 나쁘지 않은데,
앞서가던 남편은 마음이 놓이지 않는지 자꾸 뒤돌아보았다.

옛길 중턱에 내려오니 횟돌반쟁이라는 안내문이 있다. 횟돌반쟁이는

양양지역의 장례풍속에서 하관 할 때, 횟가루로 땅을 다지면 나무뿌리가 목관을 파고들지 못하기에 이곳에서 횟가루를 채취하였다고 해서 붙여진 이름이라고 한다. 조상을 극진히 섬기는 선인들의 마음을 느낄 수 있었다.

솔반쟁이라는 곳에 다다르니 오후 3시 45분. 옛길 정상으로부터 한 시간가량 걸린 셈이다. 솔반쟁이에는 아름드리 금강소나무가 잘려나간 그루터기가 이끼를 품은 채 앉아 있다. 그 모습이 허망해 보였다. 1990년대 경복궁 복원 공사 때 베어갔다고 한다. 그 우람한 금강소나무가 이 자리에 그대로 서 있다면 구룡령 옛길에 얼마나 든든한 버팀목이 되겠는가. 아쉬웠다.

옛길에는 삭도와 묘반쟁이도 있었다. 삭도는 근처에 있는 철광에서 철을 캔 것을 실어 나르기 위해 만든 케이블카이고, 묘반쟁이는 전설 같은 이야기를 품고 있었다. 조선 시대 홍천과 양양의 수령이 각자 출발하여, 만나는 지점을 경계로 삼기로 제안을 했는데, 양양의 한 청년이 수령을 업고 빠르게 달려 홍천군 내면 명개리를 경계로 삼을 수 있었다 한다. 그러나 청년은 지쳐서 돌아가는 길에 죽고 말았다. 그 공적을 기려 옛길 길목에 묘를 만들었단다. 반쟁이는 한자어 반정半程에서 나온 말로 아흔아홉 구비의 반이라는 뜻이다.

마을 가까이 내려올수록 수령이 수백 년은 되었을 성싶은 우람한 금강소나무가 많았다. 소나무 나이가 300년 된 나무만도 여러 그루가 된단다. 소나무 수명이 600년이고 보면 저들이 앞으로 300년은 더 이곳을 지킬 수 있으리라.

널리 분포된 산죽 군락지가 낙엽 진 구룡령 자락에 생기를 불어넣었다. 대나무는 60년 만에 한 번 꽃을 피우고 생을 마감한다고 한다. 대나무가 일생에 단 한 번의 꽃을 피우기 위해 그렇게 올곧은 자세로 살아가나 보다.

구룡령을 내려와 갈천 계곡에 발을 담그니 전신에 전류가 흐르는 것 같았다. 얼음처럼 차디찬 갈천 계곡물은 두 시간 남짓 걸려 내려오느라 수고한 발가락의 통증을 잊게 했다. 금방 손으로 퍼마셔도 된다는 맑은 물은 옛길을 걸어 내려온 사람들의 이런저런 삶의 고뇌까지도 씻어 주었을 것이다.

구룡령 옛길은 문경새재(조령 옛길), 죽령 옛길, 문경 토끼비리와 더불어 국가지정문화재인 명승으로 지정되었다. 대중 매체를 타고 알려진 구룡령 옛길이 많은 사람의 발길에 의해 닳고 닳아 훼손되지 않을지. 괜한 노파심이기를 바랄 뿐이다.＊ (2007.11)

4부
파도 타는 사람들

소망의 끈

어버이날이다. 올해도 어머니 가슴에 카네이션을 달아 드릴 수 있음이 감사하다. 어머니가 팔순을 넘기신 후부터는 '내년에도 이날을 어머니와 함께할 수 있을까.'라는 막연한 불안감이 스치곤 했다. 그런 염려는 가끔 효심을 자극한다. 어머니가 좋아하시는 안동 간고등어와 강원도에서 따 온 두릅을 종이 가방에 정성스레 담았다. 보정역에서 함께 전철을 탄 수원 동생 무릎 위에도 선물 보따리가 푸짐하다. 동생은 어머니의 옷 한 벌을 샀다며 쇼핑백에서 옷자락을 살며시 끄집어내 보인다. 진동으로 해 놓은 손전화가 옷 주머니에서 옆구리를 간질인다. 어디쯤 오느냐는 어머니의 두 번째 전화다.

어머니는 어느덧 83세이시다.

목동에 사시는 어머니는 손수 상차림까지 하시곤 우리를 기다리고 계셨다. 상에는 호박전을 비롯한 맛깔스러운 반찬을 담은 접시들이 얌

전하게 놓여 있다. 서울에 사는 동생들이 도착하자 우리는 어릴 때처럼 둥근 상에 둘러앉았다. 저녁 식사를 하기에는 이른 시각인데도 어머니는 어서 수저를 들라고 재촉하시며 이것저것 자꾸 권하신다. 어머니의 자식 챙기는 모성애는 기력의 쇠진함과 비례하지 않는 모양이다.

저녁 식사가 끝난 후, 어머니가 문갑 속에서 새끼손가락만 한 것을 꺼내어 내 앞에 내미신다. 작은 비닐봉지에 물건을 넣고 돌돌 말아서 노란 고무 밴드로 꼼꼼하게 감은 것으로 보아 하찮은 물건이 아닐 것이라는 짐작이 간다. 어머니는 나에게 어서 가방에 넣으라신다. 그것을 만지작거려 보았다. 딱딱한 금속성의 물건임을 예견하며 고무 밴드를 한 가닥씩 당겨 풀었다. 모두 나의 손놀림을 물끄러미 바라보며 호기심 어린 표정을 짓는다. 비닐을 풀자 또 한 번 하얀 화장지로 포장한 것이 드러난다. 목걸이다. 의아해하며 어머니의 표정을 살폈다. 그것을 나에게 주시려는 의도가 궁금했기 때문이다. 그 목걸이는 13년 전 어머니의 칠순을 맞아 내가 선물로 사 드린 것이다.

언젠가 어머니가 내 약지에 끼워진 녹두 알보다 작은 루비 반지를 보시고는 예쁘다고 하시며, 동창회에 나가면 친구들 대부분이 큼직한 알 반지를 끼고 나온다고 하셨다. 그때 나의 시선은 무의식적으로 어머니의 손가락에 닿았는데, 실반지 하나 끼지 않은 손마디에 새겨진 깊은 주름이 마음을 아프게 했다. 그날따라 어머니의 손은 왜 그리 안쓰럽고 허전해 보였던지. 어머니가 고희를 맞으실 땐 큼직한 알 반지를 선물해야겠다고 다짐했었다. 그런데 화려한 진열장 안을 들여다보며 알 반지를 고르는데, 반지보다는 디자인이 독특하고 예쁜 목걸이가 내 시선을 끌어당겼다. 동글동글 반짝거리는 금줄에 잘 영근 좁쌀을 잇대어 붙인 듯한 십자가가 달린 목걸이였다. 반지와 목걸이 사이를 오가던 시선이 결국 목걸이를 선택했다. 그 후, 어머니는 그 목걸이를 늘 목에 걸고 계셨다.

어느 날 교회에서 뵌 어머니의 목에 그 목걸이가 걸려 있지 않았다. 엄마 곁에 살던 막내딸이 남편을 따라 강릉으로 이사 가자, 새 환경에 적응하느라 힘들고 외로울 때 힘이 되라고 주셨다는 것이다. 십자가의 고난을 떠올리며 기도하고 이겨내라는 어머니의 바람이셨다. 얼마 후 그 목걸이는 어머니에게 되돌아왔다. 그런데, 이번엔 다른 딸의 목에 걸어주셨다. 어려운 가계를 일으키느라 애쓰는 딸을 위해서였다. 나는 어머니에게 목걸이를 우상으로 여긴다며 핀잔하듯 말한 적이 있다.

아들 한 명에 딸 일곱, 팔 남매를 두신 어머니는 자식들 공부시키느라 많은 고생을 하셨다. 농촌 살림에 줄줄이 일곱 동생을 거느린 나는 대학 진학을 포기할 수밖에 없었다. 연년생인 남동생이 다음 해 진학을 해야 하기 때문이다. 아들 선호 사상이 유난했던 그 시절, 아들은 논밭을 팔아서라도 공부를 시키고, 딸들은 뒷전으로 물러나야 했다. 입시 철이 되자 나는 어머니께 간청했다. 평생 한이 되지 않도록 입학 시험에만 응시하게 해 달라고. 합격하더라도 대학 진학은 포기하겠노라고…. 어머니는 강릉역에서 서울 청량리역으로 가는 기차표를 건네 주시며 그래도 시험을 잘 보라고 격려해 주셨다. 그 격려에 힘을 얻었을까. 나는 어머니와 한 약속을 어기고 교사의 꿈을 이룰 수 있었다.

내 나이 스물넷 되던 해에 아버지가 세상을 떠나신 후, 어머니는 나에게 거는 기대와 믿음이 크셨다. 첫 단추의 중요성을 강조하시며 책임과 의무를 만만찮게 부여하셨다. 맏이가 잘살아야 줄줄이 뒤를 잇고 있는 동생들이 언니 본을 받는다고 하셨다. 그것이 부담으로 작용하여 때로는 반발심도 일었지만, 결국 어머니의 그 벽을 뛰어넘지 못했다.

"자~ 어서 넣어라" 어머니가 재촉하신다. 곁에 있던 동생들이 엄마 편을 든다. 오래전부터 혈압약을 복용하시고 가끔 어지럼병을 앓고 계신 어머니는 친구들이 뇌졸중으로 쓰러졌다는 소식을 들을 때마다 결코 남의 일만은 아니라는 자극을 받으신단다. 당신도 낯선 곳에서 의식을 잃게 되면 '혹시 목걸이를 잃지 않을까?'라는 노파심으로 마음이 편치 않으시단다. 어머니의 표정은 유산이라도 물려주듯 사뭇 진지하시다. 어머니와 이별의 슬픔이 코앞에 닥친 듯하여 내 가슴도 뭉클했다. "천국 갈 때 목에 걸고 가셔야지요."라며 분위기를 반전시키려고 농담처럼 말하며 목걸이를 되돌려 드렸지만 소용없다. 나는 어머니가 하셨던 대로 목걸이를 작은 비닐봉지에 넣어 고무 밴드로 다시 감싼 후, 손가방 속에 고이 넣었다.

어머니가 소중히 여기시는 그 목걸이는 어머니의 장신구가 아니었다. 절대자인 그분께 간절히 간구하며 기도하던 '소망의 끈'이었다. 그것은 우상 또한 아니다. 어떤 역경에서도 인내와 소망을 잃지 않으시던 어머니 믿음의 상징이기도 한 것이다. 그 끈 한 자락을 잡아 나에게 주시며 또 첫 단추의 임무를 부여하고 계신지도 모른다. 동생들에게 어려운 일이 생기면 당신 대신 동생들을 잘 챙기기를 바라는 무언의 부탁이 아닐까.

집에 도착하자 어머니에게서 전화가 왔다. 양양에 다녀올 때 안전운 전을 당부하신다. 퍼뜩 어머니가 주신 목걸이가 눈앞을 스친다. 전에 는 노파심으로만 들렸던 어머니의 염려가 오늘은 찡하게 마음 안에 자 리 잡는다. 전원생활 준비를 하느라 주말마다 대관령을 넘나드는 나를 위해 어머니의 기도가 또 시작된 게 아닌지. 당신이 주신 그 소망의 끈 이 이번엔 내 목에 걸리기를 바라고 계신 걸까.

이제, 고이 간직해 둔 그 목걸이를 내 목에 걸어야 하나 보다. 그리 고 나는 어머니가 건강하게 오래도록 우리 곁에 계시기를 바라는 소망 을 담아야 하지 않겠는가. 소망의 끈을 잡고….* (2006. 5)

동생들

동생들의 수다를 음악 삼아 들으며 7인승 내 차가 영동고속도로를 달린다. 겨울에 환상의 설경을 그려 놓던 백두대간 산마다 다채로운 녹색 잔치다. 아름다운 풍광이 스며드는 승용차 안의 작은 공간이 덩달아 풍요롭다. 우리 다섯 자매가 모처럼 어머니를 모시고 고향으로 가는 길이다. 친척 혼사에 참석할 겸 어린 날의 추억을 더듬어 가는 길이기도 하다. 오늘은 그 어느 때보다도 즐거운 여행이 될 것이라는 기대에 마음이 부푼다. 강릉, 콧노래가 절로 나온다.

완만한 곡선으로 다가오는 영동고속도로를 달리며 격세지감을 느낀다. 40여 년 전에는 고향 가는 이 길이 얼마나 멀었던가. 영동고속도로가 개통되기 전에는 수도권과 동해안을 연결하는 국도와 철도, 항공이 있었지만, 이용이 불편했다. 철도는 긴 단선 노선으로 서울에서 강릉까지 무려 열한 시간 반이나 걸렸고, 국도 또한 도로 상태가 나빠 서울—강릉 간 버스가 주행하는 시간이 9시간가량 걸렸다. 불편한 교통 때문에 나는 여름과 겨울방학이 되어야만 고향 집에 갈 수 있었다. 영동고속도로가 1975년에 전 구간이 왕복 2차로로 개통하였고, 2001년에는 4차로로 확장 개통되어 지금은 서울에서 강릉을 두 시간 반이면 갈 수 있으니 얼마나 편리한가.

간간이 자동차 룸미러 속의 동생들을 훔쳐본다. 몸을 붙이고 앉아 있는 모습이 정겹다. 중년을 훌쩍 넘은 여인들의 입담으로 차 안은 화기애애하다.

"엄마, 고마워요. 우리를 이렇게 많이 낳아주셔서."라며 셋째가 어머니 어깨를 쓰다듬는다. 어머니가 의아하다는 표정이시다. 8남매, 그중에서도 딸을 일곱 명이나 낳으셨으니 젊어서는 죄인이듯 살아오시지 않았던가. 셋째는 싹싹하고 명랑한 성격이어서 말수가 적고 무뚝뚝한 맏딸인 나보다도 언니 역할을 잘한다. 해서 동생들에게 인기다.

넷째가 말을 이어받는다. 우리가 엄마 속을 태우지 않고 이렇게 무난하게 사는 것이 엄마의 복이라고 한다. 매사에 신중하고 사려 깊으며 효성도 지극한 동생이다.

다섯째도 거든다. "나이가 드니까 형제가 많은 게 얼마나 든든한지…."라고. 다섯째는 인정이 많아서 아낌없이 주는 나무를 닮았다. 형제 중에 어려운 일이 있으면 제일 먼저 발 벗고 나서서 도와야 직성이 풀리는 성격이다. 교사가 된 것이 천직인 듯싶다.

뒤 칸에 홀로 앉은 여섯째는 뒤따라오는 풍경에 취하고 있는지 말이 없다. 과묵하고 매사에 순리에 따라 살고자 하는 속 깊은 동생이다. 남편의 사업 실패로 어려운 일이 닥쳐도 좌절하지 않고 꿋꿋이 긍정적으로 살아가는 모습이 대견하다.

우리는 사촌 언니네 결혼식이 끝난 후 고향 집이 있는 운산으로 향했다. 강릉 비행장이 있는 마을과 우리 동네 사이를 가르는 철길을 바라보니 동생들이 내 마중을 나왔던 모습이 떠오른다. 기찻길 옆에 옹기종기 모여 서서 손을 흔들던 동생들은 고향 집을 생각할 때마다 어김없이 함께 있었다.

경기도에서 근무하던 나는 일 년에 두세 번 방학 때에만 동생들을 만났다. 그 만남은 기찻길 옆에서 시작되었다. 내가 집에 가는 날이면 동생들은 집으로부터 1km가 넘는 거리에 있는 수로 둑에 미리 나와서 기차를 기다리곤 했다. 추운 겨울날에도 허허벌판 그 자리에 서 있었다. 서울에서 출발한 기차가 하시동 터널을 빠져나오면서 내는 아득하게 들리는 기적소리가 그리도 반가웠단다. 동생들은 기차가 멀리서 모습을 드러내면 지레 손을 내저었다고 한다. 나도 기찻길 따라 펼쳐진 들판에 점점이 작은 물체가 나타나면 손수건을 차창 밖으로 힘껏 흔들었다. 올망졸망 모여 서서 내 손수건을 발견한 동생들이 두 손을 흔들며 팔짝팔짝 뛰었다. 내가 그 모습을 반기는 순간 동생들은 기차 꼬리로 빨려가듯 사라졌다. 동생들이 "큰언니야!"라고 목청껏 외쳤을 테지만, 그 소리가 기차 소리에 묻혀버렸다. 하지만, 나는 그 소리를 환청으로 들을 수 있었다. 동생들은 기차 꼬리가 보이지 않을 때까지 그렇게 손을 흔들며 서 있었다고 한다.

강릉역에 도착하여 운산으로 거슬러 가서 집에 도착하면 우르르 달려들며 반겨주던 동생들! 실은 언니보다는 방학 때마다 내가 사다주는 '보름달' 빵을 더 기다렸다고 셋째가 너스레를 떤다.

고향 집은 대체로 옛집 그대로 보존되어 있다. 파란 양철지붕이 빨간 기와지붕으로 바뀌었고, 마당 끝에 서 있던 커다란 감나무가 베어져 없어졌을 뿐이다. 감나무가 있던 자리가 허전하다. 마당을 덮은 하얀 감꽃을 밟기조차 아까워서 까치발로 다녔었지. 감꽃 목걸이를 목에 걸고 좋아라고 깡충깡충 뛰던 동생들이 눈에 선하다. 지금 그들의 목에 걸려 있는 금목걸이에 비할 수 있었으랴. '툭' 하고 홍시 떨어지는 소리가 나면 쏜살같이 달려가 감잎 위에 떨어진 홍시를 주워 핥아먹었다. 그 맛은 그야말로 꿀맛이었다.

옛집 안팎과 텃밭에 아버지 모습이 아른거린다. 닭 모이통을 손에 들고 가는 아버지 뒤를 하얀 닭 수십 마리가 구름처럼 따라간다. 농업학교를 졸업하신 아버지는 면사무소에 근무하시면서도 밤늦도록 등잔불 아래에서 새 영농법에 관한 책을 읽으시며 연구하셨다. 밭에 온상을 여러 개 만들어 토마토, 오이, 가지, 호박 등 채소 모종을 키우고 뽕나무 묘목도 길렀다. 그 기술을 4H 클럽 회원들에게 전수하셨다. 나중엔 온 밭을 포도원으로 만들었는데 포도 결실을 한창 거둘 무렵에 돌아가셔서 안타까운 아버지! 그런데 술에 취하시는 날이 많은 아버지를 달갑게 여기지 않았던 내가 아닌가. 불효했던 죄스러움과 그리움이 가슴에 북받쳐 오른다.

옆에 계신 어머니의 눈에도 이미 눈물이 고여 있다. 매년 강릉 아버지 산소에 오시면서도 이 고향 집에는 발길조차 마다하셨던 어머니시다. 아마 저 눈물을 보이기 싫으셨던 때문이었을까. 고향 집을 지키지 못하고 아이들을 데리고 서울로 훌쩍 떠나버려 아버지 뵐 면목이 없으셨으리라. 아버지가 돌아가신 지도 어언 38년, 어머니는 아버지의 그림자가 드리워진 옛집을 물끄러미 바라만 보고 계신다.

동생들은 주인이 외출하고 없는 집 방안을 기웃거리며 깔깔거린다. 이렇게 작은방에서 어떻게 우리 팔 남매가 자랐는지 신기하단다. 각자 나름대로 옛일을 떠올리며 이야기꽃을 피운다. 우리가 나고 자란 옛집이 지금껏 그대로 보존되어 있어 감사하단다.

마당에 동생들을 불러 모아 나란히 세웠다. 은행에서 잔뼈가 굵은 유일한 남동생 둘째와 야무지고 똑똑한 일곱째. 그리고 백의의 천사였던 막내 여덟째의 모습이 보이지 않는 것이 아쉽다. 디지털카메라 셔터를 누르려던 내 입가에 미소가 스민다. 키가 고만고만, 몸매도 고만고만, 얼굴도 비슷비슷하여 붕어빵 같다. 각자의 틀 속에서 뜨거운 고통을 감내하며 구수하게 익은 붕어빵의 맛처럼 동생들의 웃는 표정에서도 감칠맛이 우러난다. 그 맛깔스러운 웃음이 포착되자 얼른 카메라 셔터를 눌렀다. 곧이어 동생들의 손에 이끌려 카메라 앞에 앉으신 어머니의 얼굴에도 미소가 번졌다.

서울로 돌아오는 길에는 아버지에 대한 추억담이 대부분이었다. 아련하게 다가오는 아버지 모습은 안타깝기만 하다. 강릉이 점점 멀어지자 어두움이 밀려드는 자동차 안이 조용하다. 동생들이 서로 기대어 잠자는 숨소리가 평화롭다. 내 옆에 앉아 계신 어머니도 곤히 주무신다. 내 무쏘 차의 투박한 엔진 소리가 유난히 크게 들린다. 나는 동생들의 단잠을 깨울세라 조심스레 가속 페달을 밟았다.* (2006. 6)

– 옛 모습이 보존된 운산 고향 집

꼬부랑 깨갱

1.

입으로 전해 내려오는 생활 속 이야기들이 때로는 지친 삶에 활력과 지혜를 준다. 어머니가 들려주셨던 '꼬부랑 할머니' 이야기가 손녀에게 대물림되었고 또 손녀의 자식들에게 이어지리라.

해거름에 어린 손녀와 며느리를 차에 태우고 꼬부랑길에 들어섰다. 7번 국도변 하조대에서 어성전으로 가는 길이다. 손녀가 어지럽다고 칭얼댄다. 서울에서 세 시간 남짓 걸려 왔는데 아직도 구불구불한 산골 길을 달리고 있으니 지루하기도 할 터, 며느리까지 멀미가 날 것 같단다. 아름다운 바깥 풍경은 어둠에 묻히고, 자동차 전조등이 비치는 꼬부랑길만 눈앞에 다가온다. 어지럽고 멀미가 날 만도 하다.

손녀를 달래느라 이것저것 챙겼다. 먹을 것 주고 자동차의 CD 플레이어로 동요를 들려주어도 계속 칭얼댄다. 어성전집에 도착하려면 아직 20분쯤은 더 가야 하는데 멀미라도 할까 난감하다. 문득 내가 어릴 때 어머니가 들려주셨던 코믹한 이야기가 생각났다.

"지현아, 할머니가 옛날이야기를 들려줄까?"

"예."

내 어린 시절 어머니의 목소리를 흉내 내어 이야기를 시작했다.

"옛날, 옛날에 꼬부랑 할머니가 있었는데…."

뒷좌석이 잠잠하다. 손녀가 귀 기울이는 모양이다. '옳지, 됐다.' 속으로 쾌재를 부르며 이야기를 이어 나간다.

"꼬부랑 할머니가 꼬부랑 지팡이를 짚고, 꼬부랑길을 휘이휘이 가는데 응가를 하고 싶더래요."

"그래서요?"

손녀의 두 귀가 쫑긋한 것 같다.

"꼬부랑길에서 꼬부랑 응가를 했는데 강아지가 와서 먹으려고 했대요."

이야기를 멈추고 손녀의 반응을 기다렸다. 손녀가 어서 다음 이야기를 하라고 재촉한다.

"꼬부랑 할머니가 강아지에게 어떻게 했을까?"

뜻밖의 질문에 차 안에 일종의 긴장감이 돌더니 손녀가 이내 말문을 연다. 할머니가 강아지를 쫓아버렸을 거란다.

"그래, 지현이 생각이 맞았어. 그런데 강아지가 자꾸 먹으려고 해서 꼬부랑 할머니가 꼬부랑 지팡이로 강아지를 때렸대요."

손녀는 강아지가 아팠을 것이라며 안쓰러운 모양이다. 아픈 강아지 울음소리를 흉내 내 보라고 했다. 손녀가 "멍멍" 한다. 낑낑거린다고도 한다. 며느리도 "깨갱"이라고 한다. 자동차 안에는 난데없이 강아지 소리로 시끌시끌하다. 그 소리가 잠잠해질 무렵, 옛날에 어머니가 우리에게 들려주셨던 야릇한 억양으로 강아지 소리를 흉내 냈다.

"꼬부랑 깨갱, 꼬부랑 깨갱"

손녀가 내 억양이 우스꽝스러운지 깔깔대고 웃기 시작한다. 그러고는 "할머니, 또….."라고 재촉한다. 나와 손녀는 집에 도착하기까지 "꼬부랑 깨갱, 꼬부랑 깨갱"을 제창했다. 손녀가 어지럽다며 투정하던 말은 이미 사라졌다. "꼬부랑 깨갱, 꼬부랑 깨갱" 노래하듯 종알거리는 손녀의 재롱이 이어졌다. 누군가가 지어낸 그 이야기가 별 의미는 없다 하더라도 어린 손녀를 달래는 묘약이었다.* (2007.7)

2.

어머니가 계신 요양원에 갔다. 가져간 간식을 드린 후 보행보조기에 의지하여 걷기 운동을 하는 어머니를 도와드리며 여쭈었다.

"어머니, '꼬부랑 깨갱' 생각나세요?"

어머니는 흐릿한 시선을 내게 보내며 고개를 갸웃하신다. 기억나지 않으신가 보다.

"꼬부랑 깨갱, 꼬부랑 깨갱!"

내가 어머니 앞에서 코믹한 동작과 억양으로 재롱을 부렸다. 늙어가는 딸의 재롱이 우스꽝스러운지 어머니의 얼굴에 잠시 웃음이 스치다 만다. 한 걸음, 한 걸음 천천히 걸으면서 어머니가 우리에게 들려주셨던 꼬부랑 할머니 이야기를 해드렸다. 덤덤하시다. 어머니의 구십 평생 헤아릴 수 없는 많은 일 중에서 '꼬부랑 깨갱'을 떠올리기에는 인지 능력에 한계가 있는 걸까. '꼬부랑 깨갱'을 소리 내어 보라고 했다. 어머니는 힘없고 부정확한 발음으로 "꼬부랑 깨갱, 꼬부랑 깨갱"이라고 몇 번 따라 하시더니 소리 내어 웃으신다. 나도 따라 웃었다. 삭아지는 어머니의 인지 한 가닥을 붙잡은 것 같아 가슴이 뭉클했다.

예전의 어머니는 우리에게 '꼬부랑 할머니' 이야기를 자주 해주셨다. 어머니 특유의 억양으로 "꼬부랑 깨갱, 꼬부랑 깨갱"이라고 하면 어린 동생의 칭얼거림이 뚝 그치곤 했다. 우리가 잠들기 전에는 '콩쥐 팥쥐', '장화 홍련' 등 전래동화도 들려주셨는데 또 다른 이야기를 해달라고 졸라대면 그때도 '꼬부랑 할머니' 이야기를 하셨다. 그 이야기를 듣고 난 우리는 "꼬부랑 깨갱, 꼬부랑 깨갱" 하면서 제각기 잠자리로 들곤 했다. 어머니의 마무리 이야기임을 알기 때문이었다. 듣고 또 듣는 번한 이야기지만, 어머니의 재미있는 표현이 싫증나지 않았다.

어머니는 노인성 치매로 착한 치매 환자라고 한다. 요양원에서 요양사가 시키는 대로 잘 따르신단다. 가족들은 그런 어머니가 다행이라지만, 나는 오히려 가슴이 멘다. 아프시면 아프다고, 집에 가고 싶으면 집에 데려다 달라고 속된 표현으로 '깨갱' 소리라도 내시면 가슴이 덜 아릴 것 같은데 말이다.

어머니는 늘 자신보다 남을 먼저 배려하시며 긍정적인 삶을 살아오신 분이셨다. 기억이 되살아나신 날은 여전히 자식들과 손주들의 안부를 묻고 잘 되기를 기원하신다. 팔 남매가 번갈아 가며 요양원에 계신 어머니를 찾아뵙는데 투정 한 번 안 하신다. 지금도 자신의 처지를 어렴풋이나마 인정하시고 모든 것을 참고 견디시는 것이 아닐까.

"만복의 근원 하나님~"

치매에 걸리신 이후 가사를 완벽하게 외워 부르는 유일한 찬송가 1장이다.

"꼬부랑 깨갱, 꼬부랑 깨갱!"

이 소리도 어머니의 낭랑한 음성으로 다시 듣고 싶은데, 귓전에서 애틋하게 맴돌기만 한다.* (2014. 12)

슬픈 코미디

우리 시어머니는 코미디를 하십니다. 어느 날은 저희를 울리시고, 어느 날은 웃게 하시니까요.

아침에 깨워드려야 일어나시는 분이 오늘은 일찍 일어나 거실로 나오셨습니다. 일찍 일어나셨다고 칭찬해 드렸습니다. 어머니는 무표정하게 소파에 앉으시고는 "혜옥이가 산달이 다 되었는디(데) 몸을 풀었을까?"라고 하십니다. 남편과 저는 어리둥절했습니다. 시어머니는 대전에 사는 막내딸 걱정을 하시며 가봐야 한다고 자꾸 보채셨습니다. 어머니를 진정시키기 위해 우선 막내 시누이에게 전화를 연결해 드렸더니 수화기를 드시자마자 "너 몸 풀었냐?"라고 하십니다. "아들이라고? 어이구~ 잘됐네. 그래 젖은 잘 나와?"라고 하십니다. 어머니의 상태를 짐작했음인지 시누이가 출산했다고 대답했나 봅니다. 어머니 얼굴엔 웃음꽃이 활짝 피어났습니다. 곧이어 막내딸에게 당부하십니다. "우유는 먹이지 말어. 사람이 사람 젖을 먹어야지 짐승 젖을 먹이면 못 쓰는 거여."라고.

시어머니의 막내딸은 쉰넷, 곧 며느리를 보게 됩니다. 남편보고 시누이에게 어머니 근황을 전하라고 했습니다. 남편은 그냥 수화기를 내려놓았습니다. 다른 날 같으면 막내 누이동생이랑 한참 수다를 떨던 남편이었습니다. 의아해서 남편 얼굴을 쳐다보았습니다. 눈자위가 붉어져 있었습니다. '어쩌면 좋아, 어머니의 치매 증세가 점점 심해지네.'라며 가슴 조이고 있던 나도 남편의 붉은 눈자위를 본 순간 눈물이 핑 돌았습니다. 아마 어머니 말씀에 꼬박꼬박 대답해 주던 막내 시누이도 혼자 울었을 것입니다.

우리 시어머니, 오늘은 우리를 웃기셨습니다. 목욕하라시면 온갖 핑계로 싫다 하셔서 목욕시켜 드릴 때마다 한바탕 소동입니다. 양양 낙산에 있는 콘도 해수탕에 모시고 가곤 했는데, 지난번 허리가 아프다 하시기에 정형외과에 모시고 갔습니다. 엑스레이를 찍어보니 골다공증이 너무 심해서 되도록 여행은 삼가라고 하였습니다. 차가 덜커덩 만 해도 척추가 주저앉을 수 있다며 91세 되셨으니 충격에 유의하라는 의사의 말이었습니다.

좁은 샤워부스 안에서 목욕을 시켜드렸습니다. 물 반, 땀 반으로 내 옷이 젖어들었습니다. 우리 시어머니 말씀, "너는 왜 옷을 안 벗어?" 하십니다. 그건 맞는 말씀이었습니다. 어머니는 목욕 후에 셋째 동서가 사드린 화장수와 크림을 열심히 바르십니다. "어머나, 어머니 참 예뻐지셨네. 시집가도 되겠어요."라고 했습니다. 시집이라는 말에 어머니는 어이가 없으신지, 좋아서인지 웃으시더니 "얼굴에 분을 바르면 뽀송뽀송하겠는디…."라고 하십니다. 남편과 나, 그냥 웃었습니다. 어머니도 환하게 따라 웃으셨습니다.

저녁 식사 후, 어머니는 웬일인지 식탁 앞에 그냥 앉아 계셨습니다. 다른 날 같으면 잠시 앉아 계시다가 허리 아프다며 방에 들어가 누우시곤 했습니다. 남편은 텔레비전 앞에, 나는 설거지를 끝내고 다락방 컴퓨터 앞에 앉았습니다. 그런데 우리 시어머니의 노랫소리가 들렸습니다. 힘없는 얇은 성대의 떨림입니다. 오늘 목욕시켜드렸더니 기분이 매우 좋으신 모양이라고 생각했습니다. 무슨 노래인지 궁금하여 살그머니 계단 중간쯤에 앉아 귀 기울였습니다. 어머니는 몸을 앞뒤로 흔드시면서 "천지신명이시어 아프지 않게 해주셔유~. 히니님 빨리 어깨를 낫게 해주셔유~."라며 주문 외우듯 기도의 노래를 반복하셨습니다. 시어머니는 토속 신앙을 믿으십니다. 지난번 기독교 신자이신 친정어머니가 오셨는데 시어머니에게 기도를 가르쳐 드리더군요. 아플 때 하나님께 기도하면 도와주신다고. 그래서 시어머니는 천지신명도 찾으시고 하나님도 찾으셨나 봅니다.

시어머니 노래를 엿듣겠다고 장난스러운 몸짓으로 계단에 쭈그리고 앉아 있던 내 가슴에 '쿵' 하고 커다란 바위가 떨어지는 듯했습니다. 다시 계단을 오르는 발걸음이 천근이 되는 듯했습니다. 특별히 아픈 곳이 없으신 분이라 여겨 어깨를 제대로 주물러 드리지 않았기 때문입니다. 나는 어머니를 모시고만 있었을 뿐 따뜻하게 보살피며 배려해 드리지 못한 며느리였습니다. 친정어머니였다면 그리 무심하였을까 양심의 가책을 느꼈습니다.

우리 시어머니는 전형적인 충청도 안방마님이십니다. 총명하시고, 단아하신 분이지요. 충남 동면 화계리라는 곳에 열여섯 살에 시집오셨답니다. 6남 2녀, 팔 남매를 낳으시고 평생을 그곳에서 사셨습니다. 절대로 그곳을 떠나지 않겠다고 하신 분입니다. 어머니는 우리 아파트에 계실 땐 시골에 가야 하는 온갖 핑계를 대시더니 이곳 산촌(어성전)에선 잘 견디고 계십니다. 아니, 어느 때는 "나 강원도 가 봐야 혀. 거기 욱섭이가 집을 지었다는 디." 하십니다. 남편이 "여기가 기여."라고 하면 고개를 절레절레 흔드시면서 "아녀, 여기가 화계리잖여?" 하십니다. 충청도 말로 모자가 나누는 대화를 듣고 있노라면 웃음이 나다가 마음이 아파지곤 합니다. 우리 시어머니의 슬픈 코미디 때문입니다.

시어머니의 염려스럽던 치매 증세가 점점 깊어집니다. 뒤를 돌봐드리고 목욕시키는 일이 쉽지만은 않습니다. 견디기 힘들 땐 남편에게 짜증을 내기도 합니다. 그런데 날이 갈수록 그 일에 익숙해집니다. 모든 생물이 환경에 적응하듯 말입니다.

대전에 사는 막내 시누이가 내 수고를 덜어 준다며 어머니를 잠시 모시고 갔습니다. 며칠 전에 시어머니를 뵈러 대전에 갔지요. 어머니 모습은 제가 모실 때보다 혈색이 좋고 건강해 보였습니다. 그러나 증세는 호전되지 않는다고 하는군요. 이제는 내가 막내 시누이에게 휴가를 줄 차례입니다. 그런데, 그녀가 어머니를 독차지하겠답니다. 곧 외아들이 결혼하여 분가하니 낮에 혼자 있기가 너무 적적하다나요. 서예가로 활동하는 그녀가 적적하다니요. 나이 든 오라버니와 올케를 배려하는 마음임을 나는 알고 있습니다.

집으로 돌아오는 길, 우리 부부는 묵묵히 차창 밖만 내다보았습니다. 우리가 할 도리를 시누이에게 떠맡기고 온 것 같아서 마음이 개운치 않았습니다. 그때 성경 구절이 떠오르더군요. "네 아버지와 어머니를 공경하라. 이것이 약속 있는 첫 계명이니 이는 네가 잘 되고 땅에서 장수하리라. (엡6:2–3)" 이 말씀 안에 있는 축복이 우리 막내 시누이에게 임하기를 기도하며 무거운 마음을 달랬습니다.

시어머니 모습이 집안 곳곳에서 어른거리고 슬픈 코미디가 아직도 귓가에 쟁쟁합니다.＊ (2009. 7)

임진강 어디쯤에는

군남댐 전망대에 서니 내 시선이 임진강 물줄기를 따라 거슬러 올라간다. 그 시선이 닿을 어느 곳에 어머니가 들려주시던 이야기가 동화 속의 한 장면처럼 되살아나리라. 가슴이 촉촉하다. 그곳은 내 삶터를 남과 북으로 가르는 갈림길이었기 때문이다.

내가 알고 있는 임진강은 아름답거나 유유히 흐르는 평화로운 강이 아니었다. 두렵고 긴박한 상황을 떠올리게 했다. 젊디 젊은 여인이 갓난아기를 업고 소련군의 눈을 피해 임진강을 건너는 모습을 상상해 보라. 숨이 멎을 듯하지 않은가. 임진강은 어릴 적부터 내 기억 속에 그렇게 깊이 새겨졌다.

경기도 파주에 근무할 때 문산읍 임진강 주변 어느 음식점에서 바라본 임진강은 강폭이 넓고 수심이 깊어 보였다. 유유히 흐르는 강물과

강변의 초록 풍경이 조화를 이루어 아름다웠다. 그곳에 낚시꾼이 찾아오고 민물고기 전문음식점도 있었다. 그 강을 대단한 수영선수가 아니고는 맨몸으로 도저히 건널 수 없는 강이라고 여겼다. 그러기에 어머니가 임진강 어느 곳을 어떻게 건넜는지 궁금했다.

어머니는 어린 우리에게 임진강을 건너 월남했던 이야기를 종종 들려주셨다. 어느 만화책에서 읽은 내용과 흡사했다. 아버지가 그에 앞서 남한으로 직장을 옮겼기에 월남할 수 있었고 아버지의 고향 강릉에 정착할 수 있었다고 했다.

어머니 등에 업혀 임진강을 건너고 38선을 넘어 남쪽으로 온 나는 행운아가 틀림없다. 그때 어머니의 과감한 결단이 아니었으면 나는 북한 땅 어느 곳에서 어떤 모습으로 살아왔을지….

해방의 기쁨도 잠시, 북한을 소련이, 남한은 미군이 맡아 단일 국가 세력을 막는다는 의미로 신탁통치를 하였다. 38선을 경계로 남북의 왕래가 점점 어려워지게 되었다. 남쪽으로 넘어가는 사람들을 막는 소련군의 감시가 심해지자 여러 사람이 길 안내자를 매수하여 소련군의 눈을 피해 한밤중에 임진강을 건넜다. 어머니도 간신히 그 행렬에 끼었다. 그러나 일행들은 갓난아기를 절대로 데리고 갈 수 없다며 아기를 떼어 놓고 가든지 아니면 둘 다 갈 수 없다고 했단다. 아기 울음소리로 소련군에게 들키기라도 하면 따발총 사격을 받을 수도 있기 때문이란다. 어머니가 고심 끝에 첫돌도 지나지 않은 나에게 잠드는 약으로 잠들게 하여 월남할 수 있었다고 했다. 대한민국의 품에 안긴 나는 분명 행운아였다.

우연한 기회에 철원 안보관광을 하게 되었다. 백마고지역에서 안보관광 버스를 타고 안내원의 설명을 들으며 제2땅굴 – 평화전망대 – 월정리역 – 노동당사를 둘러보았다. 어려서 어머니와 외갓집 식구들로부터 귀에 딱지 앉으리만치 들었던 월정리, 평강을, 망원경으로 바라볼 수 있다니! 이곳 어디에선가 내가 태어나지 않았을까? 잃어버린 고향을 되찾은 듯 가슴이 설레었다. 이때부터 내 출생지가 어디이며 어머니가 임진강 어디를 건넜는지 몹시 궁금했다. 휴전선 너머로 갈 수 없는 곳이지만, 지도상에서라도 가보고 싶었다. 양양 읍사무소에서 재적부를 떼어 내 출생지 주소를 알아보았다, 강원도 철원군 철원읍 홍원리 70번지. 출생지 주소가 또렷이 적혀있는 것이 감격스러웠다.

철원군청에 찾아가서 출생지를 알아보기로 했다. 철원에서 신혼생활을 보냈다는 안태희 선배님이 동행하며 곳곳을 안내해 주셨다. 철원군청 지적과를 찾았다. 담당자가 친절하게 맞으며 전자지도로 철원군 일대를 보여주었다. 홍원리 1~204번지는 철책선 북쪽이라서 자유롭게 왕래할 수 없고, 205번지부터는 현재 남쪽 철원 땅이라고 했다. 내 출생지는 남방한계선 북쪽에 있어 지번의 위치를 정확히 알 수 없다고 했다. "아마 옛 궁예 도성쯤이 아닐까요?"라고 했다. 대략 짐작할 수 있는 것만으로도 기뻤다. 그런데 어머니가 나를 입고 임진강을 건넜다는 장소가 어딘지 궁금했다.

시인 부부 허돌, 비비추님과 두 번째 철원 안보관광을 갔을 때 철원에 계신 홍 교수님이 우리 일행을 군남댐으로 안내했다. 그곳에 가면 철원을 흐르는 임진강 상류 지점을 예측할 수 있으리라 했다. 연천군에 있는 군남댐은 임진강 남한 최전방에 있는 댐이다. 한탄강 합류점 약 12km 상류의 임진강 본류에 자리 잡은 대한민국에서 최초로 건설된 홍수조절 전용 단일목적댐이다. 북한 황강댐이 무단방류나 수공水攻을 시도할 때 최전선에서 방어할 수 있는 댐이지만, 남한 군남댐은 상류에 있는 북한 황강댐에 비하면 5분의 1 수준밖에 되지 않아 황강댐이 무단 방류하게 되면 감당이 염려스럽단다.

군남댐 전망대에서 바라본 임진강은 강폭이 좁고 수심이 얕아 우기가 아니면 충분히 건널 수 있을 것 같았다. 좀 더 상류로 거슬러 올라가면 철원이 나올 테고 상류로 갈수록 강을 건너기 더욱 쉬워지지 않겠는가. 그제야 어머니가 임진강을 건넜다는 사실이 이해되었다.

남북 화해 분위기가 오락가락하고 북한의 핵 위협이 고조에 달하면 내 본향이 아득히 멀어졌다. 그런데 뜻밖에 남북 교류가 활발해지고 핵 포기 선언까지 이르게 되니 나의 태를 자른 곳, 내 본향이 눈앞에 다가선다.

임진강 상류 어디쯤에는 갓난아기를 업고 목숨 걸어 강을 건너던 어머니 모습이 어려 있을 것이다. 그곳을 찾으러 오르내리며 답사할 날도 성큼 다가온 듯하여 마음 설렌다.* (2018. 6)

한 세기 이어 온 어머니의 모교

16년 전 그날은 함흥 영생여자고등학교 총동문회가 있는 날이었다. 개교 100년을 맞은 해라고 했다. 동창회 총무 일을 맡고 계신 어머니가 수원의 영생고등학교에 꼭 가셔야 한다기에 서울에서 내 차로 모시고 갔었다. 옷을 곱게 차려입은 어르신들이 서로 손잡아 반기며 이야기하는 모습에서 앳된 여학생의 밝고 순수한 얼굴이 비쳤다.

함흥 영생여고는 1903년 캐나다 여선교사 마의대(馬義大 Mrs. Edith MacRae)가 함흥 낙민정, 신사라(申士羅)씨 집에 학생 6명을 수용하고 사립 영생 여학교라 칭하니 이것이 관북 여자 교육기관의 시작이었다. 6·25 전쟁으로 남북이 분단되자 1956년 9월 1일, 월남한 동창들이 기독교 서회 회의실에서 제1차 정기 총회를 개최하고 모교 재건위원회를 조직하였다고 한다. 그 후 여러 과정을 거쳐 1990년 3월 15일에 수원 영생고등학교 제1회 입학식을 거행하였다. 그때 신문에는 -함흥 영생여고 수원에 재건, 월남 동문들 33년 노력 끝에 결실/ 이제는 할머니들, 300명이 26억 모금/ 결혼반지도 내던 동창들, 지금은 반만 남아…. 등의 큼직한 제목이 달린 기사가 실렸다. 함흥 영생여자고등학교가 널리 알려진 것은 조선어학회사건의 발단이 그 학교에서 비롯되었기 때문이다.

어머니는 당신의 학창 시절 이야기를 자주 들려주셨다. 일제가 한글 말살 정책을 펴고 우리의 언어까지 수탈했던 이야기도 하셨다. 어느 선생님은 수업 시작 전에 칠판에 알 수 없는 그림을 재빨리 그리고는 이내 지우고 수업을 시작했다고 하셨다. 그 그림이 태극무늬이거나 무슨 의미가 담긴 글자가 아닐까 생각했지만, 아무도 입 밖에 내지 않았다고 했다. 그런데 어느 친구로 인하여 선생님이 경찰서에 끌려가서 심한 고문을 당했단다. 여학생 몇 명도 고문당했다고 했다. 고문 후유증으로 돌아가신 분도 있다고 안타까워하셨다. 그 일이 조선어학회사건의 발단이었다고 한다. 그때 학교 도서실에 있는 한글판 책들을 모조리 도서실 책장 뒤에 감추었는데 어찌 되었는지 궁금하다 하셨다. 그 사건의 생생한 증언이 어머니가 주셨던 '함흥 영생여고 100년 사'에 고스란히 담겨있었는데 나는 제목만 훑어보고 책꽂이에 꽂아놓았다.

어머니가 돌아가신 지 2년, 이제야 어머니가 주신 '함흥 영생여고

100년 사를 읽으려는데 집안에서 보이지 않는다. 책장을 아무리 살펴도 찾을 수 없다. 이사를 오는 과정에서 누가 버리지 않았는지 모를 일이다. 그 소중한 책자에 무심했던 게 후회되었다. 어머니가 이야기를 들려주실 때 세세한 내용까지 귀담아듣지 않은 것도 후회되었다. 생각 끝에 수원 영생고등학교에 가서 그 책자를 얻어 보기로 했다.

수원 영생고에 가기 전에 천안독립기념관에 다녀왔다. 어머니가 천안독립기념관을 개관했을 때 영생여고의 앨범이 전시되었을 게라고 말씀하셨는데 확인하고 싶었다. 독립기념관 제6 전시관에 조선어학회사건 내용과 함께 함흥 영생여자고등보통학교 교원과 학생들의 단체 사진이 전시되어 있었다. 무척 반가웠다. 이 사진이 어머니가 말씀하셨던 학교 앨범에서 발췌한 것이라 여겨졌다. 숙제를 해결한 느낌이어서 기뻤다.

독립기념관에서 곧바로 수원 영생고등학교로 갔다. 이른 아침에 양양을 출발하여 천안으로, 천안에서 수원으로 장거리를 운전하였지만, 그리 피곤하지 않았다. 목표를 향하여 달리는 일이 보람 있는 일이기 때문이리라.

운동장을 혼자 걸어가는 발걸음이 무거웠다. 어머니와 함께 걸었던 운동장을 나 혼자 걸어야 하는 슬픔이 나를 짓눌렀기 때문이다. 어머니가 내 곁을 영영 떠나신 후에야 어머니의 발자취를 더듬다니….

학교 행정실에 들어가서 오늘 방문 이유를 밝혔더니 행정실장님이 친절하게 안내하였다. 그러나 '함흥영생여고 100년 사'는 여유분이 없어서 줄 수 없고 대여용으로 남은 것도 1권뿐이어서 반출이 어렵다고 했다. 난감했다. 궁여지책으로 내가 필요한 부분만 사진 찍기로 했다. 실장님이 어머니가 몇 회 졸업생이냐고 물었는데 알 수 없었다. 그러자 마침 옆에 있던 직원이 동문회 수첩을 가져와 확인하라면서 지금은 그 명단에 있는 분 중에서 생존해 있는 인원이 얼마 되지 않는다고 말했다. 어머니(한조자)는 23회 졸업생 명단에 있었다. 그러나 내 어머니도 이미 떠나가시지 않았는가. 순간 눈물이 왈칵 솟았다. 눈물을 참으려고 해도 뜻대로 되지 않았다. 민망하여 복도로 나와버렸다. 나의 이런 모습이 안타까웠던지 '영생여고 100년 사'를 대여해 주겠노라고 했다.

집에 돌아오자마자 '함흥 영생여고 100년 사'를 펼치고 어머니 모교의 역사를 읽었다. 사진으로 어머니도 만났다. 어머니가 말씀하셨던 조선어학회 사건 발단은 영생여고 23회 졸업생 박영희 학생의 일기장에서 비롯되었는데 그 여학생이 어머니와 동급생이었다. 그래서 어머니가 그 사건을 그토록 안타깝게 되뇌셨나 싶었다.

박영희 할머니가 40년 만에 증언한 내용이 울분을 일으켰다. 그 내용을 알리고 싶어 따로 옮겨 적었다.

북한 땅에 두고 온 함흥 영생여자고등학교는 월남한 동문들의 애교심과 모교 재건에 대한 열정으로 수원에 영생고등학교로 다시 우뚝 섰다. 할머니들의 푼돈 모아 이룩한 위대한 업적이 아니고 무엇이랴. 매월 26일마다 영생여고 동창회에는 절대로 빠지지 않으셨고 그날을 손꼽아 기다리시던 어머니의 마음을 이제야 헤아리게 되어 죄스럽기 그지없다. 문득 떠오른 '있을 때 잘해.'라는 노랫말이 회한에 잠기게 한다.

『함흥영생여고 100년 사咸興永生女高 100年 史』를 덮으며 두 손을 모았다. '한 세기 이어 온 어머니의 모교! 영원하리라.'라며.* (2019. 4)

〈조선어학회사건에 관한 함흥 영생여고 23회 박영희 님의 증언〉

일제에 저항적이었던 삼촌 박병엽(명치대학 상과 출신)의 단서를 잡으려고 가택수색을 하던 홍원 경찰서 형사가 박영희(영생여고 23회 졸업생)의 해묵은 일기장 두 권을 압수하였다. (1942.8)

"오늘 국어(조선어)를 썼다가 선생님한테 단단히 꾸지람을 들었다."

이 구절의 '국어'를 일본어로 왜곡하여 근 한 달간 심문, 일기에 나오는 동급생 최순남, 이순자, 이성희, 정인자 등을 소환하여 심한 고문을 가해 민족주의자 정태진丁泰鎭, 김학준金學俊 선생의 이름이 밝혀졌다. 조순남, 이순자는 고문의 후유증으로 죽고 김학준 선생도 투옥된다.

일본은 정태진 선생(이미 영생여고를 떠나 서울 조선어학회에서 조선어 편찬에 전념하고 있었음)에게도 확대, 조선어학회 간부가 함흥 감옥에 투옥되었다. (1942.10)

1년간 고문과 옥고 끝에 13명이 기소되었고 이윤재, 한징은 옥사. 11명 중 6명은 집행유예. 최현배, 이희승, 정인승, 정태진, 이극로 등 5명은 실형 언도로 복역. 1945년 8월 15일 해방과 동시에 출옥되었다.

한 학생의 일기를 왜곡하여 만들어낸 일본의 가혹하고 발악적인 식민지 통치의 한 단면이었다. *

파도 타는 사람들

　하늘이 유난히 맑고 투명하다. 바다가 하늘을 그대로 닮았다. 쪽빛 맑은 바다에 흰 파도가 아름다운 풍경을 자아낸다. 거기에 바람이 끼어들어 바위에 부서지는 새하얀 물보라가 마음을 뒤흔든다. 이런 날에는 7번 국도를 마다하고 해안도로를 지나다닌다. 그곳에는 갈매기가 많은 영진리 해변, 작은 고깃배가 옹기종기 모여있는 남애항이 정겹고 서핑을 즐기는 모습을 지척에서 볼 수 있는 인구 해변도 있다. 다양한 풍경과 삶을 만나는 일은 또 다른 소득이다.

　양양 앞바다에는 파도를 타는 사람이 많다. 언제부터인가 양양의 인구가 서핑의 명소가 되었다. 서핑은 우리나라에서는 파도타기라 불리는 운동 종목으로, 보드를 이용하여 수면 위를 내달리며 각종 묘기를 부리는 해양 스포츠라고 한다.

　차에서 내려 백사장을 천천히 걸었다. 초가을 짭짜름한 바닷바람이 무척 상쾌하다. 마침 서핑용 보드를 든 젊은 부부와 초등학교 저학년 쯤으로 보이는 여자아이가 즐겁게 이야기하며 내 옆을 지나간다. 내가 말을 걸었다. "이 가을에 바닷물이 차지 않느냐?" "어린아이도 보드를 탈 수 있느냐?"라고. 그들은 서핑 슈트를 입으면 겨울에도 파도타기를 할 수 있다고 한다. 그 많은 운동 중에 하필 위험한 파도타기를 택했느냐고 묻자 파도를 타지 않은 사람은 서핑의 맛과 멋을 알 수 없다면서 가볍게 인사를 하고 바다로 들어갔다.

그들이 파도 타는 모습을 한동안 바라보았다. 아버지가 아이를 보드에 태워 밀어주고 두 손으로 물을 헤쳐가게 한다. 아이 혼자서 보드에 오르내리도록 돕기도 한다. 아이가 파도를 탈 수 있을 때까지 포기하지 않으면 좋겠다. 아이와 엄마는 얕은 물가에서 계속 보드를 타고 아버지는 파도를 탄다. 파도타기에 능숙하다. 보드에 배를 깔고 유유히 헤엄치다가 파도가 일면 잽싸게 보드에서 일어나 파도를 타고 내닫는다. 파도가 솟구쳤다가 하얗게 부서질 때쯤에는 몸을 절묘하게 날려서 파도에 휩쓸리지 않는다. 보기에 아찔하다. 저렇게 되기까지 얼마나 많은 역경이 있었을까. 파도에 휘감기어 물속에서 허우적거리고 원하지 않은 짠 바닷물도 여러 번 들이켰을 것이다. 그 과정을 헤쳐나왔기에 저렇게 멋진 모습을 보여주는 게 아닌가.

파도를 익숙하게 타는 젊은 여자도 있다. 서핑한 지 얼마나 되었는지 모르지만, 보드 위에서 자유자재로 파도를 가르며 내닫는다. 그 모습이 아름다워 시선을 뗄 수 없다. 진정한 아름다움은 저러한 건강미가 아닐까. 그녀는 아마 험한 세파가 밀려와도 울며 허우적거리거나 쓰러지지 않고 저토록 헤쳐나가며 멋진 인생을 살 것만 같다.

내 손주들이 세상의 파도를 헤쳐나갈 일을 생각하면 마음이 짠하다. 앞으로 끊임없이 다가올 크고 작은 파도를 잘 감당할 수 있을지…. 부모의 품에서 안주하기보다 성년이 되어 세상의 파도를 스스로 헤쳐나가도록 자립심을 키우기를 바라는 마음 간절하다. 나름대로 열심히 살고 있음에도 안쓰러운 것은 괜한 할미의 노파심일지도 모른다.

지난여름, 동호리 해수욕장에서 물놀이 하던 여섯 살배기 손자가 눈에 선하다. 고사리 같은 손등에 모래를 수북이 쌓아 올리고 다른 손바닥으로 토닥토닥 두드리며 "두껍아, 두껍아, 새집 줄게 헌 집 다오."라며 두꺼비집을 짓던 모습, 제 어미의 손을 잡고 파도와 쫓고 쫓기며 즐거워하던 모습, 제 아비가 번쩍 들어 안고 깊은 물에 들어가자 겁먹던 표정 등이다. 물 밖에서 "진오야, 괜찮아, 괜찮아!"를 외치는 제 어미의 목소리에 힘을 얻고 아비와 함께 출렁이는 파도를 둥실둥실 타고 놀았다. 아들이 손자를 머리 위로 높이 올렸다가 물에 풍덩 넣어도 겁내지 않고 즐겼다. 자신감이 생긴 것 같았다. '그래, 그렇게 이겨나가는 거야.' 나 혼자 중얼거렸다. 이제 세상의 파도 타는 즐거움도 터득하게 되리라.

흔히들 인생을 파도타기에 비유한다. 인생은 파도타기 선수가 되는 것이라고 했다. 류시화 시인이 "삶의 지혜는 파도를 멈추는 것이 아니라 파도타기를 배우는 것이다. 우리는 파도를 멈추게 할 수 없다. 관계의 절정은 함께 힘을 합해 파도를 헤쳐나가는 일이다."라고 쓴 글을 읽었다. 앞날이 창창한 젊은이와 우리 손주들에게 전해주고 싶은 내용이었다. 밀려오는 거대한 파도를 개인의 힘으로 어찌 막을 수 있겠는가. 함께 손잡고 세상의 파도를 헤쳐나가노라면 모두 파도타기 선수가 되지 않을까.

내 삶을 뒤돌아본다. 지나간 날에는 풍파를 겪는다고 여겨졌던 삶이 이제 와 보니 출렁이는 물결이었을 뿐이다. 내가 헤엄을 못치지만 파도타기는 잘한 모양이다.* (2019, 10)

분홍빛 꿈이 나풀거리던 교정

여고 시절을 떠올리면 벚꽃이 만개했던 교정이 제일 먼저 나선다. 벚꽃이 꽃비 되어 흩날리던 교정에는 내 분홍빛 꿈도 나풀거렸다. 더러는 바람 따라 먼 허공을 맴돌았다. 그것을 잡으려고 두 팔을 허우적거렸지만, 손에 잘 잡히지 않았다. 어쩌다 머리에, 어깨에 내려앉은 벚꽃잎이 내 꿈을 이루기를 격려하며 다독이는 것 같았다.

강릉여고 교복을 처음 입던 날은 부푼 꿈에 설레었다. 그 교복은 여학생으로서의 본분을 지키라는 규범의 틀이 아니라, 하늘을 훨훨 날 수 있는 날개를 단 것 같았다. 강릉여고는 내 꿈을 마음껏 키울 수 있는 곳이라 여겼음이다. 부모님의 뜻에 따라 사범학교를 목표로 사범병설중학교에 들어갔지만, 사범학교에 진학한다는 것은 오색 꿈에 부풀어 있는 소녀에게는 갑갑하기만 했다. 내 앞에 떡 버티고 있는 부모님이 정해주신 나의 미래는 넘을 수 없는 장벽 같았다. 소심하고 말주변이 없어 혼자 있기 좋아했던 나는 교직은 내 적성에 맞지 않는다고 여겼다. 그런데 여고에 입학하게 되어 자유로운 꿈을 꿀 수 있었다. 불투명한 나의 미래에 대한 호기심으로 살 맛도 났다.

여학교에 입학하니 신선한 분위기로 느껴졌다. 아이들이 발랄하고 예뻐 보였다. 체육시간에, 청소시간에, 복도를 오가며 재잘대는 모습들이 천진스러웠다. 그들과 어울리면서 사범학교가 없어진 게 나에게는 행운이라는 생각이 들었다. 학교에 남학생이 없는 것만으로도 얼마나 자유스럽던지….

교육대학이 생기면서 내가 고등학교에 진학할 때에는 사범학교 제도가 완전히 폐지되었다. 사범병설중학교 때 반 아이들 대부분이 함께 여고에 입학하고 같은 반에 배정받아 낯설지 않아 더욱 좋았다.

강릉여고에서 월말고사를 볼 때 무감독 시험이 있었다는 것을 기억하는 사람이 많지 않은 것 같다. 나는 무감독 시험시간에 고개라도 들었다가는 커닝한다는 의심을 받을까 눈동자도 굴리지 못할 지경이었다. 세 학급 중에서 우리 반만 시험 감독 선생님이 들어오지 않았지만, 남의 시험지를 보고 답을 쓴 아이는 없었다. 해서 우리 학급은 자부심이 컸다. 그러나 우수학급 편성이라는 차별성 논란으로 부정적 여론이 거세어서 그 시행이 중지되었는데 돌이켜보니 실험대상 학급이었던 것 같다.

나의 여고 3학년 시절은 암울했다. 아버지가 벌여 놓은 묘목 사업이 우박 폭탄을 맞아 실패했다. 그 우박은 수십 년 만에 내린 기상이변이라고 했다. 곳곳에서 피해 보았다는 소식이 들렸다. 그 바람에 대학은 커녕 학교 납부금도 독촉받기 일쑤였다. 대학 입시를 앞둔 아이들은 학교에 남아 밤늦도록 공부를 하는데, 나는 석양에 긴 그림자를 드리우고 십 리 길을 터덜터덜 걸어 운산 집으로 향했다. 발걸음과 책가방은 왜 그리도 무겁던지…. 좌절의 아픔을 그때 처음 맛보았다. 길가에서 하늘거리며 미소를 건네는 코스모스가 위로해 줄 뿐이었다.

어느 날, 코스모스 한 송이를 꺾어 입술에 대고 자갈이 깔린 신작로를 걸었다. 땅만 내려다보며 새우 자리 버덩 길을 무념의 상태로 걸었을 터였다. 나를 향해 크게 호통하는 남자의 목소리가 들렸다. 놀라서 고개를 들어보니 소달구지에 인분人糞을 싣고 마주 오던 아저씨가 나를 뚫어지도록 노려보며 "네 뱃속에는 똥이 안 들었냐?"라고 소리치는 게 아닌가. 내가 인분 냄새가 역겨워 코스모스로 코를 막고 가는 줄 알았던 모양이었다. 변명해도 소용없었을 테지만 변명할 용기도 나지 않았다. 무서워서 고개만 숙이고 빠른 걸음으로 내닫는 내 뒤통수에 누구에게서도 듣지 못했던 상스러운 말들이 꽂혔다. 좌절감에 모멸감까지 더해지니 왈칵 설움이 치밀었었다.

대학 입시 때가 되자 아이들은 제각기 진로를 택하느라 여념이 없었다. 각 대학 입시요강을 들여다보며 꿈에 부푼 친구들의 상기된 얼굴은 부러움과 함께 진학에로의 열망을 솟구치게 했다. 어머니는 진학을 포기하고 지방공무원 시험을 보라고 한 상태였다. 나는 슬그머니 낯선 지역 교육대학 학생회장에게 나의 심경을 적은 편지와 함께 원서 대금과 반신용 우표를 넣어 보내면서 원서 한 통을 보내 달라고 부탁했다. 이름 모르는 수취인란에는 '학생회장님 귀하'라고 적었다. 친구들은 이미 춘천교대에 단체로 원서를 낸 상태였다. 얼마 후 답장이 왔다. 그 학생회장이 보내 준 원서를 받아 든 손이 얼마나 떨렸던지…. 그는 깨알처럼 쓴 응원의 편지와 대학 학보까지 곁들여 보냈다. 그 덕분에 원서를 제출할 수 있었지만, 불합격이 뻔하다는 생각에 원서 낸 사실을 비밀에 부쳤다. 원서 쓰는 과정에서 담임선생님은 알게 되셨는데 꿀밤 한 대 '콩' 맞았다.

벚꽃 따라 나풀대던 나의 숱한 꿈은 대부분 이상향에 불과했다. 내 어깨에 운명처럼 내려앉은 교정의 벚나무 꽃잎처럼 교대에 입학하게 된 것이다. 그 길이 정작 내 이상향으로 가는 길이었음을 철이 들어서야 깨닫게 되었다. 어린 날, 감나무 아래에서 학교놀이를 즐겼으니 말이다.

어느덧 올해로 강릉여고 졸업 50주년을 맞게 되었다. 세월의 빠름과 덧없음을 절감하게 된다. 지나간 아름답던 추억을 들추면 여고 시절 교정의 벚나무 아래에서 분홍빛 꿈에 부풀었던 때가 가장 아름다운 시절이었다. 그 시절의 추억을 더듬으며 소녀의 감성에 젖게 해준 이 시간이 감사하고 가슴 벅차다.* (2014. 10)

5부
들미골 소나타

숲 가꾸기

　물오른 나무들이 저마다 연두색 잎을 피워 녹색의 향연을 벌인다. 나뭇가지를 옮겨 다니며 재잘대는 새소리가 정겹고, 숲에 피어 있는 진달래꽃 분홍색이 유난히 화사하다. 이 평화로운 산골짜기에 기계톱 소리가 요란하다. 그 소리가 메아리 되어 숲이 아우성치는 듯하다. 고요의 숲에 웬 침입자의 횡포인가 싶다.

　오늘부터 앞산에서 숲 가꾸기 작업이 시작되었단다. 숲 가꾸기는 우량한 나무가 잘 자랄 수 있는 환경을 조성하는 것이라고 한다. 건강한 나무 주변의 병든 나무, 잘 자라지 못하는 나무를 잘라 주어 옹이가 없는 질 좋은 목재를 생산하기 위함이란다. 몸에 흰 띠를 두르고 있는 소나무는 잘 가꾸어야 할 미래목*으로 지정된 것이라고 설명한다. 숲에 서조차 잘난 것은 대접받으며 살아남고, 힘없고 나약한 것들은 도태되

---

* 나무줄기가 굵고 곧아 경제림으로 육성 가능한 목표나무

는 현상이 씁쓸하다. 그런데 어쩌랴. 숲 가꾸기는 산불 예방에도 도움이 되는 등 산림 보호에 유익한 작업이라는 말에 수긍할 수밖에….

임도를 걸으며 숲 가꾸기 작업하는 모습을 지켜보았다. 여러 사람이 각각 엔진 톱을 들고 나무를 자른다. 잘린 나무들이 속수무책 쓰러진다. 엔진 톱의 순간음이 들릴 때마다 몸이 오싹하다. 그다음에는 또 어떤 나무가 잘릴까. 불확실한 운명 앞에 선 나무들이 떨고 있는 듯하여 애처롭다. 숲을 뒤덮어버리는 칡넝쿨 따위만 제거하는 줄 알았는데 더러 키 큰 소나무도 자른다. 저 나무들을 굳이 잘라버려야 하는 걸까. 숲을 그대로 보존하여 생태계가 유지되도록 하는 일도 중요하다는 생각이 든다. 숲은 여러 종種이 서로 어울리며 공생하는 곳이 아닌가. 그러기에 사람들이 숲을 찾아 더불어 지내면서 위로와 평안을 얻고 자연의 섭리를 알게 된다.

소나무 몸통을 담쟁이가 감싼 것이 간간이 눈에 띈다. 담쟁이도 나무뿐만 아니라 무엇이든 기어오른다. 돌담, 벽, 바위, 고속도로 방음벽에까지 흡착근으로 착 달라붙어 자란다. 칡처럼 무지막지하게 뻗어가지 않고 조금씩, 한 발짝씩 벋어나간다. 연약한 품새로 열악한 환경을 아랑곳하지 않고 자기의 뜻을 펼치는 모습이 대견하고 사랑스럽다. 그래서인지 여러 사람이 담쟁이를 시로 읊고 수필 등 글 소재로 삼았다. 그러나 나는 담쟁이에 곱지 않은 시선을 보내곤 한다.

집 근처 큰 소나무 몸통을 담쟁이가 옷을 입히듯 감쌌다. 키 큰 소나무는 언제부터였는지 앙상한 모습으로 말라죽어 있다. 나는 소나무가 그렇게 된 것은 담쟁이 탓이라고 생각했다. 그런 내 생각이 옳았다고 확신하게 된 계기가 있었다. 담쟁이 잎이 모두 떨어진 늦가을, 마을 사람이 어린아이 손목 굵기의 담쟁이가 칭칭 감은 말라죽은 그 소나무를 톱으로 베었다. 소나무에 자란 담쟁이를 송담이라고 하는데 그 송담을 채취하기 위함이었다. 죽은 소나무 등걸에서 담쟁이 줄기를 뜯어낸 곳을 보고 아연실색했다. 담쟁이가 흡착근으로 나무 표피에만 달라붙어 자란 줄 알았는데 잔뿌리가 소나무의 두꺼운 껍질을 뚫고 들어가 하얀 속살을 파고들어 있었다. 오랜 세월 동안 담쟁이가 소나무의 수액을 흡수하여 소나무가 서서히 말라죽었다고 어찌 믿지 않을 수 있을까. 혹자는 담쟁이로 인해 소나무가 말라죽은 게 아니라 말라죽은 소나무를 담쟁이가 에워쌌을 거라고 했다. 그렇다면 소나무에 대한 담쟁이의 지고지순한 사랑이 눈물겹지 않은가.

숲 가꾸기를 마친 곳이 횅하다. 한편, 밝고 시원하다. 햇빛이 숲속 깊이 들어와 키 작은 식물들이 일광욕하며 기뻐하는 듯하다. 숲 가꾸는 목적을 비로소 실감하게 된다. 모든 생명체는 소중하다며 숲 가꾸기에 대해 부정적이던 생각을 바꾸어야 하겠다.

내 안의 숲을 들여다본다. 갖가지 것들로 꽉 찬 어둠침침한 숲이다. 내 소유물은 하찮은 것일지라도 함부로 버리지 못하는 내 성격 때문이다. 우선 톱질하여 제거해야 할 것들을 나열해 본다. 불평, 불만의 나무, 시기 질투, 탐욕, 우월감 등등 많기도 하다. 그런 것은 아마도 인간의 내면에 존재하는 본성일지도 모른다. 불쑥불쑥 튀어나오는 못된

성질을 다독이고 억누르느라 힘들 때가 많다.

나에게서 다듬어야 할 것을 추려 본다. 내 삶의 중심에 서 있는 것이 어느 것인지 모호하다. 이런저런 일로 엮이어 동분서주하면서 바쁘다는 말이 입버릇이 되었다. 모임 같은 것은 더러 정리해도 될 터인데 내가 우유부단한 때문인지 선뜻 잘라내지 못한다. 가족들은 이런 내 모습이 한심하다는 눈치다. 한 친구는 다리를 다쳐 병원에 입원해 있는 나에게 "네가 하도 바쁘니 하느님이 너를 좀 쉬게 하려고 기회를 주셨나 보다. 이럴 때 푹 쉬어라."라고 했다. 그 말이 어이없어 웃다가 이내 고개를 끄덕거렸다.

엔진 톱 소리가 여전히 숲을 뒤흔드는데 이삼일은 더 작업해야 한단다. 이 기회에 나의 미래목을 찾아 가지치기하고 솎아베기 하면서 우중충한 내 안의 숲을 가꾸는 것이다. 밝은 햇살과 향기로운 바람이 자유롭게 드나드는 나의 숲, 상상만으로도 상쾌하고 희망적이지 않은가.* (2015. 3)

허방다리 짚을라

　사철 아름다운 그림을 연출하는 들미골 폭포로 향하는 길이다. 나뭇잎 사이마다 빗금으로 쏟아지는 햇살에 눈이 부시고 깊은 계곡을 흐르는 물소리가 은근하다. 숲의 요정처럼 나무와 나무 사이를 날아다니며 재잘대는 산새들의 유희에 덩달아 콧노래를 부른다. 내 기분을 알아차렸을까. 청정지역에서만 자생한다는 물봉선이 화사한 웃음으로 반긴다.

　상쾌한 기분으로 임도를 얼마쯤 걷다 보면 길가 큰 소나무 아래에 멧돼지 한 마리가 있다. 함정에 빠진 채 여러 개의 창을 맞고 피를 흘리며 쓰러져 있는 멧돼지 모형이다. 옛날의 사냥 방식을 보여주는 교육용 자료로 활용하기 위하여 설치한 것이지만, 바라볼 때마다 가슴이 섬뜩하다. 기분 좋은 산책길에서 차마 보기 거북하여 외면하려는데 '여보시오. 동네 사람들이 구덩이를 파고 나뭇가지와 풀로 덮개를 만들어

위장한 이 곳을 헛디뎌 이 꼴이 되었소. 이게 될 법한 일이요?라고 몸으로 절규하는 듯하다. 실제로 허방다리를 짚어 저리된 산짐승들이 얼마나 많으랴 싶다.

멧돼지는 나처럼 콧노래를 부르며 숲을 거닐었을 것이다. 어쩌면 친구이거나 연인과 함께 산책 중이었을지도 모른다. 그런데 부주의로 허방다리 짚고 말았다. 사람이 만들어 놓은 함정에 빠졌으니 억울한 일이 아닐 수 없다. 탈출할 기회도 없이 창을 맞고 말았다.

산짐승이 덫에 걸린 모습을 텔레비전으로 시청했을 때 불법 행위를 저지른 사람들의 잔인성에 경악했다. 덫에 걸리거나 함정에 빠진 짐승들이 사투를 벌이다가 숨지거나 사로잡히는 광경이 비참했다. 이곳 산간 마을에서도 예전에는 덫을 놓아 멧돼지를 잡았다고 한다. 지금도 누구 누구는 아마 몰래 덫을 놓지 않겠느냐고 수군거리는 말을 들었지만, 헛소문일 것이다. 동네 사람 대부분이 자기 몸 추스르기조차 버거운 노인이 되었으니 함정을 파거나 덫을 놓을 기력이나 있을까.

인생길에서 돈, 권력, 정욕 등 지나친 욕망은 함정이 아닐 수 없다. 누구나 자유로울 수 없는 그 유혹. 때때로 함정에 빠지는 선량한 사람을 보거나 이야기를 들을 때에는 안타깝기 그지없다. 우정이나 사랑을 빙자한 덫에 걸렸을 때 더욱 그러하다. 믿음을 악용당했기 때문이다. 믿음은 인간의 상위 가치 개념이 아닌가. 자신의 의지와는 상관없이 가난의 덫, 불우한 환경의 덫에 걸려 넘어졌으나 꿋꿋이 일어서는 사람은 존경스럽다,

초등학교 시절, 함정 놀이에 말려든 일이 있었다. 4km 남짓 되는 등하굣길은 두 갈래 길이었다. 가을 운동회 연습을 마친 어스레한 무렵, 우리가 다니는 신작로에 짓궂은 사내아이들이 모여 있어서 그들을 피해 산길로 접어들었다. 논둑을 지나고 오솔길을 따라 얼마쯤 갔을까. 갑자기 사내아이들이 "우~~" 소리 지르며 뒤에서 달려왔다. 여자아이들은 혼비백산 달아나는데 달리기엔 꼴찌를 면치 못하는 나는 뒤에 처질 수밖에 없었다. 그래도 안간힘을 다해 도망가는데 웬일인가. 앞에서 달리던 아이들이 차례로 넘어졌다. 사내아이들은 이리 즐거운 일이 또 있겠냐는 듯 산동네가 떠나가듯 웃어댔다. 오솔길에 구덩이를 파고 나뭇가지로 덮어 놓은 곳에 맨 앞에서 달리던 아이 발이 빠져 넘어지고, 뒤따르던 아이는 넘어진 아이에 걸려 또 넘어지고…. 다행히 뒤에서 달리던 나는 무사했다. 느린 게 덕 볼 때도 있었다.

하지만 번번이 당하는 일에 화가 치밀었다. 내가 뒤돌아서서 사내아이들에게 덤빌 듯 노려보았다. 쥐도 막다른 골목에선 고양이를 문다는 격이었다. 겁쟁이였던 내가 그럴 땐 당찼다. 내 부릅뜬 왕방울 같은 눈을 보고 사내애들이 "저 호랑이 눈 좀 봐."라며 슬금슬금 도망쳤다. 그때의 일들이 지금은 즐거운 추억의 한 토막이다.

내가 걸어온 길도 오늘처럼 유유자적 숲을 거닐 듯만 하였을까. 순간의 선택이 몇 년을 좌우한다는 광고 문구처럼 매사에 선택은 중요했고 연속적이었다. 꿈을 이루기 위한 도전, 거기에 포함된 일과 사랑 등등, 여러 갈래 길에서 수많은 고뇌가 있지 않았던가. 뒤돌아보면 긴 여정旅程에서 허방다리 짚지 않고 오늘에 이르렀음이 감사하다. "매사에 서두르지 말고 차근차근히 해라. 허방다리 짚을라."라는 어머니 말씀이 순간마다 떠올랐기 때문인 것 같다.* (2016. 8)

다릅나무

겉으로 드러나는 언행과 속으로 가지는 생각이 다른 사람을 '표리부동表裏不同'하다고 한다. 표리부동은 대개 부정적 의미로 쓰이는 사자성어인데, 나무에도 겉 다르고 속 다르다고 하여 이름 지어진 '다릅나무'가 있어 흥미롭다.

어성전 산림교육장에서 숲 해설가 한 분이 톱으로 나뭇가지를 자르고 있는 모습이 보였다. 그 하는 일이 궁금하여 다가가니 지름이 5cm쯤 되는 나뭇가지를 얇게 도막 내고 있다. 유치원생들이 숲 체험하러 와서 목걸이를 만들 때 사용할 자료를 준비하는 중이었다. 나무 이름이 '다릅나무'라고 했다. 다릅나무는 겉껍질을 벗기면 안 껍질은 황백색, 속 목재는 짙은 갈색으로 속과 겉이 다른 나무라 하여 '다른 나무'가 '다릅나무'로 변천되었다는 유래가 전해진다. 일부 지방에서는 물푸레나무와 비슷하다 하여 '개물푸레나무'라고 부르고 농촌에서 송아지가 자라면 코를 뚫을 때 사용하여 '쇠 코둘개나무'라고도 부른다. 그밖에 개박달나무, 소허래나무, 먹감나무 등으로 불리는 곳도 있다고 한다.

다릅나무처럼 나무 고유의 습성이나 특성에 따라 다양한 이름을 가진 나무가 어성전 숲에 많다. 나뭇가지가 층을 이루며 자란다고 하여 층층나무, 잎이나 가지에서 생강 냄새가 난다고 해서 생강나무, 잎과 어린 가지를 물에 비비면 푸른 색소가 나온다는 물푸레나무, 조롱조롱 매달려 있는 열매 머리(종자껍질)가 회색으로 반질반질해서 마치 스님이 떼로 몰려있는 모습이어서 떼중나무, 떼중나무는 나중에 때죽나무로 불리게 되었다. 그리고 열매의 모양이 농기구의 가래를 닮았다 하여 가래나무라고 하는 나무 등이다. 그 이름들이 그럴싸하여 재미있다.

다릅나무는 조금 깊은 산 우거진 숲속에서 자라는 나무라서 '숲속의 은둔자'라고 표현하는 사람도 있다. 뿌리혹박테리아를 가지고 있는 콩과식물로 우리나라 어디에서나 자라는 낙엽수다. 키가 20여m, 지름이 두세 아름에 이르기도 하는 큰 나무로 자란다고 한다. 아까시나무 잎과 너무 닮아 언뜻 보아서는 구분이 어렵지만, 작은 잎은 타원형으로 끝이 갑자기 짧게 뾰족해지는 것이 아까시나무 잎의 끝 모양과 차이점이다. 꽃은 원뿔 모양으로 위로 향하며 7월에 하얀 꽃들이 모여서 핀다. 콩꼬투리 모양의 열매는 가을에 익는다.

동글납작하게 도막 난 다릅나무를 손바닥에 올려놓고 들여다보니 베이지 색 테두리 안에 자리 잡은 진한 갈색톤 단면이 멋스럽다. 여기에 애써 그림 그리지 않고 구멍을 뚫어 줄을 달아도 자연미가 물씬 풍기는 목걸이가 되겠다는 생각이 들었다. 다릅나무 도막이 탐났다. 여름 방학에 올 손녀 생각이 나서다. 톱질하느라 얼굴에 땀방울이 맺힌 숲 해설가의 수고로움을 생각하니 다릅나무 도막을 좀 달라는 말이 선뜻 나오지 않았다. 조심스레 몇 개를 얻고자 말문을 열었다. 얻으려는 내 표정이 간절해서일까. 그가 힐끗 쳐다보더니 나에게 한 줌 집어 건네주었다. 예기치 않은 수확이다.

다릅나무는 겉과 속의 색깔과 명암의 차이가 명확하여 동물 형상이나 장식용 나무 그릇을 만드는 재료로 많이 쓰인다고 한다. 속 목재는 잘 썩지 않는 물질이 충분히 들어 있어 보존성이 좋아서 가구 제작용 목재, 여러 가지 운동구 등 다양하게 쓰인다. 다릅나무의 껍질은 적갈색으로 세로로 조금씩 말려 있으면서 갈라지지 않고 매끄럽다. 나무가 자라면서 수피의 때를 벗는 듯하다. 다릅나무를 찾는 방법은 껍질의 특징을 보고 구분하는 게 가장 쉽다.

짙은 갈색의 속 목재를 황백색의 안 껍질이 감싸고 있는 모양은 외유내강, 겉으로는 부드럽고 순해 보이나 속은 곧고 굳센 사람을 비유하기에 좋은 나무라고 여겨진다. 그러고 보니 표리부동表裏不同의 뜻도 그리 부정적인 것만은 아닌 것 같다. 다릅나무 껍질처럼 겉으로 드러나는 행동은 거칠지만 속으로 가지는 생각이 선한 사람도 있을 테니까.

어느 분이 나를 다른 사람에게 소개하면서 양파 같은 여인이라고 한 적이 있다. 그 의미인즉, 양파는 야무지고 한 겹 한 겹 다 베낄 때까지 같은 모양이듯 변함없는 사람이라는 것이다. 실은 내 속에 얼마나 복

잡한 미로를 지니고 있는지 모르고 하는 말이다. 그런 내가 양파에 비유되고 보니 고개를 끄덕여야 할지 말아야 할지 갸우뚱거려졌다. 속까지 다 벗겨 보아도 겉과 속이 번한 양파. 나는 아무래도 양파보다는 다릅나무 같은 사람이 아닐지.

안 껍질 속에 또 하나의 뜰을 만들어 나이테를 곱게 가꾸는 꿍꿍이, 훗날에 내 안의 뜰이 겉모습에 비해 예뻤노라고 말하는 이가 있을지 모를 일 아닌가. 다릅나무처럼….* (2014. 8)

아픈 연리지

병색이 너무 짙다. 도대체 무슨 병에 걸렸을까.

아직 잔설이 드문드문 남아있는 산골짜기 임도를 걷다가 연리지 앞에서 발길을 멈췄다. 언제부터였는지 연리지 나무 한쪽 그루의 제법 굵은 윗가지가 썩어 껍질이 벗겨지고 허연 속살을 드러내고 있지 않은가. 임도를 걸을 때 연리지에 눈인사를 건네곤 했는데 이런 모습이 오늘에서야 눈에 띄었다. 봄, 여름, 가을, 잎새에 가려진 저 아픈 부위를 알아채지 못했다. 아픔을 호소하는 그의 몸부림을 그저 바람이 흔들고 지나가는 소리려니 지나쳤을 것이다. 피부병이라면 어서 소독하고 해충 때문이라면 살충제 처방을 해야 할 것 같다. 혹시 불치의 병에 걸린 것이라면…. 고개를 뒤로 젖히고 병든 나뭇가지를 안타까운 시선으로 살폈다. 그런데 실낱같은 희망이 보이잖는가. 썩어가는 나뭇가지 끝에 잎사귀 서너 잎이 찢긴 채 매달려 바람에 나부끼고 있다. 아직 생명줄을 놓지 않고 있는 듯하여 희망적이다.

내가 특별히 여기는 이 연리지는 10년 전 어성전에 이사 와서 임도를 산책하다가 발견했다. 인적이 드문 곳이라 다른 사람의 눈에는 띄지 않은 것 같았다. 반갑고 신기했다. 얼마 후 산림청에서 어성전 숲 교육관 건물을 짓고 관리인을 두었다. 그분에게 연리지 나무를 알려주어 이름표를 붙여주고 보호하면 좋겠다는 제안을 했다. 그 후, 연리지 나무 앞에 팻말을 세웠다. 팻말에는 연리지에 관한 설명을 적었는데 '연리지는 뿌리가 다른 나뭇가지가 서로 엉켜 마치 한 나무처럼 자라는 것으로 효성이 지극함이 상징이었으나 현재는 연인 혹은 부부 사이의 지극한 사랑을 비유함'이라는 내용이다.

효성이 지극함의 상징인 연리지는 《후한서後漢書 〈채옹전蔡邕傳〉》에서 비롯된다고 한다. 후한後漢 사람 채옹蔡邕은 성품이 독실하고 효성이 지극하였는데, 어머니가 병으로 앓아누운 3년 동안 계절이 바뀌어도 옷 한번 벗지 않았으며, 70일 동안이나 잠자리에 들지 않았다. 어머니가 돌아가시자 집 옆에 초막을 짓고 모든 행동을 예에 맞도록 하였다. 그 후 채옹의 집 앞에 두 그루의 나무가 자랐는데, 가지가 점점 자라면서 서로 붙어서 하나가 되었다고 한다.

연인 혹은 부부 사이의 지극한 사랑의 상징인 연리지는 백거이白居易의 〈장한가長恨歌〉*에서 찾아볼 수 있다고 했다.

---

* 장한가長恨歌는 당나라 때 백거이가 지은 장편 서사시이다. 당 헌종 원화 원년인 806년에 지어졌다. 당 현종 이융기와 그의 비 양귀비와의 사랑을 읊은 노래이다.

臨別殷勤重寄詞　헤어질 무렵 은근히 거듭 전하는 말이 있었으니
詞中有誓兩心知　그 말에는 둘이서만 아는 맹세가 들어있었지
七月七日長生殿　칠월 칠석 장생전에서
夜半無人私語時　깊은 밤 남몰래 속삭인 말
在天願作比翼鳥　하늘에서는 비익조比翼鳥가 되고
在地願爲連理枝　땅에서는 연리지가 되자
天長地久有時盡　장구한 천지도 다할 때가 있지만
此恨綿綿無絶期　이 한은 면면히 끊일 날 없으리라

들미골 연리지는 어떤 사랑이었을까. 이들 사랑의 여정을 상상 속에 그려 본다. 이들은 비슷한 시기에 태어난 소꿉친구다. 소꿉놀이할 때면 아빠, 엄마가 된다. 소년 소녀로 커가면서 이들의 우정도 커간다. 둘은 푸르른 청년이 된다. 산벚꽃 화사하게 피어난 날이면 손을 맞잡고 노래 부르며 춤을 춘다. 지나가는 바람과 새들도 함께 어울린다.

어느덧 둘은 사랑하게 된다. 이들은 생강나무 꽃이 실눈 뜨며 유혹하고, 산목련 꽃이 향기를 뿜어도 마음을 주지 않는다. 비바람이 흔들어 말리고 고라니가 훼방 놓아도 소용없다. 둘은 서로의 부족한 부분을 채우며 사랑을 이어간다.

둘은 한 몸이 된다. 영과 육의 설합이다. 이들의 결합을 숲속 친구들이 축하해 준다. 쪽동백나무가 오종종하게 하얀 등을 달아 숲속을 환히 밝히고, 때죽나무도 조롱조롱 작은 종을 달았다. 갖가지 풀꽃들도 향기로운 웃음꽃을 활짝 피운다. 검은 등 뻐꾸기는 "경〻사〻났〻네, 경〻사〻났〻어!"라고 온 동네에 기쁜 소식을 전한다. 둘은 도토리로 잔치를 베풀면서 긴 세월 동안 행복했다.

하지만 어찌 고난이 없었으랴. 폭풍우에 몸을 가누지 못할 지경이고 때때로 몸이 부러지는 고통을 당해도 서로를 격려하여 고난을 이겨냈다. 삭풍이 부는 겨울에도 따뜻한 사랑이 있어 춥지 않았다. 그런데 지금은 하나가 앓고 있지 않은가. 병든 짝을 바라보는 안타까움이 어떠할까.

아픈 연리지를 보면서 어느 노부부의 삶을 떠올린다. 아내가 50대부터 알츠하이머를 앓고 있는 부부다. 남편은 20여 년 동안 아픈 아내를 돌보고 있다. 외아들은 외국에 살고 있어 아내의 병간호를 혼자 감당한다. 그분이 설상가상으로 위암 수술을 받아 자신의 건강을 지키기도 버거울 텐데 아내 보살피는 일에 소홀함이 없다. 아내가 어려운 고비를 겪을 때마다 그의 간절한 기도와 정성 어린 병간호로 이겨내곤 하였다. 그분은 모범적인 신앙생활로 모든 이의 존경을 받는 우리 교회 은퇴 장로님이다.

겨울의 끝자락인 지난 2월, 그의 아내가 뇌수술을 받게 되었다. 교회 교우들이 기도와 병원을 찾아 위로와 격려를 했다. 나도 강릉아산병원 중환자실 보호자 대기실로 갔다. 긴장 속에 혼자 감당해야 할 그분에게 위로의 말을 전하고자 함이었다. 그런데 그곳에서 한참 동안 기다려도 그분이 오지 않았다. 보호자 대기실을 나서면서 그에게 전화했더니 병원 계단에 혼자 앉아 있다고 했다. 아내를 중환자실에 두고 간절히 기도하는 남편의 심정이 어떠할지 내가 짐작이나 할 수 있을까 싶었다. 병원 휴게실에서 그분을 본 순간 부쩍 초췌해진 모습에 눈물이 핑 돌았다. 그분의 눈가도 촉촉함을 느꼈다.

　이제 곧 봄이 올 것이다. 여기저기서 겨울잠에서 깨어나는 소리가 두런거린다. 새 생명이 움트는 것을 확인할 때까지 차마 잎을 떨어뜨리지 못하는 들미골 졸참나무 '연리지! 이 봄에 부디 병마와 싸워 이겨내고 새잎을 달아라. 따사로운 햇살 받아 무성한 초록 잎에서 둘의 사랑 반짝거려라.' 아내 사랑 극진한 존경하는 김광우 장로님에게도 간절한 소망을 전하며 연리지를 쓰다듬었다. 내 손이 미세한 떨림을 느꼈다.＊ (2019. 3)

저 흰나비 떼가

"어머나~, 웬 흰나비 떼야!"

창밖을 무심코 내다보다가 탄성을 지른다. 키 큰 감나무의 연초록 잎에서 무수한 흰나비 떼가 팔랑거린다. 나비의 날갯짓이 새하얀 햇살 조각을 뿌려놓은 듯 눈부시다. 흰나비 떼는 바람이 불면 순식간에 어디론가 사라졌다가 바람이 잔잔해지면 초록빛 사이로 다시 나타나 감나무 꼭대기까지 오르내리며 춤사위를 벌인다. 처음 보는 경이로운 정경에 도취한다. 도대체 저들은 어디서 온 것인가.

"나비를 부르려거든 꽃을 피워라."

문학기행 중 관광지의 어느 카페에 들어갔을 때 남자 수필가 한 분이 카페 천장을 쳐다보며 시를 읊듯이 말했다. 천장에는 장식용으로 붙여놓은 여러 종류의 나비가 다닥다닥 붙어 있었다. 그는 "나비가 떼지어 나는 걸 보니 이 카페에 꽃이 많은가 보네."라며 실내를 둘러보며 웃었다. 카페에는 중년을 훌쩍 넘긴 여인들과 목을 축일 겸 아픈 다리를 쉬게 하려고 들어온 노인 몇 명이 있었다.

초여름에 접어든 우리 집 뜰에도 저 많은 나비를 부를 만큼 꽃이 많지 않다. 철 지나 시들어가는 철쭉, 금낭화, 매발톱, 산괴불주머니 꽃과 터줏대감 노랑 민들레와 제비꽃이 있을 뿐이다. 텃밭에 핀 감자, 오이, 가지, 호박, 토마토 꽃이 나비를 불러들인다. 그런데 저 흰나비 떼는 누가 불렀을까.

며칠 전부터 뒤뜰 수돗가 층층나무 주변에 흰나비 몇 마리가 날고 있는 것을 무심코 보아 넘겼다. 층층나무 잎은 벌레가 잎맥만 남기고 다 갉아먹은 상태다. 예년에 없던 그 몰골이 너무나 안쓰러운데 그냥 두고 있는 사이에 유충이 부화하여 나방이 된 사실을 오늘에야 알게 되었다. 인터넷 검색과 숲 해설가로부터 알아본 결과 감나무의 흰나비 떼는 층층나무에 붙어 있던 유충이 부화한 '황다리 독나방'이라는 것이다. '황다리 독나방'은 독나방 과로 성충은 6, 7월에 나타나며 연 1회 발생하고 앞다리의 종아리 마디와 발목 마디는 노란색을 띤다. 날개 편 길이는 수컷 45~51mm, 암컷 43~60mm다. 남한 전역에 분포하고 있으나 부속 도서에서의 기록은 없다고 한다. 성충의 털이 사람의 눈이나 피부와 접촉하게 되면 가려움증이나 두드러기 등 알레르기 증상이 발생할 수 있고 심각한 경우 호흡곤란을 유발할 수도 있다고 한다.

잎의 주맥만 남은 수돗가 층층나무에는 아식노 털이 숭숭 난 징그러운 벌레들이 붙어 있다. 곧 이 벌레들도 나방으로 탈바꿈할 텐데 이를 어쩌나 싶다. 남편은 층층나무를 베어버리자고 한다. 나보다 층층나무를 더 좋아하는 그가 아닌가. 이 층층나무는 우리 부부가 10년 전 집을 짓고 어른 키만 한 것을 수돗가에 심은 나무다. 층층나무는 가지가 층층이 달려 옆으로 퍼지면서 키가 지붕 높이만큼 자랐다. 지나치게 자라면 가지치기를 하여 조경수로 가꾸자고 했다.

층층나무의 흰 꽃이 5~6월에 가지 끝에 모여 층층이 필 때면 우아하고 뜰 안이 환하다. 이 독특한 수형樹形이 우리의 사랑을 차지하는 것이다. 여름에는 수돗가에서 일하는 나를 위해 땡볕을 가려주고 새들에게는 놀이터로 제공한다. 9월에 익는 검은 자주색 열매가 결실의 계절을 앞당겨 준다. 삭막한 겨울, 층층나무 가지가 하얀 눈과 함께 그리는 선 그림이 어찌나 아름다운지 창밖을 내다보는 내 시선이 한동안 머물곤 했다.

카메라 망원렌즈로 감나무에서 나풀거리는 흰나비 떼를 가까이 당겨 자세히 보았다. 무도회를 벌이고 있는 흰나비들이 무리 중에서 짝을 찾느라 분주하다. 아니, 저 흰나비 떼들이 층층나무마다 알을 낳고 그 알이 또 탈바꿈하여 나방이가 된다면 이 어성전 숲은 '황다리 독나방'의 낙원이 될 게 아닌가. 미물일지라도 산골짜기를 메울 만큼 떼 지어 날아다니는 것은 가히 위협적일 것이다. 그렇다면 독나방의 서식처 우리 집 층층나무를 뜰 안에 그대로 둘 수 없지 않은가.

수돗가 층층나무를 베느냐 마느냐 고심하다가 올해에는 그냥 두기로 했다. '황다리 독나방'의 천적이 나타나 우리 집과 모든 숲의 층층나무를 지켜주기를 바라는 것이다.

　나를 경이로운 정경에 도취하게 한 저 흰나비 떼가 독나방 무리라는 것이 아직도 의아하다. 우리네 인생에도 저들과 같은 유희에 속아 울고 있는 삶이 있지나 않은지….* (2017. 5)

고라니 소리

　자정이 넘도록 컴퓨터 앞에 앉아 있다가 잠자리에 들었다. 눈을 감고 잠을 청하려는데 창문을 스치는 바람 소리, 부스럭거리는 소리, 개 짖는 소리가 긴장감을 준다. 이내 잠들 것 같지 않다. 양로원 일을 돕겠다며 수원에 간다는 남편에게 며칠쯤은 나 홀로 지낼 수 있으니 다녀오라고 한 것이 후회스럽다.

　깊은 밤 고요를 깨우는 고라니 소리가 산골짜기에 울려 퍼진다. 심산유곡에서 혼자 듣는 고라니의 기묘한 소리에 마음이 오싹하다. 모두가 잠든 이 시각, 저리 우는 까닭이 무엇일까? 새끼 고라니가 엄마를 찾는 애절한 소리일까, 번식기에 짝을 찾는 간절한 소리일까. 아니면 고라니가 덫에 걸려 울부짖는 소리일까. 산골생활을 처음 시작했을 때에는 한밤중에 웬 개가 저리도 짖나 싶었다. 개 짖는 소리 같기도 하고 짐승의 비명 같기도 한 저 소리! 이젠 익숙해 질만 한 데 아직도 기분 좋은 소리가 아니다. 얼마 전에 내 차에 치인 고라니의 비명처럼 들려와서 마음이 아프다.

산촌에서 자동차로 밤길을 달리다 보면 간간이 고라니를 만난다. 자동차 앞을 가로질러 뛰어가는 녀석이 있는가 하면, 갑자기 나타난 자동차 불빛에 눈이 부신 때문인지 얼른 도망가지 않고 엉거주춤 서 있다. 그럴 때는 속력을 줄여 고라니가 달아날 기회를 준다. 그런데 그날은 나와 고라니의 악연이었다. 말로만 듣던 로드 킬(Road Kill), 내가 그 일을 저지른 것 같았기 때문이다.

읍내에서 저녁 식사를 하고 어둠이 깔린 후에 집으로 가는 길이었다. 그날은 밤길 운전이라 자동차 규정 속도인 시속 60km를 유지하며 달렸다. 어성전이 가까운 지점, 야산을 절개하여 낸 도로 모퉁이를 막 도는데 옆 좌석에 앉아 있던 남편이 "어!" 하며 다급한 소리를 냈다. 깜짝 놀란 내 시야에 고라니가 달려들었다. 그 순간 급브레이크를 밟았지만, 고라니가 차에 부딪히는 둔탁한 소리가 들렸다. 운전 중 얘기하느라 전방 주시가 산만했던 내가 도로에 달려드는 고라니를 미처 발견하지 못한 것이다. 아니, 불가항력이었을지도 모른다. 눈앞이 아찔하고 가슴이 뛰었다. 고라니는 비명조차 지르지 못하고 사고를 당하지 않았을까.

급제동하였지만 자동차는 이미 현장으로부터 몇 미터 벗어난 상태였다. 남편에게 어찌하느냐고 물었더니 그도 끔찍한 장면을 보기 싫은지 그냥 가자고 했다. 떨리는 마음으로 가속 페달을 밟았다. 뺑소니였다.

절대로 아니 될 일이지만 사람을 치고 뺑소니치는 운전자의 심리를 조금은 헤아릴 수 있었다. 놀란 가슴을 진정하며 집으로 왔다. 내가 저속으로 달렸으니 고라니가 무사하기를 바랐다.

다음 날 아침, 자동차를 살펴보니 앞 번호판이 찌그러져 있고 번호판 부착 나사에 황갈색의 고라니 털이 끼어 있었다. 자동차 앞 범퍼와 보닛(Bonnet)에는 점점이 떨어진 핏방울이 말라붙어 있었는데 그걸 보니 가슴이 철렁했다. 그 현장 상황이 궁금했다. 범인은 반드시 범행 장소를 확인한다고 하지 않던가. 지난밤에 있었던 사고 현장으로 갔다. 그곳이 가까워질수록 마음이 조마조마했다. 고라니가 도로에 그대로 방치되어 있거나 다른 차에 2차 사고를 당해 처참한 모습으로 있으면 어쩌나 하는 걱정이 앞섰다.

그런데 현장에 도착하니 도로에는 아무 흔적도 없지 않은가. 왕복 서행하면서 아무리 살펴도 핏자국이 없었다. "오, 하나님!" 내 입에서 절로 나온 소리였다. 고라니가 가벼운 상처만 입고 몸을 일으켜 제가 갈 길을 갔을 것이라 믿고 싶었다. 뒤따라오던 차가 살아서 비틀거리는 고라니를 나쁜 목적으로 싣고 가지 않았기를 바랐다. 그러면서도 내 자동차에 난 고라니의 사고 흔적을 기억 속에서 지울 수는 없었다. 이곳에도 '야생동물 통로'나 동물들이 도로에 뛰어들지 못하도록 안전망이 설치되었더라면 사고를 방지할 수 있었으리라는 아쉬움이 컸다.

언젠가 양양 공항 부근 야산에서 고라니가 껑충껑충 뛰어가는 모습을 보았다. 그 모습이 참 귀엽고 평화롭게 보였다. 그런 고라니가 가끔 농작물을 해쳐 농부들을 힘들게 한다지만, 논밭 둘레에 쳐진 그물은 그렇다 치더라도 전선을 설치하여 동물이 전류에 감전되게 하는 잔인한 방법은 섬뜩하다. 그런 시설물이나 덫에 걸려 비명을 지르는 고라니가 없어야 하지 않을까.

아직도 간간이 들려오는 고라니 소리가 가족을 잃은 슬픈 소리가 아니면 좋겠다. 애절하게 가슴을 파고드는 저 소리가 고라니가 부르는 세레나데라고 믿고 싶다.* (2013. 9)

칡에 보내는 메시지

유난히 무더운 여름, 그가 감나무에 올라 부채질하며 보랏빛 향기로 유혹한다. 전봇대보다 키 큰 감나무 꼭대기에서 으스대듯 나를 내려다본다. 그를 바라보는 내 시선이 곱지 않다.

언제부터인가 우리 집 뜰에 칡덩굴이 침입했다. 계곡에서 올라와 마당 가를 서성이더니 소나무에 기어오르고 표고버섯 종균을 심어 놓은 참나무 토막도 뒤덮었다. 전지가위로 칡 줄기를 잘라버리지만, 얼마쯤 지나면 또 기어오른다. 칡이 한 계절에 길이가 18m까지 자라기도 한다니 그 생명력이 대단하다.

칡덩굴이 아직 잎이 돋지 않은 감나무에 기어오르기 시작했다. 그것을 전지가위로 잘랐는데 어느 사이에 다른 줄기가 감나무 꼭대기까지 올라갔다. 이 칡은 감나무 몸통을 타고 오른 것이 아니라 감나무 옆에 있는 왕벚나무를 타고 올라 덩굴손을 뻗어 감나무에 옮겨 갔다. 남편

이 칡 밑동을 또 잘라야 하겠다고 하는 것을 감나무 꼭대기까지 올라
갔으니 좀 더 두고 보자고 했다. 더 오를 데 없으니 어떻게 움직이는
지 궁금해서다. 칡이 방향을 바꾸어 아래로 내려오기 시작했다. 그러
면 그렇지. 오르막길이 있으면 내리막길이 있는 법. 칡이라고 별수 있
을까.

이 감나무를 지난가을에 가지치기 해주었다. 감나무 윗부분을 제법
잘라냈다. 키 큰 감나무 잎이 무성하면 앞을 가려 산을 바라볼 수 없어
갑갑하던 터라 감도 딸 겸 가지치기를 했다. 그곳에 새순이 많이 자라
서 더 풍성해졌다. 그 새순을 칡이 뒤덮은 것이다.

어느 날 감나무 새순 한 가지가 무성한 칡 잎사귀로 뒤덮인 꼭대기
에 쑥 솟아올라 밝은 햇살에 활짝 웃었다. 감나무의 자존심을 보는 것
같았다. 칡덩굴 위에 우뚝 서 있는 그 모습이 대견했다. 칡의 지배욕에
서 벗어난 용기를 칭찬했다. 지배욕이라는 그릇된 욕망은 정신적으로
크든 작든 장애가 있는 사람이 대부분이라고 한다.

읍내를 오가는 길 가 나무마다 칡이 뒤덮어 햇빛을 가리고 숨통을
조이고 있다. 칡덩굴에 덮인 나무는 모습조차 볼 수 없다. 햇빛 한 줄
기도 받지 못해 시름시름 앓게 된다. 칡은 도로변 가드레일 밑으로 덩
굴손을 내밀고 아스팔트길까지 차지하려고 한다. 자기 생명의 위태로
움도 모르고 덤벼든다. 전봇대도 타고 올라 전선을 한데 묶어 정전사
태를 일으킨다고도 하니 그의 만행을 어찌 감당할까. 칡의 그릇된 욕
망이 선량한 무리를 힘들게 한다. 인간 사회에서도 종종 일어나는 일

이지만, 있을 수 없는 일이다.

칡이 그동안 우리에게 많은 유익을 주기도 했다. 예전에는 갈근葛根이라 불리는 칡뿌리는 흉년에 부족한 전분을 공급하는 대용식이었으며 약용으로도 쓰이고 지금도 그러하다. 칡 줄기로 밧줄, 삼태기, 닻줄 등 생활 용구를 만들었고, 껍질을 벗겨내 만든 하얀 섬유로 짠 갈포라는 옷감도 있었다고 한다. 나는 길이 10∼25㎝ 정도의 꽃대에 귀여운 홍자색 꽃이 총총하게 달린 칡꽃을 참 좋아한다. 향기도 좋아서 이맘때면 칡꽃을 따서 말려 꽃차를 만든다. 보랏빛 은은한 향기를 마시는 시간이 즐거움이다.

그런데 칡이 오늘은 나를 경악하게 했다. 어느 틈에 덩굴손이 감나무 꼭대기에 있는 새순 머리 위까지 점령하고 오만하게 손을 흔들고 있지 않은가. 힘겹게 칡덩굴을 빠져나온 저 여린 것까지 휘감고 있다. 그것이 칡 생존의 방편이라 할지라도 용납하기 힘들다. 칡덩굴의 탐욕이 끝이 없음에 치를 떤다. 나는 그 만행의 장면을 카메라에 담았다. 고발이라도 하려는 심정으로….

마음을 진정하고 칡에 메시지를 띄운다. 이제 무법자의 그릇된 욕망을 잠재우고 이웃과 공생의 삶을 살아야 하지 않겠느냐고, 그 지배욕이 부메랑이 되어 되돌아오면 칡의 생존 또한 위협받지 않겠느냐는…. 내가 어쩔 수 없이 가위질하는 날이 없기를 바란다는 내용도 곁들였다. * (2018. 8)

산불

올해는 황금 돼지해란다. 카톡방에 황금 돼지가 들어왔다. 반가운 손님이다. 나를 보고 돈복 많이 받으라는 듯 활짝 웃는다. 돈복? 웃는 돼지를 바라보노라니 미소가 절로 나온다. '그래, 웃으면 복이 온다고 했지.' 옛 코미디 프로그램 '웃으면 복이 와요.'에 등장했던 코미디언 모습을 떠올리며 또 웃는다.

하지만, 복이란 어디 공짜로 굴러오는 것인가. 그러기에 복 많이 받으라고 하기보다 복 많이 지으라고 하지 않는가. 성서에는 심은 대로 거둔다는 내용도 있다. 내가 받은 황금돼지 웃음을 카톡방 여기저기에 퍼 나른다. 어떤 이는 그 웃음을 정성껏 가꿀 것이고 더러는 그냥 흘려 보낼 것이다. 올해는 모두 웃음 열매 풍성하기를 기원하며 새해 첫날을 보내고 있었다.

해가 저물 무렵, 양양에 산불이 났다는 재난문자가 떴다. 오후 4시

20분경, 양양군 서면 송천리에서 산불이 발생했단다. 내가 사는 현북면과 이웃 면이다. "또 산불이야? 새해 첫날에 산불이라니!" 놀란 소리가 절로 튀어나온다. 송천리는 '송천 떡 마을'로 알려진 곳이다. 자연산 양양 송이가 많이 나는 곳으로 이름나기도 했다. 그곳이 잿더미가 되다니…. 황금돼지 웃음을 나누며 즐거워하던 가슴이 타들어 간다. 양양 산불 소식을 텔레비전으로 시청한 지인들의 전화가 이어진다. 불난 지점이 우리 동네가 아니냐고 염려하는 전화다. 산불이 어서 진화되기를 바라는 그들의 관심이 고맙다.

불난 곳이 우리 동네와 거리가 멀어 다행이라고 해야 하나? 그렇다고 어찌 무심할 수 있으랴. 스마트폰 검색창으로 산불 상황을 실시간으로 알아본다. 많은 인력이 동원되어 불을 끄고 불길이 마을로 내려오지 못하도록 방화선을 구축하고 있다는 소식이다. 그런데 불을 끄는데 큰 역할을 한 헬기가 밤이 되어 철수했다니 번지는 산불을 속수무책 지켜보아야만 한단 말인가. 동영상으로 올려진 숲이 타는 광경은 그야말로 붉은 혀를 날름대며 덤비는 마귀의 기습공격 같다. 화재를 마귀에 비유하여 화마라 이르는 말이 실감 난다. 오늘 밤 소방관, 산림청 관계자, 주민 등등 수많은 사람이 저 화마와 싸워 이겨야 한다. 그 수고로움이 이만저만이 아닐 것이다. 나는 화마를 어서 물리치기를 응원만하고 있으니 미안하고 안타깝다.

밤이 깊어지면서 송천리 산불이 넓게 번진다고 한다. 초저녁 피해면적이 5ha이었는데 10ha, 20ha로 늘었고 급기야 송천마을 주민들에게 마을회관으로 대피하라는 재난문자를 날렸단다. 이 일을 어쩌나. 걱정이 태산이다. 마을회관에 대피한 한 할머니가 TV에서 집에 불이 옮겨붙을까 불안하다고 울먹인다. 문득 작년 강릉 산불 때 피해를 본 지인의 이야기가 생각난다. 그녀는 대관령 아래 농가에 사는데 대관령 강풍을 타고 번지는 산불의 위력이 얼마나 놀라운지 대피하기 급했단다. 마당에 매어 놓은 개를 풀어주면서 스스로 대피하라 하고는 시내에 있는 아파트로 갔는데 산불이 진화되자 주인보다 먼저 농가에 와 있더란다. 감동적이었다. 피해는 그녀의 집 창고에 불이 붙는 바람에 새로 마련한 농산물 건조기가 타버렸다. 그녀는 농가가 불타지 않은 것에 감사했다.

날이 밝자 소방 헬기가 다시 오고 여러 사람이 힘을 합하여 송천리 산불을 완전히 진화했다. 건물과 인명 피해가 없어 다행이다. 그러나 아직도 발화 원인을 찾지 못한다. 송천리에서 검은 숲을 바라보니 우울하다. 산불로 희생된 것이 나무뿐일까. 여러 동물이 불길을 피했는지…. 겨울나는 수많은 곤충과 알집 속의 생명은 어찌 되었을까. 제발 다음에는 산불이 일어나지 않으면 좋겠다.

가을부터 다음 해 녹음이 우거지기까지는 산불 날까 걱정스럽다. 요즘처럼 겨우내 눈 없고 건조경보가 내린 상태에서는 더욱더 그러하다. 이웃 펜션에 드나드는 손님들이 무심코 담뱃불이라도 던질까 긴장된다. 구수한 바비큐 냄새를 풍기면 '불씨 관리를 깔끔하게 할까?' 지레 걱정한다. 도시에 살 때 산불 소식은 염려되면서도 이내 나와 상관없는 일이 되곤 했다. 그러나 금강소나무 숲에 싸여 사는 지금은 번번이 일어나는 크고 작은 산불이 두려움의 대상이다.

몇 해 전, 양양군 현남면 상월천리에서 발생한 큰 산불에는 정말 놀랐다. 상월천리는 어성전과 만월산을 사이에 두고 있는 마을이다. 강풍 불 때 산불이 나면 불덩이가 도깨비불처럼 산등성이를 넘나든다고 하잖는가. 어성전까지 불똥이 튀면 아름드리 금강소나무 숲은 어쩌며 어린이들이 수시로 찾아와 공부하는 숲 체험장과 어성전 교육관은 또 어찌 될까. 목조주택인 우리 집도 무사할 수 없으리라. 그날은 밤잠 설치며 만일에 대비하여 대피할 때 가져갈 물건을 주섬주섬 챙겼다. 챙겨진 물건은 가족 앨범, 컴퓨터와 노트북, 각종 자료가 담긴 USB 그리고 몇 권의 책과 옷가지뿐이었다. 시인 박경리의 시 '버리고 갈 것만 남아서 참 홀가분하다'라는 시구가 실감 났다. 나중에 내 삶의 내면에서 버리고 갈 것만 남기고 정리하면 될 일이었다.

머지않아 산불 나기 쉬운 봄철이 다가온다. 곳곳에 빨간 모자를 쓴 산불 지킴이가 독수리 눈빛으로 산불을 감시한다. 2005년 4월 5일, 전날에 일어난 산불이 번져 천년 고찰 낙산사 전각 대부분을 태웠고, 보물 479호로 지정되어 있던 낙산사 동종이 녹아내렸다. 하필 식목일이었다. 참혹했던 그 날을 상기하며 모두 산불 지킴이가 되는 것이다. 우리가 심은 숲 사랑이 산불 없는 한 해가 되게 하리라.

황금돼지는 밤새 아무 일도 없었다는 듯 여전히 웃고 있다. 나는 미소 대신 따지듯 중얼거린다.

"새해 첫날에 우리에게 준 복이라는 게 산불이더냐?"

황금돼지가 멋쩍은 웃음으로 대답하나 보다.

'고난 끝에 오는 복이 더 크고 값지다오.'라고….

그래, 새해 첫날부터 화마를 물리쳤으니 올해는 산불이 더 일지 않을 것이다. 청량하고 아름다운 숲의 노래만 듣고 싶다.* (2019.1)

※ 나의 간절한 소망에도 불구하고 3개월 후인 4월 4일에 발생한 속초·고성 지역 대형 산불에 참담함을 금치 못하고 있다.

설화 雪禍

　겨울은 눈 오는 날이 있기에 기다려진다. 눈발을 헤치며 누군가가 나를 찾아오는 듯한 환상, 함박눈을 맞으며 하염없이 걷고 싶던 젊은 날의 추억 등은 시린 가슴을 따뜻하게 한다. 사무치는 그리움이기도 하다.

　그러나 폭설은 낭만을 앗아간다. 통행을 방해하고 갖가지 피해를 준다. 먹잇감을 찾아 헤매는 산짐승과 집 주위를 맴도는 새들이 애처롭다. 설해목木雪害의 비명이 산골의 적막을 깰 때면 평화로운 마음도 찢어지는 듯하다. 내 다리가 설해목처럼 부러졌던 날도 폭설이 쌓였다.

　눈 내리는 산촌의 풍경을 내다보면서 동심을 불러일으키던 함박눈이 한숨을 자아낼 줄 몰랐다. 2월 7일 오후, 양양지역에도 대설경보가 내려진 가운데 폭설이 1주일 동안 쉬지 않고 내렸다. 이웃 동네 법수치리에 가장 많은 170cm의 적설량을 기록했단다. 우리 마당에 내린 눈은 내 키에 조금 못 미친 걸 보면 150cm가량 쌓이지 않았을까. 매스컴에서는 '눈 폭탄'이라고 했다. 그랬다. 폭설로는 표현이 모자라는 적설량이었다.

눈에 고립된 채 전기가 끊겨 홀로 지내던 노인이 동사하고 비닐하우스가 주저앉는 등 폭설로 인한 피해 상황이 텔레비전으로 연일 보도되었다. 친지들의 안부 전화가 빗발쳤다. 모두 눈 피해가 없기를 바라는 간절한 염원이다. 그들에게 집 주변 설경과 눈삽으로 눈 치우는 모습을 사진으로 전송하며 안부를 전했다. 그러나 이어진 눈 폭탄은 우리 부부를 심심산골에 7일 동안 가두었다. 눈삽으로 눈을 퍼 올리면 쌓인 눈이 키를 훌쩍 넘어 길을 내는 일이 너무 버거웠다. 눈치기를 포기하고 제설차가 오기를 기다리면서 제발 그때까지 아무 일 없기만을 기원했다. 식량과 땔감이 넉넉하니 염려 없으나 폭설로 정전된 다른 마을의 소식을 들으면 아찔했다. 전기가 끊기면 기름보일러와 전기 난방용품을 사용할 수 없고 지하수도 퍼 올릴 수 없잖은가.

눈은 며칠째 쌓이기만 하는데 아직도 마을 도로의 눈도 치우지 못했단다. 처음 보는 설경에 감탄사를 연발하던 입에서 탄식이 흘러나왔다. 혹시 응급상황이 발생해도 구급차가 올 수 없다는 생각을 하니 두려움이 엄습했다. 가슴이 두근거리고 혈압이 오르는 것 같았다. 상비약으로 사놓은 우황청심환을 먹고 마음을 진정시키려고 애썼다. 공황장애가 이런 것인가 싶었다. 길이 막히기 전에 이곳을 벗어나지 않은 것을 후회하기도 했다. 눈이 속수무책 이렇게 쌓일 줄 상상이나 했던가.

2월 13일, 드디어 포크레인 소리가 들렸다. 창밖을 내다보니 나무 사이로 제설차가 보였다. 어찌나 반가운지 눈물이 핑 돌았다. 눈이 오기 시작한 지 7일 만이다. 제설차가 마을에서 1km쯤 떨어진 우리 집까지 오는데 하루가 더 걸렸다. 웬만한 눈은 밀고 나가는데 이번에 쌓인 눈은 밀어버릴 수 없어 장비로 퍼 옮기면서 길을 내느라 많은 시간이 걸렸다. 제설차 기사님이 우리 마당의 눈도 치워주었다. 그제야 눈에 푹 파묻힌 내 승용차가 구출되었다. 나는 기사님에게 정성껏 끓인 떡만둣국을 대접했다. 만둣국 한 그릇으로 제설차 기사님의 수고와 고마움에 보답하기엔 소찬이었는데 의외의 대접이라 여겼는지 그가 무척 고마워했다.

눈길이 뚫리자 이웃 은지 엄마에게 어서 집으로 오라고 전화했다. 그녀는 외출했다가 눈길이 막혀 집에 오지 못하고 아랫마을 친구 집에 머물고 있었다. 전화를 받은 그녀가 부탁했다. 제설차 기사에게 자기 집 마당에 주차 공간만큼 눈을 쳐달라고 하라는…. 제설차가 우리 마당을 막 벗어나고 있을 때였다. 나는 제설차 기사를 향해 손을 저어 소리 질러 부르며 마당으로 뛰어나갔다. 빙판이 되어버린 바닥을 미처 살피지 못했다.

눈길이 뚫린 기쁨도 잠시, 제설차 바퀴로 다져진 마당에서 미끄러져 주저앉고 말았다. 다리에서 '뚝' 하는 소리와 감전된 듯한 찌릿한 느낌, 그리고 통증! 골절되었음을 직감했다. 두 다리가 꼬이면서 주저앉아 있었다. 빙판에 앉은 채로 남편에게 부목을 가져오라고 소리치니 부목이 뭐냐고 했다. 당황한 나머지 부목이 얼른 생각나지 않은 모양이었다. 구급차를 부르고, 구급차가 오는 동안 부목 삼아 방석을 말아 다친 다리에 대고 보자기로 꽁꽁 묶었다. 초임 시절에 양호겸직교사 강습을 받았을 때 익힌 응급처치 요령을 나의 실제 상황으로 활용할 줄이야!

구급차 차창 밖으로 보이는 쌓인 눈이 상상을 초월했다. 이웃집 비닐하우스가 폭삭 내려앉았고 마을의 오래된 낡은 지붕 추녀를 나무 기둥으로 받쳐 놓았다. 지붕에 올라가 눈을 쳐 내리는 마을 사람들의 노고가 이만저만이 아닌 것 같았다. 집과 집 사이에는 겨우 토끼 길이 나 있을 뿐이다. 전에는 매스컴에서 '~과의 전쟁', '~폭탄' 등 자극적인 어조로 보도하는 것을 못마땅하게 여겼는데 이번에 내린 눈은 그야말로 '눈 폭탄'이라는 표현이 가장 적절하다는 생각이 들었다. 아마 다시 보기 힘든 눈 풍경이리라. 한편 나로 인해 눈길을 달려야 하는 구급대원에게 미안하고 고마웠다.

양양 병원에서 엑스레이와 CT를 촬영한 결과 다리 경골, 비골 골절에 발목 부분의 분쇄골절까지 드러났다. 다리 두 군데에 속칭 철심을 박는 수술을 받아야 했다. 문득 눈 폭탄 맞은 설해목이 생각났다. 소식을 들은 둘째 아들이 자정이 넘은 시각에 영동고속도로를 달려왔다. 오지 말라고 당부했건만, 한밤중에 빙판길을 달려온 생각을 하니 부모 마음은 고마움에 앞서 무모하다 싶어 아찔했다. 한편 무사히 도착하게 됨에 감사기도가 절로 나왔다.

날이 밝자 아들 차로 서울로 이송되어 입원하고 수술을 받았다. 병원에 입원해 있는 동안 여러 환자를 만나면서 나를 돌아보니 범사에 감사할 따름이었다. 당뇨병 후유증으로 다리 일부를 절단해야 하는 환자, 고관절을 크게 다친 어르신 등 나보다 중환자를 보면서 안타까웠다.

3월 29일, 6주 만에 집에 돌아오니 내 어깨를 훌쩍 넘게 쌓였던 눈은 흔적 없이 사라졌다. 소나무를 부러뜨리고 내 다리마저 부러지게 했던 눈 폭탄도 계절의 순환에는 어쩔 수 없이 봄에 자리를 내어주었다. 눈에 푹 파묻혀 생사가 염려되던 뜰 안의 옥향과 주목이 초록빛 생기를 띠고 나를 맞았다. 구급차에 실려 집을 떠났던 날의 상황과 너무나 대조적인 환경이다. 계곡물과 솔바람이 속삭였다. 다시는 설화를 입지 말라고.

목발을 짚고 걸음마하는 내 다리에 힘이 솟았다.* (2014. 3)

들미골 소나타

들미골은 사방이 금강소나무가 빼곡한 산으로 둘러싸이고, 계곡에는 맑은 물이 흐른다. 계곡을 따라 걸으면 크고 작은 집들이 보인다. 크게 지은 집은 펜션이고 작은 집들은 가정집이거나 별장이다. 집들을 지나 소나무 숲으로 들어가면 어성전 산림교육관과 숲속 수련장이 있다. 아름드리 금강소나무가 쭉쭉 뻗어 있는 수련장은 들어서기만 해도 가슴 속의 체증이 내려가는 듯하다. 숲 체험을 위한 산책길에서는 사계절 피고 지는 꽃과 산새들을 만나고, 야생화 단지에는 각종 야생화가 있다. 귀 기울이면 물소리, 새소리 등 자연이 연주하는 온갖 소리가 들린다. 숲속 소리박물관 같다.

들미골은 오대산 동쪽 끝자락 양양군 현북면에 자리 잡은 산골 마을이다. 우리 집은 그 한가운데에 자리 잡고 있다. 이웃의 큰 펜션에 비해 아주 작은 집이어서 지나가는 사람들이 귀여운 집이라고 한다. 집을 보고도 귀엽다는 표현을 하니 웃음이 나오는데, 그 안에는 귀엽다는 표현과는 거리가 먼 초로의 부부가 덤덤하게 살고 있다. 가끔 오디오 볼륨을 높인 클래식 음악과 피아노 연주 소리가 창밖으로 새어 나오면 작은집 주인의 취미를 알게 된다. 피아노로 연주되는 '옹달샘', '깊은 산속 옹달샘 누가 와서 먹나요~~'라는 동요는 이곳 들미골 피아노 소나타의 서곡이다.

들미골은 사계절의 변화가 빠르다. 봄인 듯하면 이내 매미가 여름을 알리고, 아직 여름인가 하면 텃밭의 고추가 빨갛게 익는다. 붉은 고추를 따서 말리며 가을 정취를 만끽하다 보면 대청봉 정상에 첫얼음이 얼었다는 소식이 들린다. 곧이어 들미골에도 겨울이 오고 그 겨울이 유난히 길어서 봄, 여름, 가을이 짧게 느껴진다.

이른 봄, 생강나무 꽃에 때늦은 봄눈이 내리면 하얀 솜 모자를 쓴 듯 귀엽다. 양지쪽 산비탈에는 긴 겨울을 견딘 노랑제비꽃이 낙엽을 들추어 얼굴을 내밀고, 바위틈에서도 진달래가 분홍빛을 터뜨린다. 고사리와 고비, 두릅 순이 앞다투어 돋아나면 이른 아침부터 마을 어르신들이 망태기를 어깨에 걸고 산으로 들어가는 발걸음이 빠르다. 이즈음에는 비발디의 바이올린 협주곡 '사계' 중에서 '봄'을 듣지 않을 수 없다. 겨울잠에서 깨어난 숲의 기지개를 부추기는 새 생명의 소리이므로.

여름이 되면 우리 집 앞 계곡은 왁자지껄하다. 아이들이 들미소沼에서 헤엄치고 물장구치며 웃고 떠드는 모습이 슈베르트의 '숭어'를 흥얼거리게 한다. 들미소는 아담하고 언제나 투명하다. 그 아담한 맑음이 좋아서 내 별명 '들미소'를 빌려주었다. 들미골에는 사계절 아름다운 칡소 폭포도 있는데 시원한 물줄기를 쏟아 내리며 지친 영혼에 힘을 준다.

들미골 가을은 색다른 풍요로움이 있다. 산에서는 버섯 잔치가 벌어진다. 자연산 송이버섯, 능이버섯, 싸리버섯, 표고버섯 등 다양한 버섯이 나온다. 이 버섯들은 마을 사람들의 소득원이기도 하다. 산허리에 둘러쳐진 붉은 비닐 끈은 송이밭에 들어가지 말라는 금줄인데 이곳에 와서 처음 본 풍경이다. 우리는 그 근처에 얼씬도 안 하지만, 올해처럼 버섯 풍년이면 마을 사람들의 마음도 넉넉하다.

모두가 잠든 가을밤, 요요한 달빛이 유리창에 머물면 베토벤의 월광 소나타 선율이 귓가에 흐르고, 집안 어디에선가 들리는 귀뚜라미 소리가 월광 소나타 1악장 못지않게 애절하다. 귀뚜라미의 달빛 소나타다.

들미골의 겨울은 참으로 길고 하얗다. 지난겨울에는 눈이 얼마나 많이 왔던지 내 기억에 그보다 많은 눈을 본 적이 없다. 숲속 소나무 가지가 부러지는 소리에 가슴을 조이고, 눈의 무게를 견디지 못한 키 큰 소나무가 산비탈에 거꾸로 쓰러져 있는 모습이 처절했다. 그뿐 만인가. 먹이를 찾아 산에서 내려온 고라니가 눈에 파묻혀 숨겨 있는 모습은 안타깝기 그지없었다. 내가 따뜻한 집안에서 창밖 설경에 취하고, 눈

썰매를 탄 닥터 지바고가 소나무 숲을 헤치고 달려오는 광경을 상상하며 음악을 듣고 있을 때 하얀 숲에는 슬픈 사연이 쌓이고 있었다.

들미골에는 문학의 향기가 피어오른다. 우리 집을 찾아온 글 선배와 문우들이 좋은 글 향기를 남겼다. 수필에 권예자 님의 「소나무와 담쟁이」, 「월궁항아」, 「어성전의 3박 4일」과 한정순 님의 「부부 소나무」가 있다. 시인이 남긴 詩는 「어성전 구절초」(주재남), 「어성전 들미소」(김내식), 「들미소」(김청광). 「들미골에 다녀와서」(이인평) 등이다. 이분들 작품이 명작이어서 어느 문인은 들미골에 문학비를 세워야 하지 않겠느냐고 말하기도 했다. 이들은 들미골과 소곤거리다가 일렁이는 감흥을 가슴으로 연주하고 노래했다.

사계절 숲속 음악회가 열리는 들미골! 교향곡, 소나타, 칸타타 등 연주도 다양하다. 아무리 들어도 싫증 나지 않는 자연의 소리다. 물소리, 새소리, 솔바람 소리, 풀벌레 소리 등 숲속 식구들이 각각 기량을 뽐내고 때때로 들미소가 피아노 소나타를 협주하면 그야말로 들미골 판타지아다.

사계절 변화에 순응하며 자연의 소리를 귀담아듣고 깨닫는 삶이 감사하다. 들미골 소나타를 감상하며 내 삶을 아름답게 가꾸고 가족과 이웃을 위한 기도를 멈추지 않을 수 있다면 무엇을 더 바랄까.* (2019. 10)

긍정적인 사유체계와 안분지족安分知足

홍 성 암 (문학박사, 전 동덕여대교수)

손수자의 수필은 우리의 마음을 평온하게 한다. 그가 지닌 긍정적 가치관이나 낙천적인 안목 그리고 세상과의 교류에 있어서 원만하고 포용적인 품성이 독자의 마음을 따뜻하게 한다. 그런 온전함의 바탕에는 그가 가장 모범적인 가정에서 성장했음을 느낄 수 있게 하고, 학생들을 교육하는 평생 교육자로의 삶을 통하여 전인적 인격자로 발전했음을 인식하게 한다.

이런 품성과 교양의 바탕에서 창작된 그의 작품은 대체로 세 가지 범주로 나누어진다. 그 첫째는 작가가 직장을 은퇴한 후에 자신의 유토피아를 만들어 가는 과정이다. 둘째는 그런 자신을 있게 한 가족관계 특히 어머니에 대한 효심과 형제간의 우애를 다룬 부분, 셋째는 일상적 생활에서 발견하는 삶의 지혜와 생활철학 등을 살피게 된다.

＊ 작가의 유토피아: 이싱진無盛山

이 수필집의 앞 부분은 작가의 소망인 유토피아의 설계에서부터 시작한다. 일반적으로 한 개인의 이상향이란 거대한 꿈의 정제된 모습일 것이다. 그러나 작가가 드러내고 있는 그의 이상향은 참으로 소박하고 단순하다.

작가는 평생직장이던 교직에서 은퇴하고 자신과 남편의 건강과 취미를 살릴 수 있는 이상향 설계에 나선다. 그 첫째가 장소 선택이다. 조건은 아주 단순하다. 한적한 산간지방, 고향의 모습이 느껴지는 곳이면 된다. 거기다 덧붙이고 싶은 것은 맑은 물이 흐르는 곳이다. 고향 집에 우물이 없어 물 긷기가 고단했던 기억을 떠올리며 풍부한 물이 흐르는 계곡, 작은 폭포와 물웅덩이, 청량하게 들리는 물소리. 그런 곳을 찾아 헤매다 마침내 어성전 계곡을 발견하게 된다. 작가는 그곳을 〈들미소〉라고 명명한다. 작가의 유토피아는 그렇게 확정된다.

그런 기본 골격을 갖춘 유토피아를 보다 보완하기 위해서 치밀하게 준비한다. 지대가 낮은 집터를 돋우기 위해 흙을 퍼붓고, 배산임수로 방향을 잡고, 향기로운 목재로 아주 작은 12평짜리 집을 짓는다. 계곡의 돌을 주워와서 징검돌을 놓고, 집 짓다 자투리가 된 목재로 화단을 장식한다. 그것으로 소박하고 어쩌면 투박하기도 한 안락한 보금자리가 완성된다. 그 보금자리에서 글쓰기, 책 읽기, 건강관리를 하면서 한평생 살겠다는 마음을 다진다.

작가는 유토피아에서 금강소나무 숲길 산책을 즐긴다. 야생동물과의 조우를 피하려고 골프채를 들고 걸으며 주위에 널려 있는 솔방울을 골프공 대용으로 삼아 스윙 자세를 익힌다. 그야말로 도연명의 귀거래사를 생각나게 하는 소박한 삶이다. 이런 정도의 이상향이라면 누군들 소유하지 못하랴. 불가에서 말하는 무소유란 아예 소유한 것이 없다는 뜻이 아니라 이런 소박한 삶의 자세를 말한다. 도가에서 말하는 분수를 알고 만족할 줄 안다는 안분지족安分知足의 마음 자세다. 인간이 만년에 이르러 자신의 꿈의 크기를 이런 정도로 작게 조절할 수 있다면 그야말로 성자의 마음 그대로라 할 것이다.

우리는 이런 글들을 통하여 자신의 과욕을 돌아보게 되고 청정무구의 마음씨란 바로 이런 것이라는 것을 깨닫게 된다. 우리가 꿈꾸는 이상향이란 것이 자신의 생활 주변에 있는 것이고 마음먹기에 달린 것임도 깨닫게 된다. 한 번 깨달으면 자신이 곧 부처가 되고 자신의 처소가 곧 극락이 된다는 말이 있다. 이 글이 지니는 깨달음의 미학, 교훈적 성격, 삶의 성찰이라는 여러 요건은 곧 수필의 본질을 드러내는 것이기도 하다.

* 가족 간의 우애와 어머니: 효사상孝思想

이 수필집의 제4장에서는 주로 작가의 가정사를 다루고 있다. 어머니의 자애로움, 어머니에 대한 효심, 형제들과의 우애, 자신이 성장했던 고향과 북한 땅이 된 출생지에 대한 향수 등이 그리움과 더불어 회상된다.

사람은 혼자 태어날 수 없다. 사람은 주변의 도움으로 자신을 만들어가는 존재이다. 그 과정에서 부모 형제로 대변되는 가족만큼 큰 영향을 주는 존재가 없을 것이다. 고향 또한 그러하다. 자신을 창조해가는 한 과정에서 필수적인 요소이기 때문이다. 그런 점에서 가족이나 고향은 자기 자신의 분신이기도 하다.

작가는 이 수필에서 가족 간의 우애나 고향에 대한 추억들을 잔잔한 필치로 서술하고 있다. 특히 어머니의 자애로움과 충분히 보응하지 못하는 안타까운 효심을 절절하게 표현한다. 효는 한국인의 가장 고귀한 실천사상이고 모든 도덕의 기본이다.

그래서 예전부터 효도할 줄 모르는 인간은 절대로 벼슬에 등용하지 말라는 금언까지 생길 정도다. 자신을 낳아주고 길러준 부모의 은공을 모르는 사람에게서 이웃을 사랑하고 공경하라는 말은 나무에서 물고기를 찾는 것만큼 허망한 일이다. 이런 효의 본질을 가장 잘 드러낸 글이 〈소망의 끈〉이다.

어버이날, 어머니를 찾은 자식들 앞에서 어머니는 맏딸에게 귀하게 간직한 십자가가 달린 금목걸이를 선물한다. 맏딸인 작가가 어머니의 고희 선물로 사드린 바로 그 목걸이다. 아버지가 일찍 돌아가셔서 어머니는 아들 하나에 딸 일곱의 8남매를 혼자 힘으로 키우셨다. 금가락지 하나 없는 어머니를 위한 선물이었던 것인데 어머니는 그 목걸이를 힘들고 어려운 딸자식들에게 돌려가면서 선물했다가 이제 여생이 얼마 남지 않은 시기에 맏딸에게 다시 돌려준 것이다.

"어머니는 아들 한 명에 딸 일곱, 팔 남매를 보듬으시며 많은 고생을 하셨다. 아버지는 내가 교대를 졸업하고 햇병아리 교사가 된 지 얼마 후 갑자기 돌아가셨다. 대학생인 남동생으로부터 일곱 살 막내까지 줄줄이 자식을 남겨놓고 이승을 훌쩍 떠나셨다. 어머니는 어린 자식들을 옆에 두고 절망할 틈도 없었을 것이다."

그런 어머니여서 맏딸에 대한 기대가 컸다. 맏이가 잘살아야 동생들도 잘 산다. 어머니는 첫 단추의 중요성을 늘 강조하셨고 그 기대에 부응하려고 작가는 최선을 다했다. 그리고 그 뜻은 동생들에게도 이어져서 팔 남매가 모두 제대로 된 삶을 성취할 수 있었다. 어머니의 맏딸에 대한 기대는 곧 어머니가 맏딸에 대한 미안한 부담감으로도 작용했을 것이다.

"어머니에게 그 목걸이는 믿음의 상징이다. 어떤 역경에서도 인내하며 소망을 잃지 않고 기도하던 '소망의 끈'인 것이다. 그 끈 한 자락을 잡아 나에게 쥐게 하시며, 또 첫 단추의 임무를 부여하고 계신지도 모른다. 동생들이 힘들어할 때 당신 대신 목에 걸어주고 기도하기를 바라는 무언의 부탁일까."

작가의 어머니는 일제강점기에 여고보女高普를 나온 엘리트 지식인이다. 딸에게 주는 부담을 얼마나 마음 아파했을 것인가를 짐작케 한다. 이런 어머니의 극진한 사랑이 필자를 훌륭한 인성의 교육자로 성장하게 했다. 작가는 그렇게 받은 사랑을 효성이란 이름으로 어머니에게 갚고자 했고 또한 아우들에게 베풀고자 했다. 어머니의 사랑이 참된 인간으로 성장하는 바탕이 되었고 또한 형제와 이웃을 사랑할 수 있는 토양이 되었다.

　사람은 자기가 사랑받은 만큼만 남에게 사랑을 베풀 수 있다고 한다. 〈소망의 끈〉은 작가의 진실함 그대로의 고백이지만 읽는 독자에게는 커다란 감동 그 자체가 된다. 수필이 지니는 자기 고백적인 진실함이 독자에게 끼치는 여운의 크기를 실감할 수 있게 된다.

　＊ 일상적 삶에서의 깨달음: 안분지족安分知足

　작가는 평범한 생활에서 기쁨을 찾고 자연 속의 일상에서 참된 가치를 발견한다. 긍정적이고 낙천적인 사유체계에서는 소소한 모든 자연현상도 귀중하다. 문학을 발견의 기쁨이란 말로 표현하는 경우가 많다. 무의식의 세계에 잊힌 것들을 보석을 줍듯 건져 올리는 작업이 글쓰기란 말이다. 그런 점에서 작가는 글쓰기의 요체를 잘 알고 있는 듯하다.

　성경의 창세기에 보면 하느님이 이 세상을 창조하시고 마지막 날에 자신의 창조물을 돌아보니 "보기에 좋더라."라는 말로 만족을 표시한다. 하느님이 창조하신 모든 것은 완전하다. 너무나 완벽해서 흠을 잡을 수 없다. 그러나 인간은 이런 아름답고 완벽한 창조물의 가치를 제대로 알지 못한다. 불평 불만의 여러 요소가 생기는 이유다. 글쓰기는 이런 하느님의 창조를 재창조해서 독자에게 보여주는 일이다.

　자연은 아름답고 완벽하며 인간이 살기에 부족함이 없다. 다만 우리가 그것을 깨닫지 못할 뿐이다. 작가는 착실한 기독교인으로서 이런 종교적인 관점으로 세상을 바라보고 안분지족할 줄 아는 지혜를 터득하고 있는 듯하다. 다음에 인용하는 글들은 이런 면모의 일단을 보여 준다.

> "참 아름다운 세상입니다. 티 없는 세상입니다. 이런 설경을 언제 보았나 싶습니다. 이 감동을 무엇으로 표현해야 할까요. 나는 마당에서 하얀 도화지에 찍힌 점 하나가 되어 환상적인 세상을 두리번거리고 있습니다."
>
> 〈폭설에 갇힌 날〉

> "낯설었던 노부부가 마음의 눈으로 무엇이든 볼 수 있음을 알게 했다. 볼 수 있는 눈으로도 못 보고 깨닫지 못하는 게 얼마나 많은지도 일러주었다. 비로소 맑은 영혼을 지닌 마음의 눈이 더 소중한 눈임을 깨달았다. 나는 무엇을 더 잘 보려고 안경을 꼈는가."
>
> 〈마음의 눈〉

> "내 속 숲에서 톱질하여 제거할 것들을 나열하여 본다. 시기 질투, 불평 불만, 원망, 탐욕, 명예심, 우월감 등 많기도 하다. 이 중에서 어느 것을 가장 먼저 제거할 것인가. 시기 질투심이 아닌가 싶다. 남의 잘된 점을 칭찬하고 격려의 박수를 보내기보다는 시기하고 질투하여 끌어내리는 마음이야말로 얼마나 추한가. 그 마음은 잘 자라는 옆에 있는 나무를 잡아당기거나 기어 올라가 햇빛을 가려버리는 칡넝쿨을 닮았음이다."
>
> 〈숲 가꾸기〉

> "벼 이삭이 알알이 영글어 스스로 고개 숙일 줄 알게 되었으니 한여름의 수고가 헛된 것 같지 않다. 때때로 드러나는 내 교만도 푹징이에서 비롯된 것이니 나도 담금질 당해야 알곡이 되려나."
>
> 〈여름이 주고 간 선물〉

위의 글들은 자연과의 교감에서 얻어지는 발견이다. 〈폭설에 갇힌 날〉은 눈 쌓인 주변 설경을 보면서 자연의 아름다움에 감탄한 글이다. 세상을 새롭게 발견하는 창세기적 표현이다. 〈마음의 눈〉은 남편의 친구와 더불어 어성전을 방문해준 시각장애 손님의 이야기다. 비록 눈으로는 보지 못하지만, 숲의 정경을 귀로 듣고 냄새 맡으며 황홀한 표정을 짓는 지혜로운 모습에 감탄하는 글이다. 〈숲 가꾸기〉에서는 나무를 간벌하는 과정을 보면서 작가의 내면에 칡넝쿨 같이 뻗고 있는 시기, 질투, 욕심 같은 것들을 톱질해내야 한다는 반성을 담고 있다. 〈여름이 주고 간 선물〉에서는 벼 이삭이 여물고 고개 숙이는 모습에서 성숙해야 할 인간의 자세를 성찰한다.

정통 수필이 지향하는 삶의 성찰, 또는 새로운 의미의 발견 등이 물 흐르듯 잔잔한 필치로 표현되고 있다. 모두가 잘 아는 듯한 생각들이지만 이렇게 새삼 듣고 보면 저절로 고개가 끄덕여진다. 자기반성을 통해서 자연스럽게 교훈적 전달이 가능해진다. 이런 수용성과 친근성이 이 글이 잘 읽히는 요소가 된다고 하겠다. 다음의 글들은 자신을 반성하는 가운데 깨달아지는 기쁨이다.

"독서는 글쓰기의 양식이다. 비축된 영양분 없이 어찌 좋은 열매를 맺을 수 있을까. 채 읽지 못한 책들을 차근차근 읽는다."

〈겨울나기〉

"이제까지 지내온 날들에 감사하지 않을 수 없다. 감사는 곧 행복감에 이른다. 내 주변을 둘러보니 행복의 조건이 즐비하다. 세 잎 클로버의 생명력처럼 번지는 행복의 줄기를 붙잡고 살며시 당긴다."

〈세 잎 클로버의 행복〉

인용의 글들도 그 기조에 있어서는 앞의 인용과 별다르지 않다. 그러나 군이 분류해 본다면 앞의 인용들이 자연과 대상을 앞세우고 교훈성을 끌어낸 경우라면 뒤의 글들은 자신의 내면을 먼저 앞세우고 그 바탕에서 대상물을 대입한 경우라 하겠다. 마음의 양식인 독서를 전제하고 책을 대상으로 대입한 경우와 자신의 삶에 대한 감사와 행복을 전제하고 세 잎 클로버를 대입한 기법적 차이 같은 것이다. 이는 글쓰기의 효용성을 위한 소재의 선택일 뿐이라는 생각도 든다. 소재를 활용하는 방법에서 외부에서 내면으로, 내면에서 외부로의 방향성이라 하겠다.

* 필자가 작가를 처음 만난 것은 60년대 중반이다. 20세 초반의 나이였는데 작가의 고향인 강동초등학교 6학년 담임을 맡고 있을 때였다. 여름방학이었지만, 6학년의 경우는 입시 준비로 방학 기간에도 보충수업을 하고 있을 때 젊은 여성이 교무실로 불쑥 찾아왔다. 교대를 갓 졸업하고 초임 교사로 발령받은 작가가 여동생 담임의 수고를 위로한다고 과일을 사 들고 인사를 온 것이다. 갑자기 교무실이 환~ 해지는 느낌이 있다. 그때 그녀의 인상은 참으로, 지적이고 도회적이었으며 신선했다. 그다음 해에 필자는 대학 진학을 위해 직장을 떠났기 때문에 다시는 작가를 볼 기회가 없었다.

그 후 50여 년이 지나간 시기에 〈산림문학〉 기행에 나섰다가 강원도 고성 산불재해 지역에서 어성전으로 은퇴해 있는 그녀를 다시 재회할 수 있었다. 그때에도 처음 인상 그대로 지적이고 도회적인 모습이라고 생각했다. 대학에 진학하면서 서울 생활 50여 년 이상을 살아오면서 도회적이고 지적인 느낌의 여성을 거의 만나지 못했다. 그래서였던지 작가가 아직도 예전의 인상 그대로 변하지 않고 진실하고 활력 넘치는 지성인으로 살아가고 있는 것을 고맙게 생각했다. 주변의 많은 사람의 도움의 덕택이라 생각하고 또 그렇게 작가를 아껴준 사람들에게도 고마움을 표하고 싶은 심정이다.*

부록
강릉! 천년의 숨결
- 강릉 전통문화 -

- 천년의 숨결, 단오장 스케치 • 마카모데 두드려라 • 오녹빼기
- 좀생이, 풍흉을 점치다 • 다노네. 다노세 • 용물달기 • 소금강 청학제
- 대현 율곡 이 선생 제 • 난설헌 허초희를 기리다 • 강릉 합동 도배례
- 한복韓服, 강릉을 수繡 놓다 • 여인의 향기 스민 대관령박물관

천년의 숨결, 단오장 스케치
- 강릉 단오제 -

단오장 구경, 얼마만인가! 어린 시절 단오날은 설날과 추석 못 지 않은 명절 같았다. 어머니는 단오빔을 사주셨고, 농부의 바쁜 일손도 그날은 잠시 쉬고 단오장을 향했다. 학교에서 공부하던 우리는 단오장으로 내닫는 마음을 추스르지 못해 선생님께 단축 수업을 해달라고 떼를 쓰기도 했었다.

옛 은사님의 정감어린 전화를 받고 양양에서 강릉으로 차를 몰았다. 초당에 있는 한식당에서 공계열 은사님이 사 주신 점심 식사는 특별한 맛이었다. 부근에 사시는 박명자 시인도 한 자리에 모시니 이야기꽃이 만발했다. 식사를 하면서 예전과 오늘 날의 강릉 단오제에 관한 이야기를 나눈 후 단오장으로 갔다.

강릉 남대천은 수많은 천막이 뒤덮었고, 단오제를 알리는 애드밸룬이 공중에서 춤을 춘다. 남대천변에 길게 늘어선 천막 안에서는 갖가

지 단오체험 프로그램이 진행되고, 만물상을 방불케 하는 난장에는 많은 사람으로 북적인다. 모처럼 곱게 차려입고 나왔을 시골 아낙들의 검게 그은 얼굴에 즐거움이 가득하다. 큼직한 이름표가 달린 줄을 목에 걸고 안내자의 뒤를 따라다니는 어르신들도 눈에 띈다. 노인 복지관이나 마을 경로당에서 단체로 온 모양이다. 허리를 구부리고 힘겹게 걸어 다닐망정 그 표정들이 밝다. 모두들 축제의 분위기를 만끽하는 듯하다.

외국인들의 모습도 간간이 눈에 띄는 것이 예전과 다르다. 강릉단오제가 유네스코에 등재되어 외국인의 관심을 끄는 축제로 거듭났기 때문이리라. 1967년 국가 중요 무형문화재 13호로 지정된 강릉단오제는 천년의 역사를 자랑하는 가장 성대한 지역축제 중의 하나로 자리매김하였다. 그 문화적 독창성과 뛰어난 예술성을 인정받아 2005년 11월 25일 유네스코 인류구전 및 무형유산걸작으로 선정되었다. 이는 강릉의 자랑이 아닐 수 없다.

강릉단오제는 부족국가였던 동예 때부터 오월제의 성격으로 시작되었을 것으로 추정된다고 한다. 문헌의 기록은 고려 때부터 나타나는데, 상릉지에 대관령의 승사가 기록으로 남아 있어 산신제의 존재가 확인된다. 조선 초기 남효온의 기록에서는 음주가무를 곁들인 3일간의 산신제가 확인되고, 광해군 때의 허균의 시문집인 「성소부부고」에도 산신을 모셔와 기원제를 올리는 강릉단오제의 구체적인 기록이 있어 이미 이 시기에 강릉단오제의 대대적인 축제의 성격을 잘 표현하고 있다고 한다. 임영지에 나타나 있는 단오제의 기록은 현재의 강릉단오제와 가장 유사하다고 한다.

강릉단오제는 산신숭배와 서낭숭배를 통하여 풍농과 풍어를 기원하며, 다양한 축제의 경험을 통하여 참여하는 사람들의 여흥을 도모하는 한편, 난장을 통하여 흥행을 추구하는 포괄적 목적을 지닌 종합축제이다. 연행형식의 측면에서는 신앙의례적인 것, 민속놀이적인 것, 공연적인 것 등 종합축제의 성격을 지니고 있다. 강릉단오제는 단오절, 단양절, 단양놀이, 단양굿등으로 불리기도 한다.

선생님들과 함께 난장을 둘러보았다. 단오 난장은 강릉 단오의 또하나의 볼거리이다. 난장이 서면 물건 값이 시중가격보다 많이 싸고, 전국의 맛있는 요리가 총 집합한다고 한다. 단오장을 찾은 사람들이 쌈짓돈을 축내는 곳이 이곳이다. 오랫동안 만나지 못했던 친지들을 만나 회포를 푸는 즐거움이 있으니 쌈짓돈을 축낸들 대수이랴. 난장은 쇼핑의 장이자 만남의 장이 되어 강릉 단오제의 규모를 나날이 크게 확대시킨 공헌이 크다고 한다. 이번 단오제는 10개 분야 94개 프로그램이 진행된다.

우리 일행은 먼저 '단오차茶' 체험부터 시작했다. 미리 전화로 약속했던 조남환 강릉사투리 보존회장이 차 대접을 한다며 우리를 안내했다. 훤칠한 키에 하얀 모시두루마기를 입고 손에 쥘부채까지 들고 나타난

모습이 단오장의 흥취를 돋운다. 그 곁에 흰모시 치마저고리를 입고
나란히 앉아 서 있는 부인의 모습은 얼마나 단아하고 멋스러운지….

　　　　　　　　단오차 체험장에는 쑥색 모시치마와
흰 모시저고리를 단정하게 차려입은 여
인들이 다기에 차를 우려 손님들을 대
접한다. 차 종류는 녹차, 감잎차 등이
준비되어 있고 찻상에 가지런히 놓인
다기가 정갈하다. 다른 분들은 녹차를, 공계열 은사님과 나는 감잎차
가 준비된 곳에 앉았다. 머리를 쪽지고 다소곳 차를 따르는 단아한 여
인의 모습이 펑퍼짐 편한 자세로 앉아 있는 나를 제압한다. 얼른 자세
를 고쳐 앉았다. 다관에서 또르르 맑은 음색을 내며 흘러내리는 여린
감잎 물에 잡다한 생각들이 모두 녹아내리는 듯하다. 참가비 2,000원
으로 차와 수리취떡의 감칠맛을 볼 수 있었다.

　신주 마시기 체험도 했다. 신주가 어떤 것인지도 모른 채 다른 곳에
비해 유난히 많은 사람들이 길게 늘어선 곳이기에 호기심으로 그 대열
에 끼었다. 오랜 객지 생활로 성인이 되어 처음 구경하는 단오장이기
에 신주 마시기는 생소했다. 신주는 신에게 바치는 가장 중요한 제물
중 하나로 시민들의 헌미로 빚게 되는데, 제관들은 칠사당에서 신주
빚기를 통해 단오제가 본격적으로 시작됐음을 알린다고 한다. 술은 곧
신의 상징으로 예로부터 술은 천상과 지상의 영혼을 연결하는 음식으
로 믿었다. 신주담기는 산신제와 국사성황제에 제주로 사용할 술을 담

그는 행사이다. 신주를 따라주는 아주머니들의 손놀림이 빨랐다. 작은 종이컵에 담긴 신주를 입술로 찍어 맛을 보았다. 동동주 맛이다. 그런데 내 안에서 신주가 들어오는 것을 거부하여 마시지는 못했다.

아리마당에서는 제6회 대한민국 중요 무형문화재 농악축제가 한창이다. 꽹과리, 징, 북, 장구의 흥겨운 리듬과 태평소의 허공을 찢는 듯한, 그러나 가슴을 파고드는 야릇한 고음이 공연장을 휘감
는다. 이곳에서는 관노가면극, 강릉 학산오독떼기 등 여러 공연이 있게 된다.

그네 터에는 반바지 차림의 아가씨가 친구들과 그네를 타고 있다. 가곡 「그네」의 가사에 나오는 '세모시 옥색치마, 금박물린 댕기머리'는 먼 옛날의 풍경이 되었다. 씨름대회가 열리지 않고 있는 모래판에도 아이들이 씨름 장난을 하고 있다.

은사님과 박명자 시인은 집으로 가시고 나는 저녁 7시부터 열리게 되는 영신행차를 보기로 했다. 영신행차는 강릉단오제의 전야제로 경방댁에서 치제를 지낸 후 시작된다. 높은 담장과 숲이 우거진 경방댁은 여성황의 친정이다. 예전에는 그 집 앞을 지나갈 때면 으스스한 느낌을 받게 되는 신비의 집으로 여겨졌었다. 호랑이가 그 집 처녀를 데려갔다는 소문 때문이었다. 오늘 그 집 대문이 활짝 열리고 많은 사람들이 뜰 안을 들락거린다. 병풍이 둘러쳐진 제사상 앞에는 주로 할머

니들이 자리를 잡아 앉아 있고, 국사여성황신을 모셔오는 광경을 지켜보며 카메라에 담기 위해 많은 사람들이 대기하고 있다.

강릉에서는 국사성황신은 강릉 출신의 신라의 고승 범일국사라고 믿고 있는 사람들이 많다. 국사성황이 정씨 녀 부모의 꿈에 나타나 청혼을 하였으나 거절당하자 호랑이를 보내 마루에서 쉬고 있는 정씨 녀를 업어와 아내로 삼았다는 설화가 전해진다. 경방댁의 정씨 녀가 국사여성황신이 된 것이다.

예정 시각 오후 7시를 훨씬 지나 신목을 모신 헌관들이 들어오고 그 뒤를 무당 여러 명이 따라왔다. 제사상 앞에서 굿을 한 석 펼치고 신목을 모시고 시가지로 나가자 수많은 시민들이 단오등을 들고 그 뒤를 따른다. 연신 행렬에는 마을마다 특색 있는 볼거리를 제공하기도 한다. 군중 틈에 끼어 영신 행차를 따라 단오장으로 가다보니 어둠이 짙어졌다.

국사성황신 내외가 굿당에 모셔지면 이때 맞춰 남대천에서는 화려한 불꽃놀이로 단오제의 개막을 축하하고, 단오등을 들고 영신 행차에 참여했던 시민

과 관광객들은 단오등을 남대천에 띄워 보낸다고 한다. 깊은 밤에 양양 집까지 갈 일이 막막하여 마무리 행사에 참여하지 못한 게 아쉬움으로 남는다. 며칠 후 송신제를 끝으로 단오제는 막을 내리게 된다.

오랜 세월을 두고 영동지역 사람들 마음의 고향이 되어 온 대관령. 가장 높고 신성한 그곳에 국사성황신이 모셔져 있어 주민들의 삶을 관장하고 보호해 준다고 믿었으며 그 신앙심이 응집된 문화행위가 강릉 단오제다. 천년의 숨결이 흐르는 강릉 단오제. 세계가 인정한 강릉 단오제를 널리 알려 영동 지역민 뿐만 아니라 온 세계인이 한 마음이 되어 축제를 벌이는 강릉 단오제로 발전될 것이다.* (2012. 6)

마카모데 두드려라

- 강릉 농악 -

강릉 대도호부(사적 제388호-임영관) 관아 앞 가로수에 '달도 둥실, 인심 도 둥실, 마카모데 덩실덩실'이라고 쓴 플래카드가 걸려 있다. 마음이 덩달아 덩실거린다. 덩실거리는 마음 따라 대도호부 관아 아문衙門으 로 들어갔다. 아문 안쪽에 걸려있는 플래카드에는 [생생문화재 - '강 릉에서 生生한 樂을 즐기다! 마카모데 두드려라' 체험]이라고 씌어있

다. '마카모데'는 '모두모여'의 강릉 사투리 인데 내가 외지에서 너무 오랜 기간 살다 온 탓일까. 제주도의 방언만큼이나 생경한 느낌이다.

대도호부 아문과 동헌 사이에 있는 야외 공연장에서는 일정 기간 토요일마다 생생문

〈대도호부관아 앞〉

화재가 열린다고 한다. 생생문화재사업은 문화재청에서 각 지역의 유·

무형 문화유산을 활용하여 지역의 대표적인 문화관광자원으로 육성하기 위해 2008년부터 시행하고 있는 사업인데, 강릉 농악보존회의 '강릉에서 生生한 樂을 즐기다' - 「마카모데 두드려라」가 3년 연속 문화재청 생생문화재 사업에 선정되었다고 한다.

강릉 농악대가 농자천하지대본農者天下之大本이라고 쓴 농기農旗를 앞세우고 공연장을 한 바퀴 돌아 제사상 앞에 앉아 제사 지낸다. 제사는 공연에 앞서 객사를 찾은 손님들의 무사안일을 기원하기 위함이라고 한다. 어떤 일을 행하기 전에 신에게 먼저 고하는 것이 다른 종교와도 비슷하다.

제사를 마치고 농악놀이가 시작되었다. 상쇠의 쇳소리(꽹과리)를 따르는 제각기의 악기 소리가 하나의 호흡이 된다. 상쇠는 놀이판의 지휘자, 연출자, 기획자 역할을 하는데 순서가 넘어갈 때마다 두 손을 높이 들고 쇠를 바꾼다. 가끔 채를 흔들고 상모를 돌리며 춤을 추기도 한다.

상쇠 뒤에는 흰 벙거지를 쓴 대원이 징을 치며 따른다. 징은 상쇠의 쇳소리 장단에 맞추어 친다. 박자를 맞추어주는 중요 역할을 하는 악기가 징이 아닌가 싶다. 징을 칠 때 깊고 널리 퍼지는 은은한 소리가 심금을 울린다.

징 뒤를 장구가 따른다. 장구를 치는

〈농악놀이〉

대원은 벙거지를 쓰고 쇳소리에 맞추어 중앙을 돌며 북 박을 맞춘다. 장구를 높이 들기도 한다.

장구 뒤에서 북이 쇳소리에 박을 맞추고 장구처럼 중앙을 돌면서 북을 치기도 한다. 역시 벙거지를 썼다. 북 치는 소리는 단순한 듯하나 농악대에 힘을 북돋운다.

여러 대원이 소고를 손에 들고 벙거지를 돌리며 북을 뒤따른다. 소고를 강릉지방에서는 '두꺼비'라고도 하는데, 상소고는 소고재비들의 앞에서 북 뒤를 따라 움직이다가 황덕굿, 지신밟기 등 놀이에서는 소고재비를 이끌고 다닌다고 한다.

소고 뒤를 붉은색 치마와 초록색 저고리, 청색 쾌자를 입고 삼색 띠와 꽃 장식 고깔을 쓴 무동들이 따른다. 손에 볏단을 풀어 한 줌씩 쥐고 어깨춤을 추며 흥을 돋운다. 몸놀림이 크지 않지만, 손목과 팔을 흔들며 추는 춤이 은근한 매력이 있다. 무동은 다른 사람의 어깨를 밟고 올라서서 춤을 추는 사내아이로만 알고 있었는데 화려한 꽃장식 고깔을 쓰고 춤을 추는 여인도 무동이라 하는 것임을 알게 되었다.

무동 뒤를 열두 발 상모가 따른다. 여흥 놀이 중 상모를 돌리는데 농악놀이에서 돋보이는 개인기를 보게 된다.

이날 농악에서 연주된 유일한 가락악기가 날라리라고 부르는 태평소다. 날카롭고 강렬한 고음인 듯하면서도 절절하고, 화려한 듯하나 정갈한 태평소의 음색이 강릉 대도호부 관아 뜰을 휘감는다.

농악놀이가 점점 흥을 돋우더니 상쇠, 소고, 장구, 북을 치며 춤사위가 벌어지고 수(발)를 탄 어린 사내아이가 싱글거리며 나타나자 공연장은 흥겨움이 절정에 달한다. 신동의 상모 돌리는 모습에 관객들이 감

탄한다. 신동은 열두 발 상모도 능숙하
게 돌려서 박수갈채를 받기도 한단다.
그 사내아이는 여섯 살배기 강릉농악
상모 신동 '정찬교'다. 어느 사이에 관
람객들도 한데 어울려 농악가락에 몸을

〈강릉농악 신동〉

맡긴다. 그 광경을 열심히 카메라에 담고 있던 나도 힘센 손에 이끌려
어색한 몸놀림이지만 함께 어울린다. 그야말로 마카모데 두드리며 생
생生生한 락樂을 즐긴다.

농악은 언제 들어도 신명 난다. 그 신명 나는 소리를 따라 어린 시절
에 농악대 뒤를 많이도 따라다녔다. 언젠가는 동네 아이들과 농악놀이
구경을 간다고 이웃 마을까지 갔다가 어머니로부터 지지배(계집애)가
밤중에 돌아다닌다고 호되게 꾸중 들은 일도 있었다. 일 년에 한두 차
례 농악대가 우리 집 마당에서 한바탕 놀 때면 나는 무척 반갑고 신나
기도 했다. 정월이 되면 그 한 해의 안녕을 비는 행사가 아니었나 싶
다. 어머니가 농악대에 쌀자루라도 내놓으면 어린 마음에도 참 고마
웠다.

강릉 농악보존회의 「마카모데 두드려
라」 공연을 본 얼마 후 강릉 농악전수
관을 찾아갔다. 강릉농악의 유래 등을
알고 싶어서다.

〈강릉농악전수관〉

강릉 농악전수관사무실에서 농악보존회장님(정희철)을 처음 만났다.

강릉농악에 관하여 더 깊이 알고자 찾아왔노라 말씀드리니 농악의 유래와 전통 등 여러 가지에 대하여 친절하게 설명해 주신다. 국가무형문화유산 11-4로 지정된 강릉농악이 작년(2014년)에 유네스코 인류무형문화유산으로 지정된 경위에 대해서도 들었다. 강릉이 고향인 사람들에게 또 하나의 자부심을 안겨준 것이다. 정희철 회장은 쇠(상쇠) 명인으로 중요무형문화재보유자로 인정되었다.

강릉농악은 일제강점기 때 전통문화 말살 정책 이후 상쇠 박기홍 씨가 왕산농악를 이끌고 이승만 대통령 취임식에서 축하공연을 하였고, 강릉 유천농악대는 1948년 서울에서 열린 광복경축행사에 강원도 대표로 참가한 것이 강릉농악 부활의 계기가 되었다고 한다. 그 후 6·25전쟁을 겪었고, 1958년 제1회 전국민속경연대회에 권태경 상쇠가 월호평 농악대를 이끌고 참가한 것이 오늘날의 강릉농악에 이르게 된 것이라 한다.

강릉농악에는 정초의 지신밟기, 정월 대보름날의 달맞이, 다리밟기, 2월 좀상날의 다리밟기, 횃놀이, 걸립굿, 봄 농사가 끝난 뒤의 화전놀이, 못질, 김질먹기, 단옷날 대관령 성황제의 길놀이 농악 등이 있다고 한다. 우용근 사무국장님이 여러 가지 팸플릿과 두툼한 책 한 권을 챙겨 주어서 강릉농악에 관하여 다양한 지식을 얻게 되었다. 강릉 농악 부존회에서 발간한 교재인데 강릉농악의 역사와 특색, 전승 활동에 관한 내용에 이르기까지 사진과 함께 자세히 설명되어 있다.

올해(2015.8.21.)에 준공된 강릉 농악전수관에서는 강원도권역 거점전수교육관으로 선정되어 우리나라 전통음악인 강릉농악을 전수하게 된다. 강릉농악에 대하여 궁금한 점이 있거나 상세한 내용을 알고자 하는 사람은 '강릉농악보존회'를 찾아가면 도움이 될 것이다.

우리 농악은 여러 사람을 모으는 신명의 힘이 있다. 관객 모두를 함께 어울리게 한다. 하나하나의 농악기소리가 조화롭게 어우러지듯 우리네의 몸과 마음도 한데 어울리는 계기를 만들어 보면 어떨까. 강릉농악! 마카모데 두드려 볼 일이다.* (2015. 11)

오독떼기

– 강릉 학산 –

어느새 산촌에도 모내기가 한창이다. 산으로 둘러쳐진 어성전 마을은 논이라야 산골짜기 평지를 겨우 차지한 논들이다. 예전 같으면 이런 논에서 마을 사람들이 함께 모를 심으며 농요를 구성지게 불렀으련만, 그리 넓지도 않은 논에서는 농요 대신 이앙기 소리가 요란하다. 사라져 가는 많은 것 중에 우리의 소리 농요도 포함되어 있지 않나 싶다.

나는 지난해 강릉 단오장에서 그 소리를 들을 수 있었다. 공연장에서 김매기 시연을 하면서 불렀던 〈강릉학산오독떼기〉다. 그 소리는 어려서 듣던 농요와 비슷한 느낌이어서 친근했다. 다만 노랫말을 알아들을 수 없는 게 아쉬웠다.

강릉지역에서는 김매기를 할 때 〈오독떼기〉와 〈꺾음오독떼기〉를 비롯하여 〈잡가〉 〈사리랑〉 〈담성가〉 등을 불렀고, 〈싸대〉를 부르며 김매기를 마무리 했다. 오독떼기를 많이 부른 때는 석양 무렵이었는데 들판에서 소리 높이 부르는 오독떼기는 먼 곳 까지 울려 퍼졌다.

금년 봄, 오독떼기 가사를 알고 싶어 '학산오독떼기전수관'을 방문하려고 사무장에게 전화했더니 마침 다음 날에 오독떼기 시연 행사가 열린다고 했다. 논에서 옛날 방식으로 모심는 장면을 볼 수 있다는 것이다. 뜻밖의 말에 마음이 설레이기까지 했다.

다음 날 서둘러 양양에서 학산으로 갔다. 학산은 강릉시 남쪽 6킬로미터 지점에 위치한 350여 가구가 있는 농촌으로 매년 모내기, 김매기, 가을에 벼 베기와 벼 타작 행사를 하고, 강릉 단오제 오독떼기 공연과 연말 정기발표회를 연다고 한다.

전수관에 도착하니 '강릉학산오독떼기보존회'에서 마련한 안내 책자를 배부했는데 오독떼기에 관한 자세한 내용이 실려 있었다.

오독떼기는 농사를 지으면서 피로를 잊고 능률을 올리기 위해 부르는 농요農謠로 '들노래' 또는 '농사짓기' 소리라고도 한다. 토속민요의 하나인 오독떼기는 지방에 따라서 노래가 달라질 수 있다. 〈강릉학산오독떼기〉는 이 지역을 대표하는 토속민요로, 『조선왕조실록』에 의하면 세조(재위 1455~1468)가 오독떼기를 잘 부르는 사람을 뽑아 노래하게 하고 상을 주었다고 한다.

오독떼기의 의미는 동서남북과 중앙의 오독五獨을 '떼기開拓'한다는 의미와 '오'는 신성하고 고귀하다는 뜻, '들떼기'는 들판을 개간한다는 뜻으로 다섯 번을 꺾어 부른다고도 하여 오독떼기라 했나는 이야기기 있다. 삼국사기三國史記 악지樂志의 하서군河西郡 음악으로 소개된 '덕사

내德思內'를 〈오독떼기〉의 유래로 보기도 한다는 설도 있다.

오독떼기 시연 행사장 논에서는 모내기 준비가 한창이었다. 흰 바지 저고리를 입은 농부들이 바지를 무릎까지 걷어 올리고 논에서 분주히 오갔다. 논 가장자리에서는 파래와 함지 파래로 수로의 물을 퍼서 논에 대었다.

소가 써레질을 하는 정경은 참 평화로웠다. 그 광경을 바라보던 마을 사람들이 소를 칭찬했다. 밭은 갈아 보았지만 논은 처음 가는 일인데 말 잘 들으면서 일을 아주 잘한다는 것이다. 써레질을 마친 소가 이번에는 번지로 논바닥을 편편하게 고르자 모 심을 준비는 완료다.

허리 굽혀 모심는 농부의 하얀 무명 바지저고리가 햇살에 유난히 빛나 보였다. 누군가의 입에서 매기는 소리가 흘러나오자 다 함께 소리를 받았다. 모심기 소리였다. 소리에 맞추어 모 심는 손놀림은 더욱 빨라지고 몇 사람은 허리를 펴고 춤을 추었다. 옆에 서 있는 마을 어르신께 매기는 사람이 고정되어 있느냐고 묻자 돌아가면서 소리를 매긴단다. 독창으로 매기는 부분은 곡조와 사설이 가변적이고, 여럿이 함께 받는 소리는 후렴으로 반복되었다. 곡조는 자진아라리(강릉아라리), 즉 빠른 곡조인데 모심는 손을 빠르게 놀려 일의 능률을 높이기 위함이란다.

모심기 소리

(매기는 소리)
심어주게 심어주게 심어주게 원앙에 줄모를 심어주게 (후렴)
원앙에 줄모를 못 심으면 오종종 줄모를 심어주게 (후렴)

이논빼미에 모를 심어 장잎이 너울너울 영화로다 (후렴)
지여가네 지여가네 지여를가네 점심에 때 가야 지여를 가네
(후렴)
아리아리 아리아리 아라리오 아라리 고개로 넘어간다.

모심기가 어느 정도 진행되자 농악대가 논둑에서 풍악을 울리며 흥을 돋우었다. 지쳐가는 농부에게 격려하는 의미가 아닐까.

그 뒤를 이어 새참을 지게에 진 남자와 술동이를 머리에 인 아낙이 논둑에 나타났다. 그 모습을 본 지가 얼마만인가. 어린 날의 향수를 불러일으켰다. 모심기 하는 날, 어머니가 일꾼들을 위해 특별히 장만한 음식이 별미였고, 막걸리를 담은 노란 양은 주전자를 논둑까지 나르는 일이 싫어서 꾀를 부리기도 했었다.

모를 낸 후 20일 후부터 김매기가 시작되는데 오독떼기라는 농요는 그때 불리어진다. 〈오독떼기〉와 〈꺾음오독떼기〉가 있는데 〈꺾음오독떼기〉는 오독떼기의 변주곡이다. 〈오독떼기〉는 전혀 가성을 쓰지 않는 데 비해 〈꺾음오독떼기〉는 고음에 가성을 사용한다.

[학산오독떼기보존회]에서 제공한 안내 책자에 기록된 오독떼기의 가사는 20행으로 되어 있어 가사를 외워 부르기 쉽지 않은 것에 비해 꺾음오독떼기는 4행으로 되어 있어 누구나 쉽게 외워 부를 수 있게 되어 있다.

꺾음오독떼기

간데 쪽쪽 정들여 놓고 이별이 잦어 못살겠네

강릉이라 남대천에 빨래방치 둥실떴네
여주 이천 돌배나무 배꽃이 피어서 만발했네
해는지고 저문날에 어린선비 울고간다

모를 심는 농부들 틈에 어린 초등학생도 몇 명 끼어 있었다. 그들은

〈오독떼기 전수를 하는 초등생〉

어른 못지않은 능숙한 솜씨로 모를 심었다. 어른들이 모심기 소리를 할 때에는 함께 춤을 추기도 했다. 학산 마을에 오독떼기 예능 보유자가 네 분만 생존해 계시어 [학산오독떼기보존회]에서는 구정초등학교와 금광초등학교 어린

이에게 학산오독떼기를 전승하고 있어 우리 고유의 농요가 그 맥을 잇게 되었다.

사라질 듯 이어져 가는 우리 고유의 소리는 그 누군가의 노력과 열정이 있는 한 결코 사라지지는 않을 것이다.* (2013. 5)

〈못밥을 이고 지고 가는 모습〉

〈강릉 학산 오독떼기〉

좀생이, 풍흉을 점치다

- 강릉사천하평답교놀이 -

음력 2월 6일 좀상날, 이날은 강릉 사천 하평마을에서 답교놀이 행사가 열리는 날이다. 이 날을 놓칠세라 달력에 표시한 양력 날짜는 2016년 3월 14일이다.

주문진에서 강릉 방향으로 해변 도로를 따라 가다가 사천 하평마을 '하평답교자연석공원' 부근에 차를 세웠다. 하평답교놀이전수회관으로 이동하면서 자연석을 감상할 수 있어 좋았다. 이 공원에는 기기묘묘한 커다란 바위가 제각기 남다른 의미와 매력을 뽐내고 있다. 장인의 손으로 다듬어진 작품이 아니라 자연이 만든 예술품이다.

하평리荷坪里는 강릉시 사천면에 있는 농촌이지만 지리적으로는 동해바다와 매우 가깝다. 조선의 문인 하곡 허봉이 이곳에 살아서 하평리로 불렀다고 한다. 허봉은 초당 허엽의 아들이자 허균의 형이나. 하평리에는 허봉과 허균의 외할아버지인 문신 김광철의 옛 집터 애일당이 있다. 애일당이 있는 뒷산 모습이 도룡룡이 누워있는 것 같다고 하여 교산蛟山이라고 하는데 허균이 이 지명을 따서 자신의 호를 지었다.

예부터 사천하평리에서는 해마다 좀상날(음력 2월 6일)이 되면 주민들이 다리를 밟으며 풍년과 안녕을 기원하는 놀이를 행하였다. 한해 농사의 풍흉을 초저녁 서쪽하늘에 뜬 초승달과 좀생이별*과의 거리를 보고 농사일을 점친다. 지역주민들은 초승달의 모양을 밥을 이고 가는 여인의 광주리로 연상하고 좀생이는 밥을 얻어먹기 위해 따라가는 아이들로 비유하여 해석한 것이다. 즉 좀생이가 초승달 가까이 따라가면 배가 고픈 것이므로 그 해는 흉년이라고 점쳤던 것이다. 강원도 무형문화재 제10호 '강릉사천하평답교놀이'는 강릉시 사천면에 전승되고 있는 대표적인 민속놀이다.

하평리 답교놀이는 1985년 전국민속예술경연대회에서 문공부장관상을 수상하였고, 2001년에는 제 42회 전국민속예술축제에서 드디어 대망의 대통령상을 수상하게 되었다. 결국 2003년 3월 21일 강원도 무형문화재 제 10호로 지정받았다. 지정 당시 하평답교놀이의 내용은

---

* 좀생이는 작다는 뜻의 '좀'과 별 '성' 자의 합성어로 한자어로 묘성昴星이라 한다. 태양계에서 약 400광년 떨어져 있으며 목록번호는 M45이다. 싱딩량의 밝은 성운 물질과 수백 개의 별들로 이루어져 있으며, 이 별들 중 6, 7개는 육안으로도 보이기 때문에 여러 문화권의 신화와 문학에서 자주 등장한다. 그리스 신화에서는 아틀라스와 플레이오네 사이에서 태어난 일곱 자매(알키오네 · 마이아 · 엘렉트라 · 메로페 · 타이게테 · 켈라이노 · 스테로페로, 이들의 이름은 각각 별의 이름으로 붙여졌음)가 별이 된 것이라고 한다.

솔문세우기, 서낭고사, 다뺏기놀이(쇠절금, 몸싸움, 돌싸움, 횃불싸움), 다 함께 다리밟기로 짜여졌다.

서낭제를 시작으로 사천하평답교놀이가 시작되었다. 서낭당은 전수회관에서 그리 멀지 않은 도로 아래쪽에 있었다. 해안도로에서 마을 쪽으로 약 20미터 거리에 있다. 농악대를 앞세우고 헌관들이 도로변을 걸어 두 그루의 굵은 소나무가 있는 서낭으로 갔다. 참관자들도 그 뒤를 따랐다.

벽돌 담장에 둘러싸인 두 그루의 소나무가 서낭목이라 했다. 금줄을 둘러놓았다. 성황당에 돗자리를 깔아 제사상을 차려놓고 도포를 입은 제관이 제례의식을 행하였다. 신위는 성황지신, 토지지신, 동행용왕의 삼위인데 제사를 지낼 때만 나무 조각에 써서 모신다고 한다. 하평리 서낭당은 원래 허균 시비가 있는 산 아래에 있었는데 일제 강점기 때 일본인들이 없앴다고 한다. 현재의 서낭당은 4반 주민들이 모시던 것이다.

제사를 마친 일행은 하평자연석공원 도로변에 설치된 가설 다리로 갔다. 좀생이 날 답교놀이는 각 가정마다 가족 수만큼의 홰를 만들고 구경꾼들에게도 횃불을 나누어주었다. 제관들과 농악대, 마을주민, 그리고 구경꾼들이 횃불을 들고 공원을 한 바퀴 돌았다. 도포를 입은 제관들이 다리에

서 제사를 지내고 상쇠가 "술령수-" 목청을 높이자 모인 사람들은 예이- 하고 다 함께 대답한다. 농악이 크게 울리고 사람들은 즐겁게 춤을 추었다. 나중에 알게 된 내용은 "금일 2월 6일 좀상날 하평리에 풍년들게 해주십사" 하고 소리를 질렀다는 것이다.

기원제를 마친 후 주민들을 사천진리와 하평마을로 갈라져 다리 위에 올라가 다리 빼앗기 시연을 했다. 여자들도 함께 참여했다. 농악대의 쇠절금 겨루기, 횃불싸움, 다리 밟기를 하는 것이라 했다. 날이 어두워지자 횃불이 더욱 기세등등했다. 바람에 춤추는 그 무리가 그야말로 장관이었다.

다리 밟기 놀이를 마치고 마을 입구 솔문을 지나 전수회관 마당으로 돌아왔다. 하평답교놀이의 상징은 솔문이라고 한다. 마을에서 본격적으로 솔문을 만든 것은 2001년 민속예술경연대회에 출전하기 위해서 크게 만들었는데 그것이 원형을 바꾼 결과란다.

전수회관 마당에서 달집태우기를 했다. 사람들이 달집주변에서 횃불을 끄고 드디어 달집에 불을 붙였다. "타다닥" 소리와 불꽃을 날리면서 활활 타오르는 달집이 봄날 저녁의 쌀쌀한 한기와 마음 속 잡다한 것

들을 녹여주었다. 어떤 사람들은 합장하여 절하며 소원을 빌기도 했다. 하평 주민들은 마을의 안녕과 풍년을 기원하였을 것이다. 마당 한 편에 차려진 음식상에 둘러앉아 서로 음식을 권하며

나누는 대화가 무척 정겹게 느껴졌다.

달집 타는 사천 하평 답교놀이 전수회관 마당을 벗어나 어스름한 하늘을 보았다. 올해는 좀생이가 초승달 멀리 떨어져 있어 풍년일 것이라 하지 않은가. 내 약한 시력으로 좀생이를 찾는 시선이 분주했다.

사천하평답교놀이 전수회관에 들렀다. 답교놀이를 참관한지 여러 날 지난 후였다. 현관문은 잠겨 있고 전화도 받지 않았다. 아쉬운 발길을 돌리려는데 어느 아주머니가 전 회장님 댁에 전갈을 해주었다. 들에서 일하시던 박종명 전 회장님이 황급히 와 주었다. 그분에게 방문하게 된 취지와 궁금한 점을 말씀드렸더니 자세하게 설명해 주었다. '강릉 가는 길' 8집에서 취재했던 건금마을 용물달기를 하평마을에서도 시연하였다는 내용은 새로운 정보였다.

강릉 사천답교놀이 기능보유자가 현재 박종명 님인데, 조교들이 전수회관에서 후진 양성에 힘쓰고 있지만, 회원이 많지 않아 안타까워했다. 전수교육은 주 1회 2시간씩 누구나 받을 수 있다고 한다. 많은 사람의 관심을 받아 사천하평 답교놀이가 무궁토록 계승 발전하기를 바라는 마음이다.

현재는 정규민 회장이 보존회를 이끌어 가고 있다.* (2016. 3)

〈강릉 사천하평 답교놀이〉

다노네, 다노세

- 강릉 관노가면극 -

강릉 단오문화관 공연장, 오늘 공연 제목은 '다노네, 다노세*로 강릉단오제 공개행사의 핵심 요소인 제례, 단오굿, 관노 가면극을 한눈에 볼 수 있도록 하나의 작품으로 재구성하여 무대에 올렸다. 그 요소 중에서 관노 가면극이 내 관심분야다.

막이 오르자 공연 시작을 알린다는 문굿이 열리고, 강릉단오제의 주신인 대관령국사성황신과 국사여성황신을 단오장 제단까지 모시는 행차인 영신행차가 재연되었다. 하늘에 극의 시작을 고하는 의식인 '조전제'와 국사성황신과 여러 신들이 굿당에 좌정할 수 있도록 노래한 후, 춤을 추며 물과 불로 부정을 물리치는 '부정굿'이 이어졌다. 이런 제례 행사를 마치고 관노 가면극이 시작되었다.

---

* '다노네'는 '단오네.'의 소리글자이고, '다노세'는 '다 놀자'라는 뜻으로, '다노네, 다노세'는 '단오날에 다 함께 놀아 보자.'라는 의미를 가진 말이라고 한다(강릉관노가면극 보존회 설명).

'강릉관노가면극'은 경상도 하회별신河回別神굿 탈놀이와 예천청단體泉靑丹 놀이, 함경도의 북청사자北靑獅子 놀이와 같은 제의적인 마을 탈춤의 한 유형이다. 강릉단오제가 무형문화재로 지정될 때 큰 역할을 하였고 단오제 기간 동안 베풀어진다. 강릉관노가면극이 타 지역의 탈놀이와 다른 것은 대사가 없이 몸짓과 춤으로 연희되는 무언극無言劇으로 되어 있다는 점이며, 또한 연희자가 관청의 노비奴婢들이었다는 것이다.*

〈장자마리 등장 – 제1과장〉

장자마리가 누런 포대자루 같은 것을 전신에 뒤집어쓰고 무대에 나타났다. 가면 대신 포대로 머리 전체를 감싸고 상투 모양을 만든 모습이 우스꽝스럽다. 불룩한 배는 마치 몸통에 훌라후프를 두르고 옷을 입은 모습 같은데, 대

〈제1과장〉 장자마리 등장

나무를 둥글게 만들어 넣은 것이라 한다. 두 명의 장자마리는 뒤뚱거리며 서로 엉키고 뒹굴고 하는 익살스런 행위로 웃음을 자아낸다. 장자마리는 장자마름, 즉 장자는 양반을 뜻하므로 마름은 하위계층이라고 볼 수 있으며, 장자마리를 "보 쓴 놈"이라고도 하는네, 우리나라 어느 지방에서도 그런 형상은 보기가 드물다고 한다.

---

* 출처: 「강릉관노가면극보존회」

〈양반광대·소매각시 사랑 – 제2과장〉

장자마리가 한바탕 놀이마당을 펼치고 퇴장한 후 양쪽에서 양반광대와 소매각시가 각각 등장한다. 양반광대는 뾰족한 고깔을 쓰고 담뱃대

〈제2과장〉 양반광대와 소매각시 사랑

를 들고 부채질을 하는 등 양반의 위세를 보여주려고 애쓴다. 양반광대의 뾰족한 고깔은 조선시대 하급관리인 나장羅長이 쓰는 깔때기 모양의 전건戰巾으로 양반이 쓰는 점잖은 모양의 정자관程子冠*과는 거리가 멀다. 긴 수염은 헛

된 권위를 표현한다지만 시시딱딱이가 나타나자 겁이 나서 도망을 가는가 하면 호들갑을 떨기도 한다. 양반광대가 서민들의 가면극에 풍자의 대상으로 등장하는 것은 가면극의 주인공을 통해 서민들의 억눌린 심정이 위로받기 때문이라고 한다.

소매각시는 노랑 저고리 분홍치마를 입고, 연지 곤지를 붙인 눈웃음치는 탈을 쓰고 수줍게 춤을 춘다. 그 모습이 오히려 요염하게 느껴진다. 소매각시를 본 양반광대가 홀린 듯 어쩔 줄 몰라한다. 양반광대는 소매각시 주위를 맴돌며 수작을 걸더니 소매각시에게 다가가 구애를 한다. 양반광대의 구애에 처음엔 새침하던 소매각시가 넌지시 양반광대와 팔짱을 끼고 장내를 돌아다니며 사랑을 나눈다. 결국 소매각시는

---

* 예전에, 선비들이 평상시에 머리에 쓰던, 말총으로 만든 관冠. 위는 터지고 산山 모양으로 된 층이 두 층 또는 세 층으로 되어 있다. 중국 송나라 때 정자가 썼다고 한다. (표준국어대사전)

양반광대를 유혹하여 풍자의 대상으로 전락시킨다.

소매小梅는 작은 매화라는 뜻으로 젊은 여성을 지칭하고, 각시 역시 우리말로 예쁘고 젊은 여성이라는 뜻이다.

〈시시딱딱이 훼방 – 제3과장〉

험상궂고 무서운 벽사가면*을 쓴 시시딱딱이가 무대 양쪽에서 뛰어 나와 나무칼을 휘두르며 춤을 춘다. 둘이서 이마를 맞대고 숙덕거리고 질투하는 시늉을 하더니 양반광대와 소매각시에게 다가가 밀고 잡아당겨 두 사람 사이를 갈라놓는다. 양반광대를 놀리는가 하면, 다른 한편에서는 소매 각시를 희롱하기도 하고 소매각시 팔을 붙잡고 억지 춤을 추게 한다. 이를 본 양반광대는 화를 내고 가슴을 치며 애태운다.

시시딱딱이 훼방

시시딱딱이는 우리나라 다른 가면극에서 볼 수 없는 명칭으로 '시시' 는 '쉬쉬–'라는 뜻으로 잡귀를 쫓아내는 구음이며, 딱딱이는 탈춤을 추 는 사람을 표현하는 용어로써 잡귀를 쫓는 인물이라고 한다.

---

* 귀신 얼굴을 나타내어 귀신을 막거나 쫓는 데 쓰는 가면.

〈소매각시 자살소동 – 제4과장〉

양반광대가 무대 위를 왔다 갔다 하며 분을 못 참더니 마침내 시시딱딱이를 밀치고 소매각시를 끌고 온다. 양반광대가 소매각시를 질책하자 잘못을 빈다. 그래도 질책이 계속되고, 소매각시는 자신의 결백을 증명하기 위해 양반광대의 긴 수염에 목을 맨다. 수염으로 목을 감는 모습은 권위의 상징이었던 수염을 당기어 결백을 시인케 하는 내용으로 죽음 의식을 초월한 표현이라고 한다. 해학적이고 풍자적 행위가 흥미롭다.

〈제4과장〉 소매각시 자살소동

죽은 듯 누워있는 소매각시를 본 양반광대와 시시딱딱이, 장자마리가 성황당에 달려가 소매각시가 살아나기를 빈다. 이 장면에서 강릉관노가면극이 지방의 안녕과 풍농·풍어를 기원하고, 지방수호신에게 제사하는 의식과 깊은 연관을 가진 서낭제 가면극의 특징을 그대로 간직하고 있다는 것을 알게 된다.

〈양반광대, 소매각시 화해 – 제5과장〉

결백을 증명하려고 자살을 기도했던 소매각시의 의도대로 양반광대의 오해가 풀리어 시로 화해하고, 관노 가면극의 모든 출연자와 음악을 담당한 악사들이 함께 어울려 군무를 하며 한바탕 놀이마당을 펼친다. 화해와 공동체의 흥겨운 축제다. 단오장 공연장에서는 구경하던 관중도 함께 어울릴 수 있는 자리다.

"다노네, 다노세"공연을 마무리한 타악 퍼포먼스는 관객을 흥겨움으로 사로 잡았다. 혼신을 다해 연주하는 모습과 그 소리는 인간의 능력이 한계가 없다는 생각을 갖게 했다.

〈제5과장〉 양반광대, 소매각시 화해

강릉관노가면극은 다른 가면극에서 볼 수 있는 양반에 대한 신랄한 풍자나 저항의식보다는 근본적으로 단오제라는 행사와 같이 하나의 '놀이'로서 오락적인 기능을 함축하고 있는데, 일제 강점기 전통문화 말살정책에 따라 전승이 끊겼다가 1967년에 재연되었고, 1967년 1월 강릉단오제가 무형문화재로 지정된 후 지금까지 강릉단오제의 중요한 행사로 행해지고 있다.

강릉관노가면극은 '강릉관노가면극보존회'를 중심으로 초·중·고·대학교와 일반인들이 착실히 계승 발전시켜 나가고 있다.

> '나에게 가면을 씌우고 잠시만이라도 마음껏 행동하라고 하면 어떤 모습일까?' 자기감정을 억누르며 사는 것을 미덕으로 여겼던 그 관념의 가면을 벗고, 숫기 없는 마음을 가면으로 가리고 감정 그대로 행동하는 모습을 보일 수 있을지…. 한번 쯤 소매각시 가면이라도 쓰고 저들과 "다노네, 다노세."라고 외치며 신명나게 어울리고 싶어진다.* (2013. 10)

용물 달기
- 건금마을 -

용물 달기 행사가 열리는 강릉시 성산면 건금 마을을 찾아 갔다.
2015년 3월 4일 오후 2시, 정월 대보름 전날이다.

강릉 시내에서 성산면 방향으로 달리다가 영동대학 부근에서 오른
쪽 샛길로 접어들었다. 동해고속도로 고가다리 아래 부근에 이르니 도
로 오른쪽으로 소나무 숲에 에워싸인 한옥고택마을에 '강릉 건금마을
용물달기'라는 플래카드가 걸려 있다. 이 마을 앞을 수없이 지나다녔지
만 바로 이곳이 용물 달기 행사가 열리는 건금 마을이라는 것을 처음
알게 된다. 마을 앞 도로에는 벌써 여러 대의 자동차가 줄지어 서 있
다. 나도 적당한 곳에 차를 세우고 마을 회관 쪽으로 걸어갔다. 대관령
산등성이를 다고 넘어온 소소리바람에 이깨가 움츠러든다.

마을 회관 마당에 이르니 사람들이 임경당 우물을 향하여 막 출발하
려는 참이다. 출발 장면부터 사진을 찍을 수 있어 다행이다. 풍물패가

꽹과리, 장구, 징, 북을 치면서 출발하자 모두가 흥겨운 리듬을 뒤따른다. 행렬 맨 앞에는 풍물패가 가고 그 뒤에 건금 마을 보존회장, 그리고 커다란 용의 몸통을 좌우에서 들고 있는 어르신들과 여러 갈래로 된 꼬리를 한 가닥씩 잡은 할머니들이 뒤이어 간다. 맨 뒤에는 물지게를 진 남정네와 물동이를 머리에 인 아낙네가 따라간다. 이들은 먼저 지신밟기를 하면서 마을을 한 바퀴 돌아 임경당에 이른다고 한다. 그 행렬이 장관이다.

〈지신밟기〉

〈임경당〉

임경당 우물의 용물 달기는 조선 초기부터 한 해도 거르지 않고 지속되다가 가정마다 상수도가 생기면서 1960년대에 중단되었는데, 2006년 정월대보름 전날인 2월 11일 금산2리 노인회가 주관이 되어 500여년의 역사를 바탕으로 재현하였다고 한다. 현재는 금산2리 '용물 달기보존회'에서 주관하는 행사로 마을 주민 전체가 동참하는 정월대보름 축제로 이어지고 있다.

용물 달기 행사가 열리는 임경당은 조선 중종 때 강릉 12향현鄕賢 중 한 사람인 김열金說의 고택으로 강원도 유형문화재 제46호로 지정되어 있다.

용물 달기 방법은, 정월 대보름 전날 저녁 볏짚으로 물의 신[水神]인 용의 모양을 사람 크기로 만들어 마을의 동서남북 네 곳의 우물에 용을 잠시 담갔다가 자정 무렵에 꺼낸 다음 임경당臨鏡堂 우물로 옮겨서 제사를 지낸다. 본래는 정월의 하루 중 하늘이 처음 열린다는 자정에 제사를 지냈으나, 여러 사람의 참여 확대와 고유의 전통을 알리고 활성화하기 위해 오후 두 세 시경부터 진행된다.

용 만들기는 용물달기보존회가 고증에 의하여 짚으로 줄 꼬기를 한 뒤 줄 드리우기, 줄 엮기, 줄 말기 등으로 용을 네댓 개 만들어 사람이 어깨에 메고 달릴 수 있게 했는데, 요즘은 매년 짚으로 용을 여러 개 만들어야 하는 인력이 부족할 뿐만 아니라 전국 민속놀이대회에 참가하는 등 행사 규모가 커져서 용의 크기를 예전보다 훨씬 크게, 튼튼하게 만들고, 만드는 재료도 볏짚 외에 다양한 재료로 만들어 매년 사용한다고 한다.

건금 마을에서 만든 용은 머리에서 꼬리까지의 길이가 7~8 미터가량 되는 듯한데 붉은 여의주를 입에 물고 있는 용의 머리가 퍽 인상적이다. 용물 달기 보존회장 최근후 님의 설명에 의하면 전에는 용이 연기를 내뿜게 하여 잡귀와 액을 쫓고 마을을 정화하는 의미를 갖

게 했는데 화재, 화상이 염려되어 용의 입에 붉은 여의주를 물게 했다고 한다.

짚용이 임경당 우물에 도착하여 우물

에 입을 대고 길게 엎드리자 전통제례
방식에 의하여 제사를 지낸다. 신주는
'영정용왕지신靈井龍王之神'이라고   하며
축문 내용은 용왕신에게 물이 잘 용출
되기를 바라는 뜻으로 제물을 차려 빈
다는 내용이다. 제례가 진행되는 동안

〈제사〉

마을 주민과 참관객들도 동참하여 순서에 따라 참신參神하기도 한다.
나는 그 장면을 찍기 위해 몸을 일으키는 무례를 범하였다.

　제사가 끝나자 용물 달기 보존회장이 인사말을 한다. "용물 달기는
우물물이 마르지 않기를 바라는 마음으로 행해진 정월대보름 놀이"라
며 "앞으로도 조상들의 의식을 이어가고 마을의 문화유산을 보존하는
데 노력하겠다."고 한다. 모두들 격려의 박수를 쳤다.

　뒤이어 서울에서 오신 김치경 교수님이 보존회장이 건네는 마이크를
사양하다가 오늘의 뜻 깊은 행사를 참관하도록 행사를 열어 준 노고를
치하하며 전통문화행사를 이어가는 건금 마을에 대하여 감사의 마음을
전했다. 외지에서 온 관람객을 대표하여 건금 마을 주민에게 고미움을
전할 수 있는 기회가 마련되어 좋았다. 제사가 끝난 후 우물가에서 음
복을 했다. 내가 먹은 강릉 곶감 맛이 일품이었다. 오랜만에 맛본 고향
의 맛이었다.

　제례 절차를 모두 마치고 용을 앞세운 사람들이 "용물 달자! 용물 달
자!"를 외치며 임경당 부근의 마을 샘터로 향한다. 샘터에서는 물을 뜰

〈용물달기〉

때마다 "용아 용아 물 달아라"를 외치며 가정의 행운과 풍년을 기원한다. 용에게 물을 적시고 물통과 물동이에 물을 담아 다시 임경당 우물로 와서 물을 붓는다.

　용물 달기는 '용이 물을 달고 온다.'는 뜻이다.'가뭄이 시작되기 전 물줄기가 풍부한 샘에서 물을 길어다가 우물에 부으면 물이 풍부해진다'는 믿음을 바탕으로 우물이 마르지 않기를 바라는 주술적인 의미를 지닌 마을의 세시풍습歲時風習이다.

　용물 달기 행사를 모두 마치고 풍물패들이 넓은 마당에서 신명나는 놀이한마당을 펼쳤다. 구경하는 사람들도 신명 났다. 마당 한쪽에는

〈마당놀이〉

건금 마을 부녀회에서 정성들여 마련한 토토리 묵과 막걸리 등이 풍성하게 준비되어 있고, 떡메치기로 즉석 인절미를 만들어 나누어 주었다.

　대문 밖 마당에서는 삼겹살구이 파티가 한창이다. 낯선 사람들과도 즐거운 대화가 자연스럽게 오가는데, 건금 마을 주민과 외지에서 온 관람객들에게 소통의 기회를 제공한 셈이다. 이곳 강릉 김 씨 종가에는 김대유 님 가족이 살고 있다.

　저녁 7시에는 달집태우기 행사가 있을 예정이었다. 그런데 강풍으로 인해 그 행사를 할 수 없단다. 혹시 발생할지도 모를 산불방지를 위해 소방차가 물을 싣고 와서 대기하고 있었지만 해가 기울자 바람이 더욱

세계 불어 달집 태우기는 다음 날로 미루었다. 행사의 절정인 달집 태우기에 참관하지 못한 게 아쉽다.

건금 마을 용물 달기를 통하여 용물 달기 유래와 '임경당*'과 '호송설**'에 대하여 알게 된 것은 큰 소득이었다. 한편, 그동안 강릉사람으로서 향토문화재에 관하여 무관심하였음이 부끄러웠다. 전통문화행사에 더욱 관심을 갖고 적극적으로 참여하는 것이 강릉사랑이 아니었을까.

건금마을 용물 달기 행사에 참관하면서 느낀 점은 이 마을의 선조들께서는 일찌감치 물이 생명의 근원임을 알고 그 소중함을 후세에 일깨웠다는 점이다. 마을의 물이 고갈되면 식수는 물론 농사를 지으며 살아 올 수 있었겠는가. 세계적으로 물 부족을 겪고 있는 오늘 날에 건금

---

* 임경당: 임경당은 조선 중종 때 건금마을을 세운 김광헌의 큰 아들 김열의 아호 임경당臨鏡堂과 관련된 문화재다. 김열이 만년에 경포호 북쪽에 임경당臨鏡堂을 짓고 "모든 선현先賢의 글들을 책상과 궤에 가득히 채워 때로는 성리性理의 깊은 뜻을 탐구하고 때로는 강호江湖의 정취情趣에도 젖어본다."라는 제자題字를 써 걸었다. 강호江湖에 머물며 벼슬에 뜻을 두지 않았기 때문에 사람들이 '김처사金處士'라 불렀다. 조선 중종 때인 1530년대에 건축된 것으로 추측되나 현재의 건물은 몇 차례의 증수를 서듭한 것으로써 1825년에 증수히였고, 최근 기둥과 도리를 교체·수리 하였다.

** 호송설: 김열金說의 집 앞에는 아버지 김광헌金光軒이 손수 심은 소나무 수백 그루가 있었다. 김열金說은 아우와 함께 아버지의 뜻을 받들어 이 소나무를 보호하고 기르는 데 온갖 정성을 다하였다. 이에 도의지우道義之友로 사귀던 율곡栗谷 이이李珥에게 소나무를 보호할 수 있는 교훈될 만한 말을 몇 마디 써 주면 집안 사당벽에 걸어 놓고 자손들로 하여금 늘 이를 보게 하여 가슴 깊이 새기게끔 하겠네."라고 말하니, 율곡栗谷 이이李珥가 "아버지가 돌아가심에 그 서책을 차마 읽지 못하는 것은 손때가 묻어있기 때문이고, 어머니가 돌아가심에 그 배권杯圈(나무그릇)으로 감히 먹지 못하는 것은 입김이 남아있기 때문인데, 하물며 소나무는 재배한 손 안에서 나왔음에랴…" 하는 '호송설護松說'을 지어 준다.

마을에서 용물 달기 행사를 이어왔다는 것은 의미가 크다. 그런 뜻에서 '건금 마을의 용물 달기'는 마을의 행사로만 그칠 것이 아니라 전국, 아니 전 세계로 펼쳐져야 할 것이다.* (2015. 3)

[참조] 디지털강릉문화대전, 한국민족문화대백과사전

〈임경당 현판〉

〈용물달기(임경당)〉

소금강小金剛 청학제青鶴祭

소금강小金剛을 향해 달리는 기분이 날개를 단 것 같다. 가을장마 끝에 모처럼 드러난 하늘이 누구의 말처럼 손톱만 대어도 쨍 소리를 내며 금 갈 듯하다. 이런 날, 층암절벽과 폭포 등이 절경을 빚고 있는 소금강 계곡과 청학제青鶴祭를 볼 수 있는 기대감으로 마음이 부푼다. 소금강은 강릉시 및 오대산 국립공원에 위치한 명승지이며, 1970년 11월 18일 대한민국 명승 제1호로 지정된 곳이다.

양양에서 강릉 방향 7번 국도로 가다가 연곡에서 우회전하여 6번 국도 소금강 입구에 이르렀다. 그곳에서 좌회전하여 꼬부랑 고갯길을 넘으니 삼산리 소금강 야영장이 나온다. 야영장에는 이미 많은 사람이 청학제가 열리기를 기다리며 행사추진위원회에서 마련한 다과를 들고 있다. 부녀회에서는 찾아온 손님들에게 소금강 청학제 진행 절차를 안내한 책자와 수건 또는 태극기를 기념품으로 나누어 준다.

소금강 청학제는 대개 10월 둘째 주 주말에 소금강 야영장 일대에서 행하게 되는데, 올해는 10월 8일 오전 11시에 청학 제단에서 봉행된다. 제40회를 맞게 된 소금강 청학제는 제전위원회 주최로 연곡면 주민자치위원회(위원장 김철권)가 주관하고 문화재청, 강릉시, 오대산 국립공원과 연곡면 각급 기관 및 사회단체에서 후원하는 연곡면의 가장 중요한 행사라고 한다.

청학제 식전 행사로 연곡면 주민자치센터 풍물패 공연이 막을 열었다. 흩어져 있던 사람들이 흥겨운 가락에 이끌려 모여든다. 하슬라 윈드 오케스트라의 아름다운 선율은 노란 감을 주렁주렁 달고 있는 감나무를 휘감으며 가을 정취에 빠져들게 한다.

곧이어 강릉시 유도회 연곡 지회 주관으로 제례 절차에 따라 행사가 시작되었다. 초헌관初獻官에 강릉시장(이날은 부시장이 대행), 아헌관亞獻官은 김철권 연곡면 주민자치위원장, 그리고 종헌관終獻官에 연곡면 삼산 2리 노인회장 박남규 님과 제집사諸執事가 봉행한다. 청학제의 축문은 이날 행사의 성격을 이해하는데 도움을 준다.

"단군기원 4349년 양력 10월 8일 강릉시장 최명희는 감히 고하옵니다. 청학소금강 토지 지신, 산악 지신, 용왕 지신께 엎드려 비옵니다. 하늘과 땅에 스며있는 명경의 이름을 알린지 이제 여러 해가 지나 오래되었사오며 동산 각지가 화합하고 즐거우며, 각 산악의 이름이 길 하옵길 우리 백성들은 신께 받들어 비옵나이다.
구령포 용왕 이시어 우리 백성들이 정성을 다하오니 경향 각지의 차량과 사계절 이곳을 찾는 이들에게 불상사를 제어하시어 용왕신의 시하지 않으심이 없도록 하여 주소서.

우리의 정성이 하늘에 닿아서 토지 신, 산악 신, 용왕 신께서 헤아리오니 오늘 이 같은 일에 이르러 우리가 어찌 공명치 않을 수 있겠습니까?

엎드려 비옵건대 부족한 성의 옵니다. 흠향하여 주시옵소서."

소금강을 찾아온 관광객들은 호기심 어린 표정으로 사진 찍기에 분주하다. 제례가 끝나자 많은 사람이 여러 텐트에 마련된 자리에서 삼삼오오 모여 앉아 떡 도시락과 음료를 나누며 즐거운 시간을 보낸다.

소금강 청학제라는 명칭은, 연곡면 삼산리 지역이 예부터 맑은 폭포와 기암괴석으로 수려한 모습이 작은 금강산 같다 하여 '소금강*'이라 하였고, 소금강이 황병산을 주봉으로 우측의 노인봉, 좌측의 매봉이 학이 날개를 편 듯한 형상이라 하여 '청학산'이라고도 불린다. 이 지명에서 '소금강 청학제'라는 명칭이 유래하였다고 한다.

1970년대 처음 개최된 소금강 청학제는 전국의 다른 축제들에 비하여 오랜 연륜을 자랑한다고 한다. 그동안 청학산에서 산신제를 지내오다가 이 지역이 1975년 오대산 국립공원으로 지정되고 명승 제1호인 소금강 청학동이 전국에 알려지면서 많은 관광객이 찾아오자 지역주민의 풍작과 관광객들을 위한 재례를 올리고, 고장의 발전과 지역민의 단결을 목적으로 전 면민이 참여하는 '소금강 청학제'라는 이름으로 문화예술축제를 열게 된 것이다. 전야제 행사로 캠프파이어, 축포, 놀이

---

* 율곡선생이 1569년 지금의 오대산 소금강을 유람하고 "遊靑鶴山記유청학산기"를 썼는데 최초로 문장文章으로서 소금강(청학동)을 소개했고 수많은 명소와 그곳에 대한 소상한 해설과 감상을 기록하였다. 소금강도 율곡이 처음 붙인 이름이라고 한다.

패 등의 산악축제와 농악놀이, 줄다리기, 산악회에서 주최하는 등반대회 등 다채로운 행사를 주민과 관광객이 함께 한다. 내일은 소금강 홍보 퀴즈대회 및 홍보활동도 전개된단다. 소금강 청학제는 이곳 명승지를 찾아온 많은 관광객들과 함께 어울릴 수 있는 행사라서 큰 의미가 있다고 여겨진다.

청학제를 마치고 소금강 계곡에 들었다. 혼자서 낯선 등산객들의 뒤를 따라가다가 십자소를 만나고, 폭포 아래로 물이 떨어지는 모습이 마치 연꽃 봉오리 같다는 연화담에 머물러 마음을 담근다. 금강사 입구 약수터에서 약수로 목을 축이며 더 나아갈 것인가 되돌아갈 것인가 망설인다. 조금 더 올라가면 마의태자의 군사들이, 또는 400여 년 전 이율곡이 이곳에서 공부할 때 식사하였다는 그 너른 식당암과 내 추억이 깃든 구룡폭포에 이르는 절경을 만날 수 있게 되기 때문이다.

미련을 떨치고 발길을 되돌렸다. 오늘은 사계절 이곳 경승지를 찾아오는 여러 사람의 안녕과 무사 여행을 염원하는 연곡지역 주민들의 마음을 담아가는 것만으로도 충만하지 않은가. 단풍 곱게 물든 날 누군가와 함께 다시 오리라며, 마주 오는 사람에게 안전 산행의 기원을 담은 눈인사를 건넸다.* (2016. 10)

소금강 청학제

김철권 (연곡면 주민자치회 위원장)

대현 율곡 이 선생 제

　'대현율곡이선생제'가 2014년 10월 25일 오후 5시 30분부터 약 한
시간동안 오죽헌 문성사에서 서제序祭로 시작되었다. 서제를 치른 후
26일 오전 10시부터 본제가 봉행되었는데 이 행사는 1962년 11월 제
1회 율곡제전으로 출발하여 올해 제53회를 맞게 되었다. 대현 이율곡
선생제전위원회의 주관으로 매년 10월 25일을 전후하여 열리고 있는
'대현 율곡이선생제'는 율곡선생이 후세에 전하여 주신 학문과 가르침
을 높이 받들고 철학, 교육, 애국위민 등의 유덕을 기리기 위함이다.

　오죽헌 자경문自警門에 들어서니 옥색 도포를 입은 유림들과 옥색 한
복을 단아하게 차려입은 여인들이 제단 앞마당 중앙에 도열해 있다.
푸른 가을 하늘 아래 눈부시도록 청초한 그 모습은 숨소리조차 크게
낼 수 없을 만큼 경건한 분위기였다. 제관들 둘레에는 일반시민과 관
광객들로 꽉 차 있었다. 후손과 도내 각처에서 모인 유림, 그리고 일반

시민과 관광객 등 천여 명은 모였을 것이라고 한다. '대현 율곡이선생제'에 처음 참례한 나는 행사 규모가 이렇게 크리라고는 짐작하지 못했었다.

제례는 개식과 국민의례. 추모사, 행장기 낭독에 이어 전통유교식으로 거행되었는데 '대현 율곡이선생제'의 홀기는 강신례, 초헌례, 아헌례, 종헌례, 음복례, 사신례, 망료례 순이다.

헌관 이하 모든 집사가 알자(헌관을 안내하는 사람)의 인도에 따라 손을 씻고 제자리로 돌아가서 두 번 절을 했다. 경건한 자세로 일어나 모두 제자리에 서고 알자는 초헌관의 왼편에 나아가 삼가 행사를 봉행할 것을 아뢰고 헌관과 여러 사람들이 다 같이 두 번 절을 했다.

제례는 신을 모시는 예를 행하는 것으로 강신례降神禮부터 진행 되었다. 알자의 인도에 따라 초헌관이 손을 씻으면 헌악이 울리고 헌관이 신위 앞으로 나아가 향을 세 번 향로에 올렸다. 헌폐를 맡은 집사는 폐백을 받들어 헌관에게 드리고, 헌관은 폐백을 받들어 전폐에게 전하면 전폐를 받아서 신위 앞에 드린다. 알자가 집사와 초헌관을 제자리로 인도하고 음악을 멈추게 했다.

초헌례는 첫 번째 술잔을 올리는 일을 맡아하는 초헌관이 봉작(술잔을 헌관에게 드리는 사람)과 전작(술잔을 신위 앞에 드리는 사람)을 맡은 집사의 안내에 따라 신위 앞에 술잔을 올렸다. 축관이 신위 앞으로 올라오자 헌관 이하 모든 제관은 엎드려 몸을 굽혔다. 축관은 초헌관의 왼쪽에 나아가 동쪽을 향하여 꿇어앉아 축문을 읽고, 축문 읽기를 마치자 모든 제관들은 몸을 경건하게 일으켜 제자리로 돌아갔다.

아헌례는 아헌관이 신위 앞에 두 번째 술잔을 올리는 예인데 손을 씻고 알자의 인도에 따라 진행되는 절차는 앞과 동일했다.

종헌례는 제사를 지낼 때에 종헌관이 신위 앞에 마지막 술잔을 올리는 의식인데 춤을 추는 의식이 있었다.

음복례는 축관이 신위 앞에 나아가 음복주를 술잔에 붓고 고기를 조금 덜어 와서 초헌관에게 전하고 초헌관은 북쪽을 향하여 꿇어앉아 음복을 했다.

사신례는 신위를 돌려보내드리는 예로써 음악을 올려드리고, 빨간 옷을 입은 무희가 춤을 추어드린다. 헌악, 헌무를 마치자 헌관과 모든 제관은 다 같이 두 번 절을 하였다.

망료례는 음악을 올리고 알자가 초헌관을 인도하여 폐백과 축문을 태우는 자리로 인도하여 축문을 비롯해 행사에 쓴 물건 가운데 음식물을 제외한 것을 태웠다. 묘사(사당 안에 제례를 돕는 사람)가 신위 상자 문을 닫고 제사 음식을 모두 물리고 사당 문을 닫음으로 제례의식이 마무리되었다. 제례의식 후 한시백일장 시상식, 율곡의 노래 제창, 폐식의 순서로 '제53회 대현율곡이선생제'는 막을 내렸다.

참례자들이 행사장을 나가는 문에서는 떡과 작은 병에 담은 막걸리를 나누어 주어 제례에 참여한 모든 이들도 음복을 하게 했다. 남성들은 한 컵 분량의 막걸리에 목을 축이며 즐거워했다.

율곡선생 동상이 있는 잔디광장에 이르니 동포다도회가 주관하는 들

차회가 열리고 있었다. 다홍치마, 노랑저고리를 입은 젊은 여인들이 길게 늘어 앉아 차를 대접하는 모습이 참 신선하고 이채로웠다. 다양하게 차려진 찻상은 우리 전통음식의 아름다움과 정성을 맛보는 호사를 누리게도 했다.

　율곡 이이李珥선생은 조선 중종 31년(1536년) 12월 26일에 오죽헌 몽룡실에서 태어났는데 아명을 현룡이라 하였고 열세 살 때 이름을 이珥, 자를 숙헌叔獻이라 하였다. 선생은 열세 살에 진사 초시에 장원하였으며, 스물한 살에 한성시의 장원급제, 스물세 살에는 별시에서 장원급제하였고, 스물아홉 살에 문과에 장원급제하여 호조좌랑을 시작으로 관직을 두루 거쳤다. 선생은 스스로 공부하여 동호문답, 만언동사, 성학집요를 비롯하여 정치, 경제, 사회, 교육, 철학 등에서 유명한 저서를 남겼다. 정경정책시무육조, 양병 십만, 경제사 설치를 주장하였으며 향약, 회집법을 제정하여 지방자치제를 장려하였고, 사창제도를 만들어 빈민구제에 힘썼다. 정계 은퇴 후에는 격몽요결, 학교모범을 저술하여 후학양성에 힘쓰기도 했다. 육소방략을 최후의 글로 남기고, 1584년 1월 16일 마흔아홉의 일기로 세상을 하직하였다. 인조 임금께서 문성文成이라는 시호를 내려 문묘에 모시고 제향을 봉행하고 있다.* (2014. 10)

난설헌 허초희를 기리다

허난설헌 생가터 안채, 허초희의 영
정이 모셔져 있는 방 앞에 섰다. 단아
한 옷매무새와 총명해 보이는 시선, 내
시선이 그녀의 시선에 닿는 순간 나는
이내 눈을 뗄 수 없었다. 왼손에 책을

〈난설헌 허초희 영정〉

들고 앉아 있는 그녀의 모습은 감히 근접할 수 없는 지적 아름다움이
었다. 현재 영정은 2009년 9월에 새로 제작 봉안되었다고 한다.

난설헌 허초희는 14세에 교리 김첨의 아들인 김성립과 결혼을 하게
된다. 그러나 남편 김성립의 방탕한 생활, 기방 출입을 일삼는 무능한
남편, 그리고 시어머니의 엄한 시집살이로 인하여 힘든 삶을 살았다.
설상가상으로 연이어 남매를 잃은 어미의 고통을 어찌 감당했을까. 그
녀의 시 곡자哭子에 그 애절한 마음이 잘 나타나 있다.

현모양처가 되는 것이 여성의 삶의 목표가 되던 그 시대, 허초희는 그 틀 안에서 온갖 수모를 겪으면서도 현모양처가 되고자 했으리라. 그러나 감당하기 힘겨운 여건이었다. 모진 삶을 시혼으로 불태우며 달랬다. 어쩌면 그것이 허초희가 감내하기 버거운 틀 안에서 탈출하는 유일한 방법이었을 것이다.

그녀는 시사詩詞를 지을 때 항상 화관花冠을 쓰고 향안香案(향로나 향합 따위를 올려놓는 상)과 마주 앉았다고 한다. 그렇게 난설헌이 지은 시와 문장이 집 한 칸에 가득 찼다고 하니 놀라울 뿐이다.

식순에 따라 헌다례가 진행되었다. 순서에 앞서 이틀 전에 발생한 세

〈헌다례〉

월호 참사로 인해 희생된 분들을 위한 묵념을 했다. 침통한 분위기가 안채 마당을 감돌았다.

헌다례는 헌초, 헌향, 헌화, 헌다 등의 순서로 이어졌다. 헌다례에 참여하는 사람들은 먼저 정갈하게 놓인 놋대야에 담긴 물에 가볍게 손을 씻고 경건하게 임했다.

헌초, 헌향, 헌화는 다도회원이 올리고, 헌다는 최돈수 여협회장, 이명숙 동포다도회장, 이영자 교육장 순으로 진행되었다. 뒤이어 허씨문중과 초청인사, 난설헌 얼 선양사업회 회원 순으로 이어졌다.

헌시 낭송은 공계열 시인이 자작시 「그녀가 온다」를, 조항순 낭송가는 허초희 시 '봄'을 낭송했다. 시 '그녀가 온다'는 시구詩句처럼 허초희

가 바람으로, 봄 햇살로, 노랑나비로 뜰에 사뿐 내려앉는 듯했고, 허초희의 시 '봄'에는 밤을 지새우며 지아비를 기다리는 여인의 애타는 마음과 외로움이 절절이 배어 있다.

〈헌시 낭송-공계열 시인〉

마지막 순서로 최돈수 강릉여협회장의 인사와 김화묵 시의회의장의 추모사로 헌다례 행사를 마쳤다. 2부 순서인 다과회는 세월호 참사로 귀한 생명을 잃은 넋을 기리는 뜻에서 생략되었다.

여고시절에 처음 읽은 '여자의 일생'은 부푼 가슴으로 미래를 설계하던 소녀에게 큰 충격으로 다가왔다. 허초희의 삶이 그 소설의 주인공 '잔느' 보다 더 고독하고 모진 삶이었을 것이라고 가늠해 본다.

스물일곱 생生을 마감한 허난설헌의 세 가지 한이라는 - 여자로 태어난 것. - 조선에서 태어난 것. - 그리고 남편 김성립의 아내가 된 것을 되뇌며 허초희도 신사임당처럼 친정살이를 하였다면 그 천재성이 더욱 널리 알려지고, 사임당에 버금가는 인물이 되었을 것이라는 생각을 해보았다.

난설헌 허초희를 기리며, 그녀의 영혼이 초당 뜰을 자유롭게 유영游泳하고 있을 것 같은, 그래서 다시 찾고 싶은.*

(2014. 4)

난설헌 허초희를 기리다 **287**

강릉 합동 도배례

2018년 2월 9일 밤, 평창 동계올림픽 성화가 평창의 밤하늘을 밝히자 세계인의 시선이 평창올림픽 스타디움에 집중되었다. 1,218개의 드론이 평창 하늘에 스노보드 선수와 오륜기를 수놓아 감탄을 자아냈고, 다섯 어린이와 호랑이, 그리고 인면조 등장 등 각종 민속놀이는 한국의 멋과 정서를 느끼기에 충분했다.

평창 동계올림픽 개막식에 모아진 그 이목을 놓칠세라 강릉에서도 다양한 문화행사가 열렸다. 때마침 민속명절 설날이 평창 올림픽 열기가 한창 달아오를 즈음인 2월 16일이어서 전통문화를 세계만방에 알리는 절호의 기회로 삼았다. 강릉은 설날 다음 날인 2월 17일 오후 2시, 스물한 개 읍·면·동 촌장님들을 강릉 대도호부관아 동헌에 모시고 '강릉 임영 대동 도배례'를 거행하였다.

도배례는 웃어른을 공경하고 어버이를 효성으로 받드는 마음으로 합동세배를 올리는 강릉의 아름다운 풍습이다. 강릉의 도배례 행사는 440여 년 전통을 이어온 강릉 위촌리 마을의 설날 도배 행사가 대표적이다. 조선 중기 1577년 대동계를 조직한 이후 매년 음력 정초에 한 장소에서 촌장을 모시고 집단으로 세배를 드리며 준비한 음식을 나누고 서로 간에 덕담을 나누던 것에서 이어진 것이라 한다.

강릉 월화 거리, 단오제 전수교육관 등에서 각 마을의 촌장님을 태운 가마가 출발하여 대도호부 관아에 집결하여 도배식이 거행되었다. 스물한 개 읍·면·동마다 특색 있는 퍼포먼스를 펼치며 촌장님을 모시고 시내를 행진했다. 평창 동계올림픽을 보기 위해 강릉을 찾아온 외국인과 관광객들에게 도배례를 알리고 경로효친 사상을 전하기 위함이다.

임영 대동도배례는 촌장모시기, 촌장 맞이하기, 도배례의 순서로 진행되었다. 홀기 해설에 따라 헌주, 헌화, 예물, 헌사 낭독과 합동세배 그리고 축하공연 등으로 진행된다.

촌장님을 태운 가마가 속속 대도호부 관아에 도착하자 강릉 시장을 비롯한 내빈들이 촌장님께 허리 굽혀 인사하며 일일이 손잡아 극진히 영접하였다.

전통 옷차림의 한 소년이 가마에서 내리는 할아버지께 다가가 절을 올리는 모습이 이채로웠다. 이 시대에 보기 드문 삼동직인 징면이다.

촌장님과 그 뒤를 따라 마을 깃발을 높이 든 주민이 동헌 뜰에 들어섰다. 동헌에는 전통 정악이 은은히 울려 퍼지기 시작했다. 한국예술종합학교 국악단의 전통 정악 연주다.

촌장님들이 동헌에 좌정하자 술과 음식을 올리고 강릉 시장이 세배를 하였다. 뒤이어 각 기관장과 마을 대표들과 주민, 그리고 참석한 모든 사람도 합동 세배했다.

촌장님들을 대표하여 올해 100세가 되신 최용하(성덕동) 촌장님이 덕담을 하셨다. 각 가정에 행복과 건강이 깃들기를 바란다는 내용이다. 촌장님 목소리에 힘이 있었다.

축하공연으로 처용무와 깜짝 출연한 남상일 국악인이 참가자들을 즐겁게 했다. 처용무는 통일신라 때 궁궐에서 악귀를 몰아내고 새해를 맞는 의식으로 진행되었다고 한다.

행사에 참석한 가톨릭관동대학교 항공학부 학생들이 예쁜 모습으로 행사 진행을 도왔다. 시작부터 마무리까지 그들의 헌신이 돋보였다.

관람을 마치고 행사장을 나오니 관아 앞 공간에 촌장님들이 타고 온 빈 가마들이 추운 듯 줄지어 앉아 있었다. 쌀쌀한 날씨에 긴 시간 수고하신 촌장님들은 어떠하실지…. 감기쯤 이겨내시기를 바라는 마음이었다.

강릉시 관계자는 "우리의 아름다운 효 문화이자 전통인 도배례가 2018 평창 동계올림픽을 계기로 전 세계인에 널리 알려지는 좋은 계기가 될 것으로 기대한다."라고 말했다.

평창 동계올림픽의 성공적 운영과 함께 우리의 아름다운 전통문화가 세계인의 가슴속에 감동으로 스며들어 이어지기를 바라는 마음은 우리 모두의 것이리라.* (2018. 2)

한복韓服, 강릉을 수繡 놓다
- 대한민국 한복퍼레이드 -

　높고 푸른 가을 하늘 아래 아름다운 한복이 강릉 시가지를 알록달록 수놓았다. 2017년 10월 28일 오후, 2018 평창 동계올림픽 G-100일을 맞아 시민과 관광객이 참가한 대규모 대한민국 한복 퍼레이드가 강릉시 일원에서 펼쳐진 것이다. 평창 동계올림픽이 열리는 해 2018년을 상징하는 2018명이 한복을 곱게 차려입고 강릉역 앞 광장에 모였다. 강릉역을 출발하여 옥가로, 경강로를 거쳐 강릉 대도호부 관아까지 1.7km 구간을 행진하는 대한민국 한복 퍼레이드에 참가하기 위함이다.

　강릉문화원과 아트컴퍼니 해랑이 공동 주최·주관한 이 행사는 2018 평창 동계올림픽 G-100일을 기하여 우리 한복의 아름다움과 우수성을 온 세계에 널리 알리고 성공적인 문화올림픽 참여 열기를 확산하려는 것이다. 출발지 강릉역에 마련된 한복 대여소에 대행진에 참여하고

자 하는 사람들이 줄지었다. 이날 약 천여 벌의 한복이 대여되었다고 한다. 이러한 열기로 보아 전통문화올림픽의 성공 가능성을 예견할 수 있지 않을까.

새로 단장한 KTX강릉역사 앞에 특설 무대가 마련되었다. 무대에서 식전 행사로 각종 축하공연을 벌였다. 광장에 모인 한복 차림 사람들은 모두 한마음이 되어 환호하며 평창 동계올림픽의 성공개최를 기원했다. 한복을 입고 무대에 오른 최명희 강릉시장은 "올림픽 기간 외국인 대상 한복 체험 행사를 열고, 올림픽이 끝난 이후에도 한복 입는 문화 공간 조성 등을 통해 한복 문화를 확산시키고 자리 잡을 수 있도록 하겠다."라고 말했다.

무대 축하공연을 마치고 드디어 한복 대행진이 시작되었다. 강릉 시가지가 빨강 노랑 파랑, 산뜻하고 화려한 무수한 색깔로 채워졌다. 강릉 문성고등학교의 '마칭 밴드' 대원 전원이 개량한복을 곱게 입고 한복 대행진을 이끌었다. 무릎까지 올라온 짧은 한복 치마와 옷고름이 없는 깜찍한 저고리를 입은 모습이 귀여웠다. 우아한 전통한복이 아름답지만, 움직임의 불편함 때문에 특별한 날에만 입는 것에 비해 짧은 치마저고리는 편리하고 생기발랄한 느낌이다. 한복의 다양한 활용 가능성을 엿볼 수 있겠다.

취타대의 행진도 이채로웠다. 호위 무사와 풍물패 등 총 100여 명에 이르는 취타대가 화려한 전통 군사 복장을 하고 강릉 시가지를 행신했다. 조선 태종 때에 강원도에 침입한 왜구를 왕궁 수비대인 금군(국왕 친위부대)을 이끌고 물리친 신유정의 강릉 대도호부사 부임 행차를 재현한 것이라 한다. 취타대는 전통 민속 군악대로 과거 임금의 행차 등 국가의 중대한 행사가 있을 때 긴 행렬을 이끌어 가는 일종의 '마칭 밴드'다. 연주되는 악기는 나발, 나각, 태평소, 용고, 바라, 운라, 쇠, 징, 장고 등이다.

대행진 대열에 어우동. 처녀 귀신, 저승사자 등 평소에 보기 힘든 익살스러운 한복 분장의 행렬도 있었다. 시민들의 눈길을 사로잡은 이들이 퍼레이드를 더욱 풍성하게 했다. 특히 요염한 자태의 어우동 행렬이 눈길을 끌었다. 어우동은 성적인 무기를 동원하여 남성들의 이중적인 행태를 조롱함으로써 사회에 충격파를 안겨준 여인, 바로 오늘날까지 조선 최대 스캔들의 주인공으로 손꼽히는 어우동이다. 당대에 어우동은 도덕 질서를 교란시킨 음녀로 규정되어 단죄되었지만 최근 학계 일각에서는 그녀를 조선 시대 여성해방운동의 선구자로 평가하기도 한다.

강릉 '대한민국 한복 퍼레이드'에는 어린이부터 노인에 이르기까지 다양한 사람들이 참여했다. 다양한 사람만큼 한복도 가지각색이다. 궁중한복에서부터 예복, 평상복, 생활한복, 포졸이 입는 군복까지 총동원 되었다. 도포까지 차려입은 남성도 눈에 띄었다. 향교가 있는 마을에서는 유생 복을 갖춰 입고 참여하기도 했다. 스마일 강릉 실천협의회 회원 20여 명이 한복 차림으로 미소(스마일) 댄스 공연을 하여 시민들로부터 박수를 받았다. 외국인은 물론 시민과 관광객에게 다양한 볼

거리를 제공한 한복 대행진이다.

　대도호부 관아에서는 '청춘 경로회'가 재현되었다. 남녀노소 귀천을 막론하고 75세 이상의 어른을 공경하는 강릉의 전통문화다. 오래된 강릉의 풍속이다. 어른을 모시어 음식을 대접하고 예禮를 올려 웃어른 공경사상을 보여준다. '청춘 경로회'는 장수하는 이 지방의 어른을 모시어 수연壽宴을 베풀고 그 명칭을 '청춘 경로회'라 이름 지었다고 한다. 400년 넘는 전통을 자랑하는 도배례와 더불어 강릉의 대표적인 경로 효친사상을 보여주는 '청춘 경로회'이다.

　행사가 열린 대도호부 관아 앞에서는 올림픽 특선음식 옹심이와 삼계탕 시식코너가 운영되고 월화 거리에서는 헬로 핼러윈 이벤트가 열리는 등 G-100 일을 앞두고 경축 문화행사가 곳곳에서 펼쳐져 축제 분위기에 휩싸였다.

　2018 평창 동계올림픽 문화적 새 지평에 전통문화가 자리 잡게 되어 다행이다. 전통문화의 가치는 외형적인 것도 중요하지만, 내면에 깃들어 있는 고귀한 정신이 더욱 크다 하겠다. 전통 한복이 화려한 볼거리로만 제공되는 것이 아니라 한복에 깃든 민족 정서와 정신을 되살리는 것이다. 우리의 전통한복문화가 평창 동계올림픽을 통하여 세계 문화와 융합하고 새로운 문화의 번영을 꾀하는 것을 목표로 삼은 것에 큰 의미를 심는다. 한복은 한국의 멋, 강릉과 2018 평창 동계올림픽을 멋지게 수놓을 것이다.＊ (2017. 10)

여인의 향기 스민 대관령박물관

    삶은 다양한 흔적을 남긴다. 그 흔적은 시간의 흐름 따라 차츰 사라지게 되고 더러는 오래 남아 시대의 생활상을 알게 한다. 한 여인의 전통 미술에 대한 남다른 애정으로 평생 수집한 유물을 전시한 박물관이 있었다. 대관령박물관이다. 이 박물관을 통하여 사라졌을지도 모를 옛 삶의 흔적을 생생히 보고 느낄 수 있었다.

〈대관령박물관〉

    강릉시 어흘리에 자리 잡은 대관령박물관을 찾아갔다. 박물관 입구에 매표소가 있었다. 일반인은 입장료 1,000원, 청소년과 군인 700원, 어린이 400원, 그리고 단체 관람은 약간의 할인된 금액으로 입장할 수 있다. 나는 경로 우대로 무료이므로 나이 듦에 감사하고 국가에 감사했다고 할까.

대관령박물관은 고미술품을 비롯한 전통 유물을 수집해 온 홍귀숙 님이 자신의 소장품을 전시하기 위해 1993년 5월 15일 대관령박물관을 개관하였다. 이후 10년 동안 사립박물관으로 운영되어왔으나, 문화재를 공공재화 하여 항구적인 서비스가 가능토록 하겠다는 설립자의 뜻에 따라 2003년 3월 13일 강릉시에 기증되었다. 전시실과 야외전시장을 정비하여 같은 해 11월 28일 재개관했다. 현재 오죽헌·박물관의 산하기관으로 관리되고 있다.

대관령 박물관은 720평 규모의 건물로 고인돌을 형상화하여 지었다고 한다. 단아한 건물 대관령박물관은 주변의 자연경관과 풍치가 조화를 이루고 있어 단아한 아름다움과 안정감을 준다. 건물 외관이 아름다워 강원도건축대상과 건설부· 건축사협회 우수 작품상을 받았다.

박물관 입구에 커다란 태합이 시선을 끌었다. 고려 시대의 태합으로 왕실의 왕자 태를 보관하던 합이다. 우리 조상들은 태를 소중하게 여겨 신라 시대부터 조선 시대까지 전래되었으며 왕가뿐만 아니라 양반가에서도 태를 묻는 일이 많았다고 한다.

〈태합〉

전시실에 들어서자 해설사가 반갑게 맞아 주었다. 박물관 안내 팸플릿을 보고 해설사의 설명을 들으며 전시실을 관람했다. 전시실은 6개의 전시공간이 방마다 특징 있는 주제로 구분되어 있다. 네 방위를 수

호하는 사신의 이름을 따서 청룡방, 백호방, 주작방, 현무방으로 구분하고 청룡방과 주작방 사이에 우리방, 청룡방과 현무방 사이에 토기방을 두었다. 여기에 선사시대 유물부터 민예품까지 총 2,000여 점의 유물을 소장하고 있다. 예술성이 뛰어나고 귀한 유물을 소장하고 있는 것이 자랑이라고 한다.

전시실 전체의 중심 공간으로 서방을 상징하는 흰색으로 꾸며진 전시실이 백호방이다. 우주를 상징하는 둥근 천장에서 들어오는 자연광과 오방색의 띠를 두른 기둥 등으로 이루어진 이 전시실 정면에는 거대한 미륵불이 우뚝 서 있다. 미륵은 나라가 어지러웠던 통일신라 말에 많이
만들어졌다고 한다. 백호 방에는 불교 미술품과 16세기 가마에 달았던 수술과 고려 시대 우리의 전통의상을 엿볼 수 있는 목각인형, 옷본의 하나인 심의 등이 전시되어 있다. 그중에서 섬세한 자수로 꾸며진 '가마술'이 눈길을 끌었다. 가마에 달았던 화려한 수 장식의 물건이 긴 줄에 가지런히 배치되어 있다. 자세히 들여다볼수록 섬세한 솜씨에 감탄사가 나왔다. 향낭, 향갑, 패옥, 패각, 유리구슬 등에 놓인 수와 매듭에 들인 정성을 어찌 짐작이나 할 수 있으랴.

현무 방은 북방을 상징하는 검은색으로 꾸며진 전시실로 상징 동물은 거북이라고 한다. 금박을 상감한 신라 시대의 요대와 금동과대, 청동거울, 청동초두, 청동정병 등 신라 시대에서 조선 시대에 이르기까지의 청동유물이 전시되어 있다.

토기 방은 진흙과 새끼줄을 이용해 선사시대의 움집을 연출한 전시실이다. 유물을 지키듯 서 있는 장승과 청동기시대의 붉은간토기, 돌칼을 비롯한 삼국시대의 독무덤, 굽다리접시, 그리고 통일신라 시대의 토우, 토기 항아리, 칼 등이 전시되어 있다.

청룡 방은 동방을 상징하는 푸른색으로 단장했으며 상징 동물은 청룡이다. 고려청자와 조선 시대 분청사기, 어문 매병, 인화문 대접, 청화백자 등 전통도자기가 전시되어 있다. 우리의 전통도자기의 아름다움을 감상할 수 있는 공간이다.

우리 방은 목재로 한옥의 천정과 기둥을 표현하였으며 사랑방과 안방을 장식했던 목가구를 비롯한 전통생활용구와 민속공예품이 전시되어 있다. 신분에 따라 형태가 다른 밥상이 전시되었다. 상다리가 호랑이 다리 모양은 양반의 밥상이고 개다리 모양은 서민의 밥상이었다고 한다.

주작방은 남방을 상징하는 붉은색으로 표현된 전시실로 상징 동물은 주작이다. 초례청에 놓이는 교배상과 가마가 놓여 있으며 벽면에는 서화가 전시되어 있다. 문자도 병풍을 비롯하여 봉황도, 호렵도, 탱화 등이다. 천상열차분야지도天象列次分野之圖는 1395년(태조 3년)에 제작된 원본 석각본 천문도의 모사본이다. 천상의 현상을 12국 분야로 나누고 차례로 늘어놓았다는 의미의 이 천문도는 육안으로 확인할 수 있는

1464개의 별이 밝기에 따라 색깔을 달리하여 그려져 있는 귀한 유물이라고 한다. 책거리 병풍이 새롭게 다가왔다. 서책과 서재의 여러 가지 일상용품을 정물 화풍으로 그린 민화로 문방도文房圖라고도 한단다. 병풍 폭마다 길상구복吉祥求福의 상징물이 배치되었다.

야외전시장에는 표정이 각각 다른 20여 개의 장승과 백제 시대 석등, 조선 시대 문·무관석, 동자석, 향로석, 불교 관련 석조물인 탑·석등·부도와 남근석 등이 있다. 거북바위 등에는 작은 돌탑이 옹기종기 올려져 있다. 거북바위가 어느 관람객의 염원을 무겁게 지고 있었다. 거북의 느린 걸음이 더 느려질 것 같은 무게감이었다.

대관령 옛길 입구에 자리 잡은 박물관이 역사적·문화적 공간으로 자리매김하고, 대관령의 자연경관과 조화를 이루어 전통문화공간으로 맥을 이어가기를 바라게 된다. 많은 사람이 대관령박물관에서 역사의 향기를 느끼며 소중한 자산을 강릉시에 기증한 홍귀숙 님의 삶을 귀감으로 삼아야 하리라.* (2019. 3)

〈옷본〉　　　　〈가마술〉　　　　〈책거리 병풍〉

[참고] 한국민족문화대백과사전, 대관령박물관 안내서.

들미골 소나타

2019년 10월 25일 인쇄
2019년 10월 30일 발행

지은이   손 수 자
펴낸이   백 성 대
펴낸곳   도서출판 노 문 사

주 소   서울 중구 마른내로 72(인현동)
등 록   2001년 3월 19일 제2-3286호
이메일   nomunsa@hanmail.net

전 화   (02) 2264-3311, 3312
팩 스   (02) 2264-3313

ISBN   979-11-86648-25-4

* 잘못된 책은 바꿔 드립니다.

※ 이 책은 2019년 강원도, 강원문화재단 후원금으로 발간되었습니다.

이 도서의 국립중앙도서관 출판예정도서목록(CIP)은 서지정보유통지
원시스템 홈페이지(http://seoji.nl.go.kr)와 국가자료공동목록시스템
(http://www.nl.go.kr/kolisnet)에서 이용하실 수 있습니다.
(CIP제어번호 : CIP2019044927)